S.W. GRISAIR

Swiss Girl

novum pro

www.novumverlag.com

Bibliografische Information
der Deutschen Nationalbibliothek:

Die Deutsche Nationalbibliothek
verzeichnet diese Publikation in
der Deutschen Nationalbibliografie.
Detaillierte bibliografische Daten
sind im Internet über
http://www.d-nb.de abrufbar.

Alle Rechte der Verbreitung,
auch durch Film, Funk und Fernsehen,
fotomechanische Wiedergabe,
Tonträger, elektronische Datenträger
und auszugsweisen Nachdruck,
sind vorbehalten.

© 2021 novum Verlag

ISBN 978-3-99107-339-0
Lektorat: LSM
Umschlagfotos: Cidepix, Terriana,
Ambientideas | Dreamstime.com
Umschlaggestaltung, Layout & Satz:
novum Verlag

Gedruckt in der Europäischen Union
auf umweltfreundlichem, chlor- und
säurefrei gebleichtem Papier.

www.novumverlag.com

Kapitel 1

Wir fahren die Allee zum Anwesen meiner Tante hinauf. Von der Fahrt habe ich so gut wie nichts mitbekommen, denn die Tränen haben meinen Blick verschleiert. Der Schmerz übermannt mich, als hätte jemand mein Herz in tausend Teile zerrissen. Ich möchte laut aufschreien, damit dieses Leid irgendwie gelindert wird. Doch alles, was meine Lippen verlässt, sind leise Schluchzer. Auch Chris hat die ganze Fahrt keinen Ton gesagt. Seine Miene ist total versteinert. „Ich ruf dich an", sage ich zu Chris. „Mhm. Ich fahre zu Kay und komme dann später wieder her", murmelt er, ohne mich wirklich zu sehen. Ich nicke. „Es wird doch alles gut?", stammle ich. Jetzt sieht Chris mich an. Eine Träne läuft ihm über sein Gesicht. „Wie kann jetzt noch alles gut werden?" Ich habe keine Antwort darauf und steige aus. Chris fährt los und ich laufe in Richtung der Eingangstür. Ich bewege mich seltsam ferngesteuert, wie eine Marionette. Wie konnte das nur passieren? Die ganze Situation erscheint mir unwirklich. Ich erwarte jeden Moment ein Team mit der versteckten Kamera, das an der Türe klingelt. „Viki, Sie wurden Opfer unserer Sendung *Prank*. Das ist alles gar nicht real!" Es klingelt aber leider nicht an der Tür. So habe ich mir das Leben in Kalifornien nicht vorgestellt. Knackige Surferboys, schöne und gleichzeitig giftige Blondinen mit heißen Körpern, die wunderbaren Anwesen und die Freiheit. Ja, so stelle ich mir Kalifornien vor. Aber das? Ich trotte den Korridor des Eingangsbereiches entlang und biege um die Ecke, um in den Trakt der Gästezimmer zu kommen. Ich bin so in meine Gedanken vertieft, dass ich fast in Magda pralle, die gerade die Skulpturen im Korridor vom Staub befreit. „Heiliges Kanonenrohr, was ist denn mit dir passiert?" Ich antworte ihr nicht. Selbst wenn ich gewollt hätte, wäre vermutlich kein Ton über meine Lippen gekommen. Ich schüttle nur den Kopf und mache einen Bogen um sie, um schnellstmöglich in mein Zimmer zu kommen. Ich lasse meine Tasche in die Ecke fallen, ziehe meine teure Chanel-Lederjacke aus und werfe mich kopfüber aufs Bett. Wer hätte vor einigen Wochen gedacht, dass alles einmal so eskalieren würde …

Ich sitze im Auto neben meinem kleinen Bruder. Der kleine Stinker nervt schon wieder. Die mehr als 10 Jahre Altersunterschied sind schwierig zu verkraften. „Maxi, mein kleiner Schatz, wir sind gleich da", versucht ihn meine Stiefmutter zu beruhigen. Doch mit ihren knapp 30 Jahren und ihrer lieblich säuselnden Stimme schafft sie sich bei dem kleinen Fratz kein Gehör. Sie scheint unfähig zu sein, ihren Sohn auch nur im Geringsten unter Kontrolle zu bringen. Vielleicht liegt das aber auch daran, dass sie wenig Zeit mit ihm verbringt. Die besten Beweise dafür sind die perfekt manikürten Fingernägel und ihre immer topgestylten Frisuren. Vielleicht liegt es aber auch daran, dass wir bei ihr nie einen Regungszustand in ihrem Gesicht erkennen können. Zu viel Schaden hat das Botox schon angerichtet. Ich frage mich sowieso, wie sich mein Dad das alles überhaupt leisten kann. Klar, er hat eine eigene kleine Firma, die in der Holzindustriebranche Fuß gefasst hat, aber mit einer kleinen Schreinerei kann man doch keine solche Frau bezahlen. Ob er sich deswegen abends immer ein Glas Whisky gönnt? Ich vermisse meine Mum. Seit ihrer Scheidung vor besagten 10 Jahren hat sie das Lebensglück nicht wirklich wiedergefunden. Es scheint, als ob der Schmerz des Verlassenwerdens immer noch an ihr klebt. Ihr schönes Lachen, ihre wohlwollende, aber doch sehr taffe Art und ihre Liebe allen anderen gegenüber hat sie durch die Scheidung verloren und sie ist nur noch ein Schatten ihrer selbst. Wenigstens haben die Heulkrämpfe und Wutausbrüche nachgelassen. An ihrer Stelle kommen nun nur noch sarkastische Sprüche und noch mehr Wein, der sie immer wieder betäubt. „Viel Spaß, mein Schatz, und pass auf deinen Vater auf. Wir wollen doch nicht, dass er nochmals eine jüngere Frau schwängert. Sonst kannst du ihm gleich deine Freundinnen vorstellen!"

„Ich hab dich was gefragt, Viktoria", schreit Maxi von der Seite und zwickt mir schmerzhaft in den Arm. „Au, spinnst du, du kleiner Satansbraten? Du bist doch nicht ganz dicht!", schnauze ich ihn an. „Viktoria, bitte halte dich im Zaum", sagt mein Vater scharf. „Er ist doch noch ein Kind!"

Und was für eins! Maxi fühlt sich durch die misslungene Maßregelung meines Vaters bestärkt und streckt mir die Zunge entgegen, als niemand zusieht. Wie ich diesen kleinen Bengel verabscheue. Er ist das Sinnbild für die Trennung meiner Eltern und der Verrat meines Vaters an unserer heilen Familie. Wir sind schon knapp drei Stunden unterwegs und obwohl mein Vater einen sehr komfortablen SUV fährt, spüre ich meine Sitzbeinhöcker. Es wäre an der Zeit, endlich in St. Moritz anzukommen und vor allem aus diesem Irrenhaus auszusteigen. Schon wieder fliegt mir ein Playmobil-Spielzeug ins Gesicht. Nun reicht es mir aber! Ich lasse das Fenster nach unten gleiten und werfe das Spielzeug in hohem Bogen aus dem Wagen. Soll die kleine Nervensäge mal schauen, was er mir nun an den Kopf werfen kann. Zuerst ist Maxi sprachlos, was mir eine gewisse Genugtuung verschafft. Doch dann holt er tief Luft und kreischt aus vollem Rohr. Ein kleiner, wütender Tornado versucht, über das Gepäck hinweg auf mich loszugehen. Die Gurte halten ihn aber zurück. ‚Karma is a bitch', denke ich und strecke ihm die Zunge raus. Dies lässt ihn nur noch mehr toben. „Mein Gott, Denise! Schau zu, dass der Kleine endlich Ruhe gibt. Ich muss mich konzentrieren!", versucht mein Vater, das Kreischkonzert zu übertönen. „Was soll ich denn bloß machen? Der Kleine hat einfach so viel Temperament. Er kommt wahrscheinlich genau nach seiner Mutter." Während nun auch Dad und Denise streiten, sehe ich das Ortsschild unseres Ziels: *Sankt Moritz*. Ein Lichtblick am Ende des Tunnels. Gleich werden wir beim Schlosshotel vorfahren und der Concierge wird mir die Türe öffnen. Nur noch einige Sekunden! Wir fahren an der Trofino-Bar vorbei, die gleich neben unserem Hotel in einem Chalet beherbergt ist. Der Concierge steht schon bereit. Kaum hat mein Dad das Auto abgestellt, springe ich aus dem Wagen. „Guten Abend, Familie Kirchner. Willkommen zurück im Schlosshotel!", der Concierge gibt sich bekannt höflich. Ich packe meine Handtasche und steige aus. Der Luxus dieses

Hotels lässt mich jedes Mal aufs Neue erblassen. Man muss sich weder um die Koffer noch um die Skimaterialien selbst kümmern. Alles wird einem aufs Zimmer und in den Skiraum gebracht. Das ist das einzig Gute, seit mein Vater mit Denise verheiratet ist. Ferien werden nur in den besten Hotels gemacht, in denen einem alle Wünsche von den Augen abgelesen werden. Eine willkommene Ablenkung von meinem Alltag. Ich betrete den Eingangsbereich und setze mich links an die Bar, während mein Dad für uns alle eincheckt. Der junge Bartender kommt lässig zu mir rüber und fragt mit einem Zwinkern, was ich denn gerne wolle. „Einen Vodka-Redbull, wenn es geht. Den könnte ich nun echt gut vertragen." Er mustert mich von oben bis unten und meint dann cool: „Einer so jungen, hübschen Lady wie dir würde ich ein alkoholfreies Getränk vorschlagen." Mist! Er hat wohl erkannt, dass ich noch keine 18 Jahre alt bin, obwohl es nur noch ein paar Monate dauern würde, bis ich diese magische Zahl knacken würde. „Na gut, dann bitte ein stilles Wasser mit Zitrone." Meiner Bestellung füge ich noch ein Lächeln hinzu.

„Nach einem stillen Wasser siehst du aber nicht aus, Süße", sagt eine unbekannte Stimme. Der amerikanische Akzent wäre mir beinahe nicht aufgefallen. Ich drehe mich um und schaue in Richtung Kamin. Lässig sitzt er da mit einem verschmitzten Lächeln. Er ist unglaublich heiß. Seine olivgrünen Augen funkeln voller Neugier, während er mich von oben bis unten mustert. An meinen Brüsten verweilt sein Blick für einen Moment. Er benetzt sich kurz die Lippen, bevor er sich durch sein braunes Haar fährt und sich die Strähne aus dem Gesicht wischt. Na toll, wieder ein liebeshungriger Macho! „Stille Wasser sind eben tief!", antworte ich scharf. Mein Ton scheint ihn in keiner Weise zu beeindrucken. Ganz im Gegenteil. Es scheint sogar, als würde ihn das nur noch mehr herausfordern. „Das klingt doch gut. Je tiefer desto besser!", meint er mit einem anzüglichen Grinsen. Ich hätte gerne mein verdutztes Gesicht gesehen. Jedenfalls bin ich echt sprachlos. Er nutzt das sofort aus und fügt hinzu: „Wenn du willst, beweise ich dir jetzt gleich, wie tief ich forschen kann." Das ist zu viel! Ich speie mein Wasser aus und versuche erfolglos, meinen Würgereflex zu unterdrücken. Er lacht belustigt. „Wenn das Wasser so schlecht schmeckt, kann ich dir in meinem Zimmer gerne ein anderes Getränk anbieten." Ich glotze ihn immer noch völlig empört an. Wie kann er es wagen, so mit mir zu sprechen? Ich bin doch keine Straßendirne. Was glaubt der, wer er ist? Die Empörung und Wut scheinen sich in meinen Augen widerzuspiegeln. „Hey Chris, lass uns los! Ich brauche heute Abend etwas weibliche Gesellschaft. Unsere heißen Ladies von der Piste warten auf uns in der Champagnerbar." Nun steht noch ein zweiter, verboten scharfer Typ im Eingangsbereich des Schlosshotels. Er ist aber blond und hat blaue Augen. Das perfekte Pendant zu dem Typen auf der Couch. Chris steht auf und kommt langsam auf mich zu. „Also, Baby, wenn du Bock hast, kommst du später einfach auch dazu", sagt er und legt seine kräftigen Hände auf meine Knie, bevor er mir einen Kuss auf die Wange drückt. Mein Verstand sagt mir, dass ich ihn hätte ohrfeigen sollen, aber mein Körper spricht eine andere Sprache. Die Stellen, die er berührt hat, kribbeln und ein seltsam warmes Gefühl flackert in meiner Magengrube. ‚Reiß dich zusammen, Viki', sage ich zu mir selbst. So einem Typen kann man nicht trauen und vor allem sollte man unbedingt die Hände von ihm lassen. Die sind doch alle gleich! Aber seine unglaublich olivgrünen Augen haben mich soeben in ihren Bann gezogen und in mir etwas ausgelöst, das ich nicht beschreiben kann.

„Mädchen, ich gebe dir einen guten Rat. Lass die Finger von Chris und Kay. Das sind echte Schürzenjäger aus Amerika. Ihre Eltern sind stinkreich und sie kommen jedes Jahr hierher, um sich einmal richtig auszutoben. Ich habe schon einige Mädchen hier am Tresen gehabt, die sich darüber beklagt haben." Ich weiß, dass es der Bartender nur zu gut meint, aber auf seinen Ratschlag, kann ich gerne verzichten. Ich bin schließlich schon 17 Jahre alt. Klar, ich bin immer noch Jungfrau, aber habe doch schon die ein oder andere Erfahrung gemacht. So unschuldig und hilfsbedürftig bin ich also sicher nicht. „Danke, wie großzügig von dir!", sage ich spöttisch. „Na ja, sah so aus, als hättest du ein bisschen Hilfe nötig. Du hast dagesessen wie ein stummer Fisch, der mit der Situation völlig überfordert war", kontert der Bartender. „Ist ja klar, dass eine junge Frau wie du überall Anklang findet. Du bist viel zu hübsch, als dass du alleine an der Bar bleiben würdest. Aber hey, das musst du selbst wissen, pass einfach auf dich auf", meint er achselzuckend. Es stimmt, was er sagt. Wenn ich mit meinen Freundinnen unterwegs bin, bleibe ich nie lange alleine. Meine Freundinnen haben sich bereits darüber beklagt, dass ich ihnen die meisten Männer wegschnappe. Aber heute lege ich es mit meinen Boyfriend-Jeans und meinem schwarzen Rollkragenpullover wohl nicht darauf an.

„Viktoria, kommst du bitte", fordert mein Vater nun bereits ungeduldig. Ich stehe auf, bedanke mich beim Bartender und folge meinem Vater zu den Liften. „Du wirst dir das Zimmer mit Maxi teilen", meint Denise bestimmend. „Wie bitte? Habt ihr nicht die Suite gebucht? Wieso soll ich den Satansbraten bei mir im Zimmer aufnehmen?", frage ich schockiert. „Damit du dich mit Maxi endlich einmal etwas verbrüderst. Es wird an der Zeit, dass ihr euch aneinander gewöhnt und du deine schwesterlichen Pflichten anerkennst", meint mein Vater gleichgültig. Es ist also nicht seine Idee, dass Maxi in meinem Zimmer weilt, sondern die seiner ach so bezaubernden Frau. Wahrscheinlich will sie wieder mal etwas Zeit mit Dad verbringen, so angespannt wie die beiden sind. Meine Mutter sagt jedenfalls immer, dass zickige Frauen und Männer sich öfter lieben sollten. Wir werden wohl morgen das Ergebnis sehen. Heute darf ich jedenfalls den Babysitter spielen. Auf der 3. Etage bleibt der Lift stehen. Mein Vater drückt mir zwei Zimmerkarten in die Hand und schiebt mich und meinen Bruder aus dem Lift. Sie fahren noch ganz nach oben zu den Suiten. „Na toll! Danke, Dad", knirsche ich zwischen den Zähnen hervor und ziehe den kleinen Maxi wie einen Kartoffelsack hinter mir her. Ich öffne die Türe zu unserem Zimmer. Die Koffer sind schon da. „Ich genehmige mir noch kurz eine Dusche, bevor wir zum Abendessen runterfahren", teile ich meinem Bruder mit. „Und was soll ich machen?", fragt er trotzig. Ich stelle den Fernseher für ihn ein und mache mich auf den Weg ins Bad. „Wenn du dich nicht benehmen kannst, stelle ich dich ohne Jacke auf den Balkon. Dann erfrierst du!", rufe ich ihm noch zu. Aber Maxi ist völlig auf den Bildschirm fokussiert. Drohungen braucht es wohl nicht.

Ich entledige mich meiner Kleidung und stelle die Dusche ein. Das heiße Wasser prasselt an meinem Körper herunter. Ich genieße die Ruhe und atme tief ein. Wasser beruhigt mich auf eine Art und Weise, die ich nicht verstehen kann. Als ich fertig bin, steige ich aus der Dusche und stelle mich vor den riesigen Spiegel. Die Haare trockne ich mir nur kurz an und binde mir dann einen Zopf, den ich morgen für die Skipiste brauche. Ich versuche, ihn aber möglichst voluminös zurecht zu zupfen. Dann tusche ich mir meine Wimpern, damit meine kristallblauen Augen noch besser zur Geltung kommen. Mit dem Puder mattiere ich leicht meine Haut. Der Lipbalm ersetzt heute meinen roten Lippenstift. Schließlich bin ich nur mit Dad und seiner neuen Brut hier. Da mich Denise zu einem ans Hotel angepassten Outfit für das Abendessen gedrängt hat, schlüpfe ich in meine schwarzen Röhrenjeans und streife mir den weißen Kaschmirpullover über. Eine Schulter lasse ich aber gekonnt frei und stopfe mir vorne einen Teil des Pullovers in die Hose. Schöne schwarze UGGs runden das Outfit ab. Auf Schmuck verzichte ich heute. Wahrscheinlich hätte ich sowieso keinen passenden Vorzeigeschmuck für dieses Hotel. Ich schaue auf die Uhr, es ist bereits eine Stunde vergangen. Aber das Abendessen lässt noch eine weitere auf sich warten. Also beschließe ich, mein Handy in die Finger zu nehmen und einige Instastories zu drehen. Instagram versuche ich wirklich auf dem Laufenden zu halten, auch wenn es meinen Eltern nicht gefällt. Aber es ist auch eine Art Kommunikation zwischen den Jugendlichen. Ich kann so all meinen Freunden zeigen, was ich tue und wo ich bin, ohne jedem einzelnen eine Nachricht zu schreiben. Jedenfalls ist diese Mission nicht so einfach, wie gedacht. Es ist doch schwierig, wenn man den kleinen Satansbraten nicht im Bild haben möchte. Ein Paar Fotos und Videos glücken mir aber und ich habe dann doch zwei gute Stories zum Bearbeiten. Ich wähle die richtige Musik und einen guten Filter. Was man eben alles für eine gute Story braucht.

Die Stunde verfliegt im Nu und wir machen uns auf den Weg in den Diamantsaal. Mein Magen knurrt auch gewaltig, denn ich habe heute noch nichts gegessen. Im Lift kann ich bereits das Menü studieren. Thunfisch und eine Kokosschaumsuppe stehen als Vorspeise auf dem Papier. Salat würde als nächstes folgen. Anschließend kann man zwischen 3 Hauptgerichten entscheiden. Ich wähle gedanklich schon mal das Tempura Gemüse. Es stehen noch weiter Gänge auf dem Menü, aber der Lift öffnet sich und wir steigen aus. Die Wendeltreppe führt uns anschließend in den Essenssaal. Die Dame am Empfang geleitet uns zu unserem Tisch. Dad und Denise sind bereits dort und kichern verliebt. Die Zweisamkeit tut den beiden anscheinend gut, was mich in zweierlei Hinsicht beunruhigt. Erstens mag ich es nicht, dass Denise meine Mutter ersetzt hat und zweitens habe ich keine Lust, den Satansbraten noch länger in meinem Zimmer zu haben. Ich setze mich und knalle dabei mit der Handfläche leicht auf den Tisch. „Mein Schatzi", fiept Denise und nimmt ihren kleinen Maxi in die Arme. Ich könnte kotzen. „Hat sich Viktoria auch gut um dich gekümmert?" Ich sehe Maxi fordernd an und ziehe meine Brauen als Drohung hoch. Wenn er jetzt eine falsche Antwort gibt, schwöre ich, ihn doch auf dem Balkon erfrieren zu lassen. Maxi richtet seinen Blick auf mich. Ich funkle ihn an und forme das Wort *TV* mit meinen Lippen. Er scheint blitzschnell zu begreifen. „Ja, Viktoria war ganz lieb", säuselt er. Die einzig richtige Antwort, sonst wäre es ihm schlecht ergangen.

Während wir essen, unterhalten sich Denise und Dad bereits über die neuen Ferien in Punta Cana. Dann wechseln sie zu den Schönheits-OPs, welche Denise unbedingt noch machen möchte. Die Themen langweilen mich doch sehr. Als wir unsere Salate am Buffet schöpfen können, kommt mir dies sehr entgegen. Ich stehe auf und gehe durch den Saal. Da sehe ich ihn wieder. Er hat mich bereits fixiert und seinen Kopf leicht schief gelegt. Sein Blick sieht schon wieder lüstern aus. Schockierend finde ich, dass mich das irgendwie anmacht. Schnell breche ich den Blickkontakt ab, bevor mein Körper wieder zu kribbeln beginnt. Was löst dieser Typ bloß in mir aus? So gelassen wie möglich, gehe ich zum Buffet, ohne ihn eines weiteren Blickes zu würdigen. Als ich mit meinem Salatteller vor dem Brotkorb stehe, spüre ich seinen heißen Atem in meinem Rücken. „Darf ich mal?", flüstert er in mein Ohr. Ich bleibe bewegungslos. „Tu, was du nicht lassen kannst, Chris!", sage ich. Dabei drehe ich mich zu ihm um und schaue ihm in die Augen. Obwohl er sehr nah bei mir steht, gehe ich noch einen Schritt auf ihn zu. Mein Herz klopft bis zum Hals, aber nachgeben werde ich nicht! Seine Augen leuchten und mir wird wieder heiß und kalt zur selben Zeit. Dieses Mal scheint Chris sprachlos zu sein. „Kommt jetzt nicht noch ein flotter Spruch? Oder hat es dir Sprache verschlagen?", sage ich herausfordernd. Das Spielchen kann ich auch. Chris bleibt immer noch stumm. Sein Blick ist aber nicht mehr lüstern, sondern eine Funke Respekt blitzt auf. Doch in der gleichen Sekunde hat er sich gefangen und greift hinter mir in den Brotkorb. „Meine Priorität liegt momentan beim Essen nicht bei dir." Er dreht sich um und geht leichtfüßig zu seinem Tisch. Von hinten kann man seine breiten Schultern unter dem schwarzen Shirt erkennen. Er ist wirklich sehr muskulös und hat einen sehr guten Körperbau. ‚Oh mein Gott, ich habe ihm auf den Po geschaut', denke ich und laufe nun doch etwas rot an. Leider kaschiert mein No-Make-up-Look dies nicht gerade vorteilhaft. Und genau in diesem Moment dreht er sich um und sieht die roten Wangen. Er beginnt, zu grinsen. Ich versuche, erhobenen Hauptes zu meinem Tisch zurückzukehren. Es gelingt mir ganz gut, denn ich werfe Chris keinen einzigen Blick mehr zu. Der Rest des Dinners verläuft ohne Probleme und ich verschwinde, so schnell ich nur kann, in mein Zimmer.

Kapitel 2

Der Morgen startet erstaunlicherweise sehr gut. Als ich den Frühstücksraum betrete, sitzt Dad bereits an unserem Tisch. „Wo ist Denise?", frage ich hoffnungsvoll. „Ihr geht es nicht gut und sie kämpft wieder einmal mit Übelkeit", sagt mein Dad beiläufig. Maxi mischt sich ins Gespräch ein und verlangt, ins Zimmer seiner Mutter zu gehen. Dad gibt ihm die Zimmerkarte und schon ist der kleine Knirps verschwunden. Ich freue mich darüber und hoffe, dass es an diesem Morgen auch so bleiben wird. Zum Unmut seiner Mutter, verlässt Maxi das Zimmer seiner Eltern wirklich nicht mehr. Er möchte seiner Mutter Gesellschaft leisten und auf sie aufpassen. Er scheint doch ein Herz zu haben, dieser kleine Racker! Das ist der Startschuss für einen Maxi- und Denisefreien Morgen. Einen kleinen Freudensprung kann ich mir nicht verkneifen. Ich gehe in mein Zimmer und bereite mich für den kommenden Skitag vor. In einer halben Stunde werde ich Dad im Skiraum des Hotels treffen und auf die Piste dackeln. Mein Zopf braucht nochmals eine Überholung und wird zurecht gezupft. Es ist eine perfekte Frisur für unter den Helm, aber anständig sitzen muss doch jedes Haar. Ich ziehe meinen Liedstrich fein säuberlich und trage die wasserfeste Mascara auf. Die getönte Sonnencreme darf nicht fehlen, schließlich will man ja auch auf der Piste etwas hermachen. Der Lipbalm verleiht meinem Gesicht den letzten Glanz. Anschließend schlüpfe ich in meine hautengen, schwarzen Skihosen, die ich mir extra neu gekauft habe. Unter dem grauen Hoodie sind die vielen Lagen an Thermowäsche kaum erkennbar. Genau nach meinem Geschmack. Ich bin warm eingepackt, mache aber immer noch eine gute Figur. Bevor ich aus dem Zimmer husche, schmeiße ich mir meine Camouflage-Jacke über den Kopf und befestige die orange Skibrille an meinem schwarzen Helm. Mein Outfit gefällt mir außerordentlich gut.

Ich fahre über den Schnee, der wie Brillanten funkelt. Es ist ein wahnsinnig gutes Gefühl, die Piste hinunter zu schwingen und die frische Luft zu atmen. Das Beste am Ganzen ist noch, dass nur ich und Dad unterwegs sind. Ich halte auf einer kleinen Kuppe an und lasse meinen Blick über die Berggipfel am Horizont schweifen. Der Ausblick ist atemberaubend. In diesen Momenten bin ich unglaublich dankbar, ein Schweizer Mädel zu sein, das die Möglichkeit hat, jederzeit die Ski einzupacken und in die Berge zu fahren. Seit ich denken kann, fahren wir jedes Jahr in die Skiferien und es sind immer tolle Erlebnisse gewesen. Vor allem als Mum noch mit von der Partie gewesen ist. Es gehört bei uns Schweizern einfach dazu und ich bin stolz darauf.

Die Sonne scheint und der Schnee beginnt immer mehr zu funkeln. Kleinen Kindern könnte man nun sicherlich erzählen, dass sie im Schnee Diamanten finden würden. Eine kleine Schneestaubwolke erinnert mich daran, dass mein Dad mich eingeholt hat. Er lächelt mir zu und sieht seit langem wieder einmal vollkommen zufrieden aus – ja, schon fast glücklich. „Na, Dad, Lust auf ein Rennen wie in alten Zeiten?", foppe ich ihn. Er lässt sich nicht zweimal bitten, geht in die Hocke, steckt die Skistöcke in den Schnee und schnellt mit einem Ruck nach vorne. Ich lache vor Glück. Obwohl Dad bereits einige Schwünge Vorsprung hat, hole ich ihn schnell ein, da ich eine ausgezeichnete Skifahrerin bin. Dad hat mich deswegen schon als kleines Kind immer gelobt. Auch eine Sache, auf die ich stolz bin. Gemeinsam fahren wir den Hang hinunter. Wir schlagen kein Mordstempo an, so können wir das Beisammensein noch länger genießen und wir kommen uns irgendwie wieder näher. Mir wird bewusst, wie sehr ich solche Sachen mit meinem Dad vermisst habe. Ich ziehe meine Schwünge und fahre über eine Kuppe. Ich sehe den Snowboarder zu spät und versuche, mit einem harten Bremsmanöver das Schlimmste zu vermeiden. Der Snowboarder schaut zu mir hoch, wie ich da so angeschlittert komme. „Achtung!", schreie ich noch, bevor wir gegeneinanderprallen. Meine Hüfte kracht in den Snowboarder und wir fallen gemeinsam um. Ich lande ziemlich weich auf ihm, aber sein Sturz muss doch schmerzlich gewesen sein. „Sorry! Sorry!", sage ich mehrmals und versuche aufzustehen. Es gelingt mir nicht. Obwohl sich einer meiner Ski gelöst hat, scheint sich meine Skihose in seiner Bindung verheddert zu haben. Der Snowboarder nimmt es relativ gelassen und schiebt seine Brille nach oben. Da erkenne ich Chris sofort. „Süße, ich hätte nicht gedacht, dass du es so eilig hast, mich flachzulegen", sagt er mit einem sehr süffisanten Grinsen. „Lass mich los!", fauche ich und schlage ihm mehrmals mit meiner Hand auf die Brust. „Ich halte dich ja gar nicht fest", meint er amüsiert. Er scheint meine Hilflosigkeit zu genießen, wahrscheinlich gefällt es ihm sogar, dass ich so auf ihm liege. Wieso sonst sollte er die Arme hinter seinem Kopf verschränken und mich belustigt ansehen. Ein Gemisch aus Ekel und Erregung gleichermaßen steigt in mir auf. Endlich gelingt es mir, mich von ihm zu lösen und ich stehe auf meinen beiden Beinen. „Kannst du etwa nicht snowboarden? Oder wieso stehst du direkt hinter einer Kuppe? Jedes Kind weiß doch, dass das saugefährlich ist", fauche ich. „Gerne wieder, Prinzessin", antwortet er salopp. Er steht auf und kontrolliert seine Bindung. Bevor er seine Skibrille ins Gesicht zieht, zwinkert er mir nochmals grinsend zu. Dann jagt er den Berg hinunter. Okay, er kann fahren und wie! Er fährt mit vollkommener Leichtigkeit den Berg hinunter, was mich vermuten lässt, dass er ganz genau weiß, wie er seinen Körper einsetzen muss. Auf dem nächsten kleinen Hügel legt er auch noch schnell einen 360 hin, bevor er in der Versenkung verschwindet. Oh Mann, dieser Typ ist einfach unglaublich! Ich bin normalerweise überhaupt nicht auf den Mund gefallen, aber Chris bringt mich irgendwie dazu, nur Stuss von mir zu geben.

Mein Dad schaut Chris empört hinterher und blickt dann zu mir hoch. Ich stehe immer noch wie angewurzelt am selben Ort. „Viki?", höre ich ihn. Aber ich reagiere nicht. Chris hat mir wieder einmal die Sprache verschlagen. „Viki?", ruft mein Dad erneut. Bevor ich ihm antworten kann, löst er seine Bindung und beginnt, den Hang hoch zu rennen. Na ja, rennen kann man dies in Skischuhen nun mal wirklich nicht nennen. Aber seine Geste bringt mich zum Lächeln. Er scheint doch überaus besorgt zu sein. Ich packe meine Skier und laufe zum Pistenrand. Wir kommen ungefähr gleichzeitig da an. „Was für ein blöder Arsch", flucht mein Dad. Diese Wortwahl drückt aus, wie sehr sich mein Dad über die Situation echauffiert. Solche Wörter benutzt er normalerweise nie. Er gibt sich stets akkurat und vermeidet jegliche Schimpfwörter. „Schon o. k.! Mir ist nichts passiert. Ich bin ja in ihn hineingefahren", sage ich kleinlaut. „Ja, meine Kleine, das stimmt schon. Aber jeder weiß doch, dass man hinter einer Kuppe niemals stehen bleibt. Immer diese rücksichtslosen Snowboarder. Sitzen immer und überall im Schnee und machen Pause. Als würden sie darauf warten, dass man sie niederfährt. Sobald das jemand schafft, düsen sie in einem Affenzahn davon und müssen ihre Tricks vorführen. Wahrscheinlich hätten sie sonst kein Publikum!" Mein Vater wettert weiter, aber ich bin gedanklich schon wieder bei Chris. Irgendwie hat es sich echt gut angefühlt, so auf ihm zu liegen. Durch die Winterjacke konnte man seinen trainierten Bauch spüren. Was hat dieser Kerl bloß an sich, was mich so um den Verstand bringt?

„Viki, hörst du mir überhaupt zu? Hast du dir auch ja nicht den Kopf angeschlagen? Hast du vielleicht eine Gehirnerschütterung? Kind, sprich mit mir!" Ich schüttle den Kopf und antworte: „Nein, nein, alles o. k., aber eine heiße Schokolade könnte ich nun wirklich gut gebrauchen. Lass uns doch ins Pazauer gehen." Mein Dad brummt zwar immer noch vor sich hin, willigt aber ein. Er hilft mir sogar, meine Skier anzuziehen und streichelt dann noch kurz über meinen Rücken. Er will sich wohl versichern, dass wirklich alles noch ganz ist. Gemeinsam fahren wir das letzte Stück der Piste runter.

Als wir das Restaurant betreten, haben wir Glück. Fast keine Menschenseele ist hier. Liegt wahrscheinlich auch an der frühen Uhrzeit. Nur zwei weitere Gäste sitzen an einem Tisch und trinken, dem Geruch nach zu urteilen, einen Jagertee. Mein Dad schielt rüber und richtet seinen Blick auch auf die Schuhe der beiden. „Ist ja klar, wieso diese Snowboarder sich überall hinsetzen, wenn sie sich schon bereits vor der Mittagsstunde die Kante geben. Unglaublich, als ich noch jung war, wäre das ein No-

Go gewesen. Da hatte man wenigstens noch Anstand und man gab sich als Gentleman." Ich verkneife mir einen Kommentar. Wie gentleman-like ist es denn bitte, wenn man seine Ehefrau nach 20 Jahren durch eine halb so alte Frau ersetzt? Manchmal verstehe ich Dad dann doch nicht. Wie konnte er unsere Familie für eine 21-Jährige verlassen? Klar, er hat sie geschwängert, aber er hat sich bewusst für die andere Familie entschieden. Er hat sich also bewusst gegen meine Mutter und mich entschieden. Irgendwie kann ich ihm das einfach nicht verzeihen und mein Herz blutet immer noch heimlich vor sich hin. Wir setzten uns wortlos und mein Dad bestellt uns die Getränke. Einen Nussgipfel will er auch noch haben. Wieder eine Tradition aus früheren Skiurlauben.

„Hey man, where is Chris?", sagt der junge Mann neben uns. Da ich die Kantonsschule besuche und meine Mum Amerikanerin ist, fällt es mir nicht schwer, dem Gespräch auf Englisch zu folgen. „Weiß nicht", sagt der andere. „Er wollte doch nur nochmals die Stecke abfahren. Ihn hätte so eine heiße Braut niedergewalzt. Unser kleiner Romeo!" Ich schiele zu ihnen rüber und erkenne den blonden Jungen aus dem Foyer von gestern. „Muss ja ein ganz heißes Teil gewesen sein, dass sich Chris die Mühe macht, sie nochmal zu suchen." Der dunkelhaarige Typ scheint über diese Aussagen doch nicht ganz so erfreut zu sein: „Mann, Kay, es geht nicht immer nur um Bettgeschichten. Jedes Jahr seid ihr hier die größten Schürzenjäger überhaupt. Es geht ja teilweise gar nicht mehr um das Skifahren, sondern nur um das Abschleppen. Ich darf dann wieder Stunden in der Bar verbringen, damit ihr euch im Zimmer vergnügen könnt. Ich will gar nicht wissen, was da alles abgeht. Vor allem passt das Ganze gar nicht wirklich zu Chris!" Der Blonde kontert mühelos: „Lass Chris auch mal seinen Spaß! Und gewisse Wettbewerbe tun ihm gut, so kommt er auf andere Gedanken! Vor allem solltest du dich auch mal flachlegen lassen, zickst schon rum wie eine alte Hausfrau!" Nun hat der dunkelhaarige Junge wohl kein Interesse mehr an dem Gespräch. Er trinkt seinen Becher in einem Zug aus, steht auf und gibt Kay mit einer Geste zu verstehen, dass er wieder auf die Piste will. Kay steht inklusive Becher ebenfalls auf und schlendert ihm hinterher. Die Kellnerin macht sich bemerkbar und bittet ihn, den Becher stehen zu lassen. Kay dreht sich um, grinst verschmitzt und gibt ihr einen Kuss auf den Mund. Sehe ich da etwa eine Zunge? Als wäre das nicht schon genug, beugt er sich zu ihr runter und flüstert ihr etwas ins Ohr. So wie die Kellnerin errötet, muss es was richtig Unanständiges gewesen sein. Jedenfalls hat Kay die Schlacht gewonnen und trottet mit Becher aus dem Restaurant. Die Kellnerin schaut den beiden Jungs eine Weile hinterher, schüttelt sich dann und geht zurück zur Kasse. Dabei lächelt sie verlegen. Es scheint, als ob auch sie sprachlos wäre. Ich kann sie in diesem Moment super verstehen. Mir geht es ja schließlich auch so, wenn ich auf Chris treffe. Zum Glück hat mein Dad nichts davon bemerkt, sonst hätte er sich womöglich noch für die Frau stark gemacht. Aber es scheint so, als bräuchte sie keine Hilfe.

Gegen Mittag stoßen auch Denise und Maxi zu uns. Denise scheint es wieder besser zu gehen. Schließlich kann sie bereits über das Essen und die vielen Kalorien maulen, die sie zu sich nimmt. Ich höre schon gar nicht mehr zu. Es ist immer die gleiche Leier und am Abend geht sie dann sowieso mit Dad ins Fitness, damit sie alles wieder abtrainiert. Auch ihr Personaltrainer unterstützt sie mehrmals die Woche, um in Form zu bleiben. Das harte Training kann man ihr aber auch ansehen. Mit ihren knapp 30 Jahren sieht sie wirklich toll aus und so manche 20-jährige würde sich so einen Körper wünschen. Nachdem wir unser Mittagessen genossen haben, geht es nochmals auf die Piste. Doch es ist eine andere Stimmung. Die morgendliche Lässigkeit verfliegt schon bei der ersten Abfahrt. Maxi stürzt über seine eigenen Skier und lässt ein Affengebrüll los. Denise und Dad haben eine Heidenarbeit, den Kleinen wieder auf die Bretter zu stellen. So geht es den ganzen Nachmittag weiter. Ich schlage schon vor, mich von der Gruppe zu lösen und den gleichen Hang einfach nochmals zu fahren. Ich wäre höchstwahrscheinlich zur gleichen Zeit wieder am Lift. Doch mein Dad verneint die Idee und beharrt darauf, dass man als Familie zusammenhalten muss und man deswegen auch auf die Schwächeren Rücksicht nehmen soll. Obwohl ich ihm seine Rede nicht wirklich abnehme, da er immer wieder die Augen rollt, wenn Denise oder Maxi stürzen, halte ich mich an seine Anweisungen. Die Talabfahrt gehört dann wieder mir und Dad alleine, da die anderen beiden mit der Seilbahn nach unten fahren. Ein letztes Mal ziehen wir in einem guten Tempo unsere Schwünge und lassen in den langen Passagen die Skier gleiten. Unser Hotel liegt direkt an der Skipiste. Wir können regelrecht ans Hotel fahren. Mir ist jetzt wirklich nach einer Runde Auszeit im Wellnessbereich. Ein Bad im Whirlpool könnte meinen Knochen nun echt nicht schaden. Also schlüpfe ich in meinen roten knappen Bikini und begebe mich in die große Wellnessoase. Ich habe gut eine Stunde, bevor der Rest der Bande hier ankommt. Dad und Denise werden zuerst im Fitnessraum schwitzen, bevor sie sich in der Sauna entspannen. Maxi habe ich im Zimmer wieder vor dem Fernseher deponiert. Eine geniale Erfindung, wenn ihr mich fragt. Ich schäle mich aus meinem kuschligen Bademantel und steige als erstes in den Whirlpool. Ein gutes Gefühl. Ich merke, wie die Wärme meinen Körper auftaut. Ich schaue mich um, beobachte die wenigen Gäste, die hier ihre Zeit ebenfalls genießen. Ich atme tief ein und aus, schließe die Augen und lehne mich zurück. Die Ruhe vor dem Sturm. Doch dieser kommt schneller, als erwartet. Die Tür fliegt auf und ich kann schon Kay und den dunkelhaarigen Jungen in der Tür erkennen. Sie lachen und Kay klopft dem anderen auf die Schulter. Von Chris fehlt aber jede Spur. Suchend drehe ich mich um. Wenn seine Freunde hier sind, kann er ja schlecht weit sein. Just in diesem Moment betritt auch er oberkörperfrei den Raum. Ich kann meinen Blick gar nicht von ihm lösen. Er ist wirklich unglaublich durchtrainiert. Man kann sein Sixpack gut erkennen und bei der Bewegung seiner Arme kann man jeden Muskel einzeln sehen. Ich muss ihn wohl sehr genau gemustert haben. Denn ich habe nicht bemerkt, dass Kay sich zur mir gesetzt hat und mich anspricht: „Gefällt dir, was du da siehst? Dann solltest du mal meinen Körper sehen, ich habe noch mehr zu bieten!"

Ich drehe mich abrupt um. Kay sitzt mir gegenüber und fixiert mich mit seinem Blick. Ich antworte ihm in seiner englischen Muttersprache: „Danke, ich habe heute schon genug Testosteron gesehen! Kein Bedarf!" Aber ich muss ehrlich zugeben, dass auch Kay einen wahnsinnig guten Körper zu präsentieren hat. Er ist sich dessen auch bewusst und beginnt, mit seinen Brustmuskeln zu spielen. „Ach, wirklich? Dein Sabber am Kinn verrät aber was anderes." Reflexartig fasse ich mir an den Mund und bin sogleich über meine Reaktion peinlich berührt. Kay lacht laut auf und winkt nun auch Chris hierher. „Hey Chris, ich habe deine kleine Lady gefunden. Scheint so, als hätte sie dich sehnsüchtig erwartet." Chris guckt auf und unsere Blicke treffen sich. Er beginnt, zu grinsen und lässt sich nicht noch einmal bitten, herzukommen. Ich muss einen kühlen Kopf bewahren! Ich sage dieses Mantra immer wieder, aber leider kommt es in meinem Gehirn nicht an. Chris springt über die Brüstung und steigt neben mir ins Wasser. „Na Süße, hast du mich schon vermisst?", lautet seine neckische Frage. Ich setzte auf Ignoranz und gebe ihm keine Antwort. Er soll schließlich nicht merken, dass er mich durcheinanderbringt. Er rutscht ein Stück näher, aber behält einen kleinen Sicherheitsabstand. Wahrscheinlich haben ihn meine Faustschläge heute Morgen doch beeindruckt. „Ich dich nämlich schon. Hat sich gut angefühlt, als du so auf mir lagst. Ich dachte natürlich, dass wir uns noch etwas Zeit damit lassen. Aber hey, wenn du unbedingt willst, kann ich dir nichts abschlagen", raunt er mir zu. In mir beginnt es, zu kribbeln. Ich bekomme ein Ziehen zwischen meinen Beinen, das ich vorher so noch nie gespürt habe. Scheiß Hormone! Ich presse meine Schenkel zusammen und versuche, cool zu bleiben: „Sag mal, Chris, wer von euch gewinnt den nun die Wette um die Ladies? Du scheinst zu verlieren, wenn du es so verzweifelt bei mir versuchst!" Kay lacht laut und auch der dunkelhaarige Junge hat ein Schmunzeln im Gesicht. Chris hingegen zuckt ein Erstaunen über das Gesicht. Er hat sich aber schnell gefangen und gibt sich betont lässig: „Im Gegensatz zu Kay habe ich doch noch Ansprüche und ich mag kratzbürstige Frauen." Wow. In einem Satz hatte er Kay kaltgestellt und mich indirekt als herrisches Weibchen betitelt. Ich bin am Zug, aber leider fällt mir nichts mehr ein, also stehe ich auf und steige aus dem Whirlpool. Ich versuche, das natürlich möglichst sexy zu machen, aber leider gelingt mir das nicht. Auf dem letzten Treppentritt rutschen mir die Füße weg und ich knalle auf meinen Hintern. Na toll, wie peinlich ist das jetzt bitte!? Zu meiner Überraschung lachen die drei nicht, sondern springen auf und eilen mir zur Hilfe. „Lass mich dir helfen, oh holde Meid", sagt Kay galant. Chris schubst ihn leicht zur Seite und hebt mich auf. „Hast du dir was getan?". Seine Frage klingt erstaunlich ehrlich und von dem jugendlichen Rumgeplänkel ist keine Spur mehr in seinen Augen. „Nein, danke, alles gut." Obwohl mein Hintern echt schmerzt, möchte ich keine Schwäche zeigen. Christ hat mich immer noch nicht losgelassen und schaut mir tief in die Augen. In seinen Armen wird mir richtig heiß. Ein Verlangen steigt in mir auf, dass ich nicht benennen kann. Mein Herz pocht laut und ich fühle mich wieder extrem zu ihm hingezogen. Ich schüttle ihn ab, in der Hoffnung, mein Körper würde sich ebenfalls beruhigen. Er sieht mich besorgt an: „Willst du dich nicht setzen? Du zitterst ganz schön." Ich verneine, drehe mich um und verlasse den Raum. Die Situation ist schon peinlich genug. Der Höhepunkt wäre dann doch noch einen dummen Spruch gedrückt zu kriegen. Es ist eh an der Zeit, mich für das Abendessen fertig zu machen. „Erhol dich gut, Süße, damit du später fit bist!", säuselt mir Chris hinterher. War ja klar, dass er es sich nicht verkneifen kann.

Kapitel 3

Meine Haare trage ich heute Abend offen. Die Beachwaves fallen mir locker über die Schultern. Ich habe mir auch die Mühe gemacht, ein abendliches Make-up aufzulegen, das immer noch natürlich aussieht. Der rote Lippenstift gibt dem Ganzen noch die nötige Würze. Ich denke immer wieder an Chris und seine Umarmung. In diesem Moment hatte ich das Gefühl, den wahren Chris für einen kurzen Moment zu sehen. Ich meine, eine gewisse Wärme in seinen Augen gesehen zu haben, die ich bis jetzt noch nie bei einem Jungen bemerkt habe. Dann muss ich aber wieder an seine dummen Sprüche und vor allem an das Gespräch von Kay und dem anderen Typen denken. Nein, er ist ganz sicher ein riesiger Frauenvernichter, der sich alles nimmt, was er möchte. Aber ich werde das Feld nicht kampflos räumen. Ich werde ihm beweisen, dass ich auch in seiner Liga mitspielen kann. Wenn er versucht, mich zu triezen, dann kann ich das schon lange. Ich ziehe mir mein enges, bodenlanges Seidenkleid an. Es hat bis zu den Oberschenkeln einen Schlitz und der Ausschnitt verrät doch einiges, ohne es wirklich zu zeigen. Die Ärmel sind lang genug, sodass ich keinen Schmuck um die Handgelenke brauche. Gut so, ich hätte nämlich auch gar keinen. Meine feinen Lederboots von LV verleihen dem Ganzen den perfekten Casual-Touch. Diese Schuhe durfte ich mir von meiner Mutter ausleihen. Sie sind was ganz Besonderes und wurden weder von Mum noch von mir mehr als dreimal getragen. Aber heute ist die perfekte Gelegenheit. Ich kämme meine Haare nochmals durch, lege mir den Scheitel, kontrolliere meine Zähne. Man weiß ja nie. Dann streife ich mir meine Modeschmuckringe über die Finger und ich bin ready to go.

Es sind schon alle am Tisch und der erste Gang wird bereits serviert. Aber mir macht es nichts aus, da ich sowieso keinen allzu großen Hunger habe. Ich bleibe kurz am Eingang stehen und schaue zum Tisch der Jungs rüber. Aber leider ist dieser leer. Ich bin etwas verwirrt. Mein großer Auftritt bleibt also ungesehen. Etwas verbittert setze ich mich und lasse das Abendessen über mich ergehen. Von den Jungs fehlt noch immer jede Spur. Wahrscheinlich vergnügen sie sich schon in der Champagnerbar mit irgendwelchen Tussen.

„Begleitest du uns nachher noch in die Schlosslounge, Viki?", fragt mein Vater am Ende des Dinners. Ich habe eigentlich keine große Lust, da ich mich weder mit Dad noch mit Denise unterhalten will. Von beiden hatte ich heute echt schon genug gesehen. „Eher nicht!", gebe ich schroff zurück. „Viki, das war keine Frage, sondern eine Bitte", sagt Denise. Maxi bettelt, ebenfalls mitkommen zu können, aber für den kleinen Knirps ist es an der Zeit, ins Bett zu gehen. Wahrscheinlich würde die Lounge auch nicht mehr stehen, wenn der Kleine darin wieder einer seiner Wutausbrüche bekäme. „Nein, Maxi. Du brauchst auch nicht rumbrüllen und das Glas nach mir werfen", versucht Denise, den aufgebrachten Satansbraten zu beruhigen. Maxi ist es aber völlig Wurst, was seine Mutter da erzählt und wirft den kleinen Brotteller gleich noch hinterher. „Schluß jetzt!" Mein Vater hat eine ruhige und wortgewandte Art, aber wenn er dich in die Schranken weißt, lässt der Tonfall einen sofort strammstehen. Maxi schaut ihn an. Er weiß, dass er diesem Machtwort nichts mehr entgegenzusetzen hat und beginnt nun, seine Mitleidskarte auszuspielen. „O.k., mein Schatz! Wenn du jetzt lieb bist, darfst du dafür bei Mami und Papi schlafen, ja?", beschwichtigt ihn Denise. Diese Worte lassen mich hellhörig werden. Maxi anscheinend auch. Er verstummt und beginnt zu lächeln: „Nur wenn ich auch bei euch im Bett schlafen darf!", posaunt er. Bevor mein Dad seine Einwände kundtun kann, stimmt Denise bereits zu. „Ich brauche einen Drink", murmelt Dad und erhebt sich. Gemeinsam verlassen wir den Kristallsaal. Im Foyer trennen sich die Wege. Denise begleitet Maxi nach oben und Dad steuert wortlos zur Schlosslounge.

Wir können in der Lounge noch ein Sofa ergattern und setzen uns. Der Kellner eilt sofort zu unserem Tisch und nimmt die Bestellung auf. Mein Dad ordert einen Whisky und ich darf mir sogar ein Glas Moscato bestellen. Obwohl ich mehrmals ein Gespräch lanciere, bleibt mein Dad immer noch wortkarg. Also vergrabe ich mein Gesicht hinter meinem iPhone und erstelle noch ein paar Instastories. Schließlich müssen meine Follower und Freunde auf dem Laufenden gehalten werden. „Guten Abend, dürfen wir uns zu Ihnen gesellen?" Ich blicke auf. Die Lounge hat sich mittlerweile gut gefüllt und alle Tische und Barhocker sind besetzt. Der dunkelhaarige Typ steht vor uns und lächelt meinen Dad freundlich an. Da Denise immer noch nicht da ist, wird sie es wahrscheinlich auch nicht mehr tun. „Bitte, machen Sie es sich gemütlich", brummt Dad gedankenversunken hinter seinem Whiskyglas hervor. Der dunkelhaarige Typ setzt sich und auch Kay und Chris gesellen sich dazu. „Einen schönen Anzug haben sie da an, Mister …", schleimt Kay. „Mister Kirchner, aber nennen sie mich Walter." Mein Dad scheint nun von den jungen Herren volle Aufmerksamkeit zu bekommen. „Darf ich vorstellen, das sind Chris Robert Warrington und Jonathan Parker. Ich heiße Kay William O'Ballareon, Sir!" Mein Dad fragt die Jungs, was sie gerne zu trinken hätten, aber Kay besteht darauf, uns heute Abend einzuladen. Schließlich hätten sie uns doch diesen fabelhaften Tisch zu verdanken. Ich komme nicht um den Gedanken, dass den Jungs dieser Tisch sowieso am besten gefallen hätte. Mein Dad nimmt dankend an und beginnt, die üblichen Fragen des Kennenlernens zu stellen: „Also, woher kommt ihr?" Kay erklärt ihm, dass sie in den USA, genauer gesagt in Los Angeles, zu Hause seien. Auf die Frage, weshalb Chris und er so gut Deutsch sprechen, antwortet Chris: „Unsere Eltern führen internationale Konzerne mit Tochterfirmen im deutschsprachigen Raum. Deshalb haben wir einige Jahre als Kinder in Zürich und Hamburg gelebt. So haben Kay und ich uns auch an der Privatschule kennengelernt. Die Schweiz verbindet uns." Mein Dad scheint nun doch fasziniert von ihnen. „Wie sieht es denn mit Ihnen aus, Jonathan?" Dieser aber lächelt einfach weiter und nickt. „Sorry, Sir, aber Jonathan spricht kein Deutsch. Er ist aber der begabteste Surfer auf der Welt. Mein

Dad hat ihn darum unter seine Fittiche genommen. Er ist wie ein Bruder für mich", antwortet Kay. Jonathan wird also nicht an diesem Gespräch teilnehmen, denn mein Dad weigert sich seit Jahren, eine andere Sprache als Deutsch zu sprechen. Auch von Mum hatte er immer erwartet, dass sie kein Englisch spricht. Armer Jonathan! Also versuche ich mein Glück, da ich von den anderen dreien keines Blickes gewürdigt werde. „Jonathan, du lebst also in Los Angeles?", frage ich interessiert. Ich hoffe, dass mein englischer Akzent doch einigermaßen akzeptabel klingt. „Ja, genau", antwortet er knapp. Die anderen scheinen immer noch kein Interesse an mir zu haben. Also versuche ich erneut, das Gespräch zum Laufen zu bringen. „Gehst du dann auch mit ihnen zur Schule?" Er wirkt kurz ratlos und verneint mit einem Wort meine Frage. Puhh! Das ist mal ein harter Brocken. So redefreudig die anderen beiden doch sind, hätte ich von Jonathan mehr erwartet: „Deine Halskette sieht sehr schön aus. Ist das ein Haifischzahn?" Nun erhellt sich sein Gesicht. Anscheinend habe ich nun doch einen Nerv getroffen. „Ja, es ist ein besonderer Talisman. Ich habe ihn eines Abends gefunden, als ich am Pier saß." Er blickt mich wieder an, aber stellt keine Gegenfrage. Also bohre ich weiter: „Seit wann findet man auf einem Pier einen Haifischzahn? Wurde dir der Hai auf einem silbernen Tablet serviert, oder was?", frage ich witzelnd. Jonathan schmunzelt endlich: „Hat dir schon mal jemand gesagt, dass du ganz schön hartnäckig sein kannst? Du hast dich noch nicht einmal vorgestellt und willst schon alles über mein Leben erfahren." „Oh, Entschuldigung, ich heiße Viktoria, aber nenn mich bitte Viki!" Plötzlich bemerke ich an meinem Bein eine Berührung. Als ich über den Tisch schaue, sehe ich, wie Chris mich amüsiert fixiert. Ich schaue unter den Tisch und sehe, dass er sein Bein an meines gelegt hat. Leicht errötet schaue ich auf. Zum Glück habe ich heute genügend Make-up im Gesicht. Ich wende cool meinen Blick ab und versuche, das Gespräch mit Jonathan weiterzuführen: „Ich habe auch eine Tante, die in Los Angeles lebt. Sie hat mich schon mehrmals eingeladen, aber bis jetzt habe ich es noch nicht geschafft, sie zu besuchen." „Solltest du! L.A. ist ein schönes Fleckchen Erde", meint Jonathan verträumt. „Wirklich?", frage ich und hoffe inständig auf eine interessante Antwort, die mich von Chris ablenkt. Dieser hat nämlich sein Bein langsam in rhythmischen Bewegungen noch weiter hochgeschoben. Es fühlt sich aber so gut an, dass ich nicht zurückweichen möchte. Das pochende Gefühl breitet sich langsam in meinem ganzen Körper aus und konzentriert sich vor allem auf die Mitte. Mir wird schon etwas schwindlig. „Es kommt darauf an, wo du lebst." Jonathans Antwort reißt mich aus meinen Phantasien. Ich erschrecke über mich selbst. Genau das wollte ich doch nicht mehr zulassen! Ich trete Chris ins Bein, sodass dieser ein schmerzverzogenes Gesicht macht. Der Tritt hat wohl gesessen! Ich triumphiere innerlich und wende mich Jonathan zu. Dieser schmunzelt und zeigt unauffällig mit dem Daumen nach oben. Der Tritt scheint auch ihm gefallen zu haben. „Seit ich bei Kay untergekommen bin, lässt es sich sehr gut leben." „Hört sich gut an! Wo lebt ihr denn? In den Hills?", frage ich liebsäuselnd mit einem Seitenblick auf Chris. Es passt ihm wohl immer weniger, dass ich nun an Jonathan Gefallen gefunden habe. „Wir leben in Malibu direkt am Meer. Kays Familie hat dort ein riesiges Anwesen. Aber das Beste ist immer noch der Pazifik direkt vor der Haustüre, da würde es mich auch nicht interessieren, wenn ich in einer Hundehütte leben müsste." Ich beginne, zu lachen und rücke ihm noch etwas näher. Wollen wir mal schauen, was Chris noch so zu bieten hat. „Meinst du wirklich, du könntest in einer Hundehütte überleben? Na ja, für zäh halte ich dich ja schon …" Jonathan taut immer mehr auf und ich kriege langsam richtige Antworten: „Solange ich mit Kay unterwegs bin, würde er das nie zulassen. Der braucht sein Federbett und vor allem das Servicepersonal, das seinen Arsch pudert. Er könnte sich nicht mal einen Tee alleine zubereiten, selbst wenn das Wasser schon kochen würde." Wir lachen beide und amüsieren uns köstlich, vor allem, weil Kay davon absolut nichts mitbekommt. Kay und mein Dad fachsimpeln über Whisky und das liebe Geld. Welches Whiskyglas wohl das nächste sein wird? Der Tisch ist schon gut gefüllt und mein Dad hat schon einen sitzen. Ich spreche weiter mit Jonathan und erfahre, dass Chris und auch Kay aus wirklich superreichen Elternhäusern stammen. Der Bartender hat also die Wahrheit gesagt. Auch machen die drei Jungs meist alles gemeinsam. Keine sportlichen Aktivitäten lassen sie aus, was die Körperkonstitution von allen dreien erklärt. Ein Body ist heißer als der andere und es ist deshalb auch nicht unverständlich, weshalb sich nicht nur die jüngeren, sondern auch schon ältere Frauen immer wieder zu ihnen umdrehen. Die drei machen echt was her. Jeder entspricht einem heißen Klischee, zu dem man ungern Nein sagt.

„Viki", lallt mein Dad, „ich glaube es ist nun an der Zeit, dass wir uns verabschieden." Ich weiß, dass mein Dad bei solchen Sachen keine Widerrede duldet. Ich weiß aber auch, dass er es nicht mag, wenn ich meine Sachen verliere. Also lasse ich mein iPhone gezielt auf dem Tisch liegen. Chris hat meinen Plan durschaut und legt unauffällig die Hand darauf.

Nachdem wir die Lounge verlassen haben, unterbreite ich meinem Dad das Missgeschick. Dad ist aber nun wirklich in einem sehr heiteren Zustand und hat keine große Lust, sich noch weiter zu bewegen. Außerdem ist der Lift bereits unten angekommen. Dad meint, dass ich in 15 Minuten ein Telefonat mit ihm aus meinem Zimmer zu führen hätte. Na, immerhin ein paar Minuten! Die Türe schließt sich und ich drehe mich um. Dabei pralle ich auf eine trainierte Brust. Chris steht bereits hinter mir: „Ich hatte schon Angst, du würdest das Telefon John geben." Ich tänzle um ihn herum und sage ganz unschuldig: „Hätte ich vielleicht auch gewollt, aber du warst schon wieder zu egoistisch." Er drückt mich mit seinem Körper an die Wand des Treppenhauses und schiebt mich um die Ecke. Er steht so nah bei mir, dass ich seinen ganzen Körper an meinem spüre. Wieder kommt das Verlangen nach ihm in mir auf und mein Hirn verabschiedet sich. „Sag das nochmal und ich hole ihn her", flüstert er. Seine Lippen berühren fast meine Hals. Ich wünschte sogar, sie würden es. Aber er hält sich doch zurück. Er schaut mir wieder in die Augen und funkelt mich herausfordernd an. Komm schon, Viki, du kannst ihn auch so provozieren! Ich lege meine Arme um ihn und fahre damit seinen Rücken herab. Er beginnt, etwas schwerer zu atmen. Na also, geht doch! Ich gehe einen Schritt weiter und drücke meine Brüste an seinen Oberkörper. Er zieht die Luft ein und ich kann nun das Verlangen in seinem Blick deutlich erkennen. Langsam schiebe ich mein Bein zwischen die seinen und flüstere ihm ins Ohr: „Gute Nacht, Chris. Träum was Süßes, Baby!" Ich unterstreiche meine Gute-Nacht-Wünsche, indem ich ihn kurz auf den Hals küsse. Das ist der Moment, in dem ich ihm mein iPhone entreiße, mich umdrehe und die Treppe hinaufgehe. Chris bleibt unten stehen und blickt mir nach. Er scheint völlig verdattert zu sein. Ich wackle gekonnt mit meinem Po und mache ihn so noch heißer. Bevor ich um die Ecke biege, drehe ich mich galant um und schicke ihm einen Luftkuss zu. Als ich aus seinem Sichtfeld verschwinde, fühle ich mich großartig. Dem kleinen Macho habe ich es nun aber wirklich gezeigt. Siegessicher laufe ich die Treppen weiter hoch. Kurz bevor ich oben ankomme, spüre ich, wie mich jemand am Arm packt und umdreht. Chris steht erneut vor mir. Er nimmt mein Gesicht sachte in seine kräftige Hand. Den anderen Arm legt er vorsichtig um meine Hüfte und zieht mich langsam an sich heran. Dann küsst er mich ganz sanft mit seinen Lippen. Mein Gott, ist er ein guter Küsser. Er weiß genau, was er da tut. Seine Lippen bewegen sich leicht und er fängt an, ganz vorsichtig an meiner Unterlippe zu ziehen. Er küsst mich erneut und der Druck auf meinen Lippen steigt etwas, bevor er sich wieder löst. In mir fangen die Schmetterlinge an, Kapriolen zu schlagen. Als ich immer noch keinen Widerstand leiste, beginnt er, langsam seinen Mund zu öffnen. Als ich das auch tue, wird der Kuss noch inniger. Ich schlinge meine Arme um ihn und ziehe ihn fest an mich heran. Seine Hand wandert von der Hüfte weiter nach unten an meinen Po. Er hebt mich mit nur einer Hand hoch und drückt mich gegen die Wand. Ich kann nicht mehr und schlinge vor lauter Verlangen die Beine um seine Hüften. Ich werde jäh aus meinen Träumen gerissen, als mein iPhone klingelt. Bestürzt sehe ich zu Chris und mir wird bewusst, in welcher Position ich mich befinde. Ich fange an, zu strampeln wie ein kleines Kind. Chris lässt mich langsam zu Boden und grinst. „Hast du gedacht, dass du mir einfach so davonkommst, Prinzessin?" Scheiße, Chris hat schon wieder das letzte Wort! Das ist doch einfach unglaublich! Dieser Kerl bringt mich völlig aus dem Konzept. Stolziert hier rum, bezirzt die gesamte Frauenwelt und bringt einen dazu, Sachen zu tun, die man sonst nur in den Schundromanen für Hausfrauen liest. Ich bin eigentlich nicht auf den Mund gefallen und würde mich sonst so ein dahergelaufener Typ einfach küssen, würde ich ihm sofort eine reinhauen. Ich drehe mich um, ohne ihn noch eines Blickes zu würdigen, und laufe durch die Tür: „Hi Dad, ich wollte dich gerade anrufen."

Kapitel 4

Der Wecker klingelt und reißt mich aus meinem Schlaf. Ich bin sofort hellwach und denke an die Ereignisse von gestern zurück. Ich werde nervös. Was ist, wenn Chris mich heute beim Frühstück überhaupt nicht beachtet? War ich doch nur eine schnelle Nummer für ihn? Ich schlage die Hände vor meinem Gesicht zusammen und atme tief ein und aus. Eine kalte Dusche hilft mir bestimmt, einen klaren Gedanken zu fassen. Zum Glück muss ich mich wenigstens nicht noch um den Satansbraten kümmern. Den werde ich schön beeinflussen, dass er ja noch eine weitere Nacht bei Dad verbringt. Er hat ihn schließlich gezeugt, soll er sich mit ihm rumschlagen. Ich stelle die Dusche an und begebe mich kurz darunter. Es tut gut. Nach der Erfrischung versuche ich heute vergeblich, mein Make-up und die Haare in Form zu bringen. Beides will nicht so, wie ich es haben möchte und ich gebe auf. Wenn es schon nicht mehr darauf ankommt, kann ich auch gleich mit dem langen Hoodiekleid antanzen. Wenigstens ist das bequem und kuschelig warm. Ich mache mich auf den Weg zum Frühstück. Um ja niemandem zu begegnen, nehme ich die Treppe. An dem Punkt, an dem mich Chris gestern gegen die Wand gedrückt hat und ich mein Verlangen nicht mehr zügeln konnte, steigt mir die Röte ins Gesicht. Meine Gänsehaut meldet sich zurück und in meiner Brust schlägt mein Herz schneller. Eifrig laufe ich weiter nach unten. Vielleicht sehe ich ihn ja gleich! Der Tisch der Jungs ist aber wieder einmal leer. Dafür ist Denise da und zieht einen Flunsch. Sie weigert sich, zu essen, da sie leichte Bauchschmerzen habe. Insgeheim denke ich, dass sie sich vor den Kalorien drücken will. Ich bestelle mir einen Kaffee bei der Kellnerin, bevor ich das Frühstücksbüffet ein weiteres Mal unter die Lupe nehme. Ich kann mich heute nicht entscheiden, was ich gerne möchte. „Das Rührei ist echt vorzüglich", wispert mir jemand ins Ohr. Ich beginne zu grinsen. Chris schwingt sich lässig an den Brottisch und blickt mir ins Gesicht. Da das Büffet nicht ganz einsichtig ist, muss ich mir keine Sorgen wegen Dad machen. „Hmm, vielleicht hätte ich doch lieber Fleisch", zwinkere ich ihm zu. Er grinst verschmitzt, als er zu Boden schaut. „Weißt du, ich finde dich echt interessant. Hättest du heute Abend Zeit für mich?" Ich bin etwas perplex. Keine dummen Sprüche oder anzügliche Kommentare. „Kommt darauf an, was du mit mir vorhast." „Wird dir gefallen, Süße!" Er gibt mir einen Kuss auf die Backe und macht sich aus dem Staub. Ich kann dabei meine Augen nicht von seinem Hintern lassen. Er ist echt verdammt sexy. Die Stimmung am Tisch ist wenig heiter. Dad hat sich erfolgreich hinter der Zeitung versteckt. Irgendetwas scheint ihn zu bedrücken und er schottet sich ab. Denise nippt an einem Tee und sogar das Monster verhält sich verdächtig ruhig.

Der Tag auf der Piste beinhaltet zu meinem Leidwesen keine großen Ereignisse, außer dass ich mir die Beine schon morgens in den Bauch stehe. Maxi rollt mehr den Berg runter, als dass er sich auf seinen kleinen Beinchen halten kann. Ich verstehe nicht, wie man sich so anstellen kann. Nachmittags beschließt mein Dad, Maxi morgen in der Skischule anzumelden. Bei ihm ist nun auch der Geduldsfaden gerissen. Die letzten zwei Stunden fahren wir gemeinsam die Pisten hinunter. Doch wirklich warm wird Dad und mir auch nicht mehr. Durchgefroren komme ich im Hotel an. Chris erwartet mich bereits am Außenlift, der zum Skiraum führt. Dad hat seine Skier bereits ausgezogen und klopft sie ab. Er begrüßt Chris höflich und steigt dann in den Lift. „Sei um fünf Uhr wieder hier", haucht Chris mir ins Ohr und gibt mir einen Kuss auf den Mund. Dad hat uns gerade den Rücken zugewandt und ich bin froh darüber. Etwas Privatsphäre muss sein! Chris verabschiedet sich in die nächste Bar. Ich blinzle ihm nach. „Viki, kommst du? Es ist schon kurz nach vier Uhr und ich sollte mich bald zum Fitness mit Denise treffen." Ich bin etwas nervös. Keine Stunde gibt Chris mir, um mich fertig zu machen. Aber ich nehme die Challenge an und flitze nach oben. Eine Stunde später, stehe ich mit meinen Röhrenjeans und UGGs vor dem Eingang. Meine schwarze Pelzjacke rundet das Ergebnis ab. Meine Mütze und der Schal halten mich zusätzlich warm. Die Handschuhe habe ich leider vergessen, traue mich aber nicht, sie zu holen. Ich könnte so riskieren, dass Chris glaubt, ich hätte ihn versetzt. Also warte ich. Es ist bereits zehn nach fünf, aber Chris ist nirgends. Lässt er mich jetzt etwa sitzen? Meine Hände sind schon etwas kühl. Ich warte weitere fünf Minuten, bis Chris endlich vor mir steht. „Du hast aber Glück, dass ich auf dich warte, bei all den Angeboten, die man hier als Frau so kriegt", raunze ich ihn an. Natürlich stimmt das nicht, kann er aber nicht wissen. „Glaub mir, es wird sich lohnen. Entschuldige die Verspätung." Er legt seinen Arm um meine Schultern und läuft los. Ich kann nicht anders, als mitzugehen. Obwohl ich immer noch verärgert bin, dass er mich hat warten lassen, machen seine Berührungen das wieder wett. Chris bemerkt schnell, dass ich keine Handschuhe trage und gibt mir seine. Sehr aufmerksam von ihm! Wir schlendern durchs Dorf und Chris erzählt mir von Los Angeles. Ich vertraue mich ihm an, dass ich sogar über ein Austauschjahr in den USA nachgedacht hätte. „Meine Tante Emily lebt ebenfalls in L.A. und sie hat mir schon einige Male angeboten, sie zu besuchen. Momentan habe ich aber noch die letzten Prüfungen meiner Abschlussklasse vor mir." Wir lernen uns besser kennen und witzeln über dies und das. Es fühlt sich wirklich gut an, mit ihm durch die Straßen zu gehen. Die neidischen Blicke der anderen Frauen nehme ich dafür gerne in Kauf. Chris scheint nur Augen für mich zu haben und beachtet die anderen gar nicht. Als wir an der Gondelstation auf der anderen Seite des Dorfes ankommen, biegt er auf einmal ab. „Wo willst du hin?", frage ich verdutzt. „Da geht es nur zu den Gondeln!" „Natürlich weiß ich das, Süße. Folgen Sie mir unauffällig." Ich tue, wie mir befohlen. Er zieht mich in eine Gondel, in welcher bereits ein kleiner Tisch mit Getränken aufgebaut ist. „Darf ich bitten?", säuselt er. Ich steige ein und freue mich doch sehr, dass Chris extra eine Gondelfahrt für mich organisiert hat. Sowas hat sich noch nie jemand für mich ausgedacht. Die Türen schließen sich und die Gondel beginnt ihre Fahrt nach oben. „Wir haben eine gute dreiviertel Stunde. Was möchtest du so treiben?" Ich mache den Reisverschluss meiner Jacke auf. Chris schaut mich immer noch an und lächelt. Er bleibt auf seiner Seite der Gondel sitzen. Ich hätte schwören können, dass er sich sofort auf mich stürzen würde, aber er hält sich zurück. Also stehe ich auf und gehe um den Tisch auf ihn zu. Ich setze mich rittlings auf seine Oberschenkel und nehme seinen Kopf in meine Hände, beuge mich vor und küsse ihn. „Am liebsten würde ich dort weitermachen, wo wir gestern aufgehört haben", sage ich mit rauchiger Stimme. Seine Hände rutschen von der Taille zu meinen Hüften. Ich küsse ihn erneut und die Schmetterlinge beginnen, freudig in meinem Bauch zu tanzen. Ich wuschle durch sein Haar und ziehe leicht daran. Es scheint ihm zu gefallen. Er erhebt sich und setzt mich kerzengerade auf den Tisch, dabei fallen alle Getränke klirrend zu Boden. Uns ist es egal. „Ich mache alles, was du willst, Süße!", sagt er und ich sehe wieder das Verlangen in seinen Augen. Er streichelt mir über den Rücken und seine Hände finden schnell den Weg unter meinen Pullover. Seine Berührungen lassen meinen Körper erzittern und hinterlassen ein Kribbeln, an den Orten, an denen sie gewesen sind. Ich tue es ihm gleich und erforsche mit meinen Händen seinen Oberkörper. Er küsst mich fordernder und seine Hände ziehen mir zuerst die Jacke aus und dann den Pullover über den Kopf. Er drückt meine Beine auseinander und schiebt seine Hüften an meine. Er weiß ganz genau, was er tut und er hat eine sanfte und doch sehr bestimmende Art und Weise, mich anzufassen. Er küsst meinen Hals und die freigelegten Stellen an meiner Brust. Ich kann seine Erregung nun förmlich zwischen meinen Beinen spüren. Langsam beginnt er, die Träger meines BHs nach unten zu schieben, damit er noch weitere Körperstellen mit Küssen übersähen kann. Seine Hände sind flink und er öffnet beim nächsten Kuss meine Jeans. Langsam wandert seine Hand immer weiter nach unten zu der pochenden Stelle. Ich bekomme eine Gänsehaut am ganzen Körper und beginne, leicht zu zittern. Mein Verlangen wird immer größer und Chris schmunzelt zufrieden. Ich wünsche mir die Berührungen so sehr, aber er weiß genau, wie er mich um den Verstand bringt und auf die

Folter spannt. Er genießt es, die Oberhand zu haben. Nun ist auch mein Oberteil ausgezogen und er küsst sich weiter bauchabwärts. Das Ziehen zwischen meinen Beinen kann er kaum noch lindern, auch wenn er immer wieder seine Hüfte daran reibt. Obwohl ich jede Sekunde himmlisch finde, hänge ich plötzlich an einem Gedanken fest. Ist das nun mein erstes Mal? In einer Gondel, in der es eigentlich saukalt ist? Er scheint meine Bedenken zu erraten, steht auf und nimmt meinen Kopf in seine Hände: „Wenn es dir nicht gefällt, sag es mir ruhig, Süße!" Er küsst mich sanft und wartet dann erneut geduldig eine Antwort ab. „Nein, ich genieß es …", keuche ich. Das tue ich wirklich. Aber doch habe ich mir mein erstes Mal etwas anders vorgestellt. „Aber?", sagt er leise und küsst meinen Hals. „Ich habe mir … Also ich meine … Ich habe mir mein erstes Mal irgendwie anders vorgestellt." Keine Ahnung, wieso ich mich plötzlich schäme, aber ich bin froh, es gesagt zu haben. Er schaut mich schockiert an: „Dein erstes Mal?" Nun bin ich echt verunsichert und schlage die Hände über meinen Brüsten zusammen. Er küsst mich sanft. Dann reicht er mir das T-Shirt und den Pullover. „Ich will dich nicht ausnutzen. Hätte ich das gewusst, hätte ich dich nicht so bedrängt. Bitte entschuldige!" Ich staune nicht schlecht. Chris, der Frauenheld, will, dass ich mich anziehe und entschuldigt sich sogar für sein Verhalten. „Wieso? Ich wollte es doch auch." Er nimmt mich in die Arme, seine Erregung ist immer noch unverändert. „Ich möchte kein Arschloch sein. Das war ich in diesem Urlaub schon genug oft. Zieh dich an, Viki!". Seine Worte klingen in meinen Ohren wie eine Abfuhr. „Was ist, wenn ich es aber will?", frage ich trotzig. Er lacht zufrieden und sagt ruhig: „Lass es uns langsamer angehen. Wir haben doch Zeit." Nun bin ich doch etwas sauer, schließlich liege ich immer noch halb nackt vor ihm. „Willst du mich also nicht mehr, weil ich keine Erfahrung habe?", frage ich beleidigt. Er kommt wieder näher und küsst mich tief und innig. „Ich kann dir etwas anderes anbieten, aber ich werde nicht mir dir schlafen, meine kleine Zicke." Seine Augen strahlen wieder diese Wärme aus und er streichelt mir sanft den Hals. Er beginnt, mich wieder am ganzen Körper zu küssen. Meine Hände wehrt er ab: „My turn, Viki! Geniess es einfach …" Er drückt mich in eine liegende Position auf den Tisch. Er küsst mich, seine Hände berühren meine Brüste, wieder habe ich eine Gänsehaut und strecke ihm meinen Körper entgegen. Er küsst sich langsam nach unten. Seine Hand ist bereits in meiner Hose. Er schiebt mein Höschen zur Seite und beginnt, die vibrierende Stelle mit seinen Fingern zu umspielen, bis ich leicht erzittere. In mir steigt eine Hitze auf und ich fange an, zu keuchen. Die Küsse übersähen meinen ganzen Körper, den ich nun nicht mehr unter Kontrolle habe. Ich bäume mich leicht auf, als ich seinen Finger in mir spüre. Mein Körper bebt und ich stöhne auf. Das macht ihn wohl wahnsinnig an. Denn sein Keuchen ist unüberhörbar. Ich lasse mich fallen und geniesse jede einzelne Berührung. Das Pochen und auch die Hitze nehmen immer weiter zu, bis sie sich völlig über mich ergießt.

Als die Gondel unten ankommt, lachen wir und ich sitze auf seinem Schoß. Wir steigen aus und laufen Hand in Hand wieder zurück. „Hat es dir gefallen?", fragt er liebevoll. „Ja sehr!" Er zieht mich noch näher an seine Seite. „Lass uns heute Abend wieder zusammen in die Lounge gehen", schlägt er betont lässig vor. Ich bejahe und freue mich schon darauf. Am Hoteleingang wartet bereits Kay auf uns. Von Jonathan fehlt jede Spur. „Hey, ihr zwei Hübschen. Na, wie war's?", Kay johlt über den Parkplatz und zwinkert mir zu. „Viki hatte ihren Spaß. Der Rest geht dich nichts an!", sagt Chris bestimmend. Kay zieht die Hände nach oben und gibt sich unschuldig: „Da ist wohl jemand ins Netz gegangen!" Chris geht nicht weiter darauf ein und schiebt ihn zur Seite. Er begleitet mich noch zum Lift: „Sehen wir uns gegen zehn Uhr in der Lounge?" Ich nicke. Er gibt mir einen zärtlichen Kuss, bevor ich alleine in den Lift einsteige. Die Türe geht zu und kann nicht aufhören, zu lächeln. Dieser Typ ist einfach der Hammer. Oh Mann, mich hat es wohl voll erwischt.

Ich komme zu spät zum Abendessen. Denise rutscht schon ungeduldig auf dem Stuhl herum. Irgendetwas scheint ihr auf der

Zunge zu brennen. „Schön, dass jetzt alle da sind. Ich habe heute nämlich eine freudige Überraschung zu verkünden." Sie strahlt in die Runde und ich frage mich doch sehr, was sie zu verkünden hat. Bei einer Scheidung wäre ich wohl das Honigkuchenpferd hier in der Runde. „Mein allerliebster Ehemann", säuselt sie, „ich habe dir ein kleines Präsent vorbereitet. Bitte öffne es. Es ist mein Geschenk an dich!" Mein Vater sieht ungläubig auf das kleine Paket. Er zieht die Schleife ab und öffnet den Deckel. Sein Gesicht hätte man mit der Kamera einfangen sollen. Er wird blass und der Mund steht offen. „Ist das dein Ernst?", fragt er kalt und ruhig. Denise ist verwirrt: „Gefällt es dir denn nicht? Ich bin schwanger!" Sie klatscht die Hände voller Freude zusammen. Ich könnte kotzen. Mein Vater anscheinend auch. Es ist ja schon genug schlimm, dass er sie geschwängert und dann meine Mum verlassen hat, aber dass er sie jetzt nochmal bläht, finde ich echt eine Schippe zu viel. Wut steigt in mir auf und löst all die Glücksgefühle von vorhin in Luft auf. Ich umfasse mein Messer und die Knöchel laufen weiß an. Aber ich muss mich zusammenreißen. An irgendwas festhalten, damit wenigstens ein bisschen Normalität erhalten bleibt. Dad ist immer noch stumm wie ein Fisch, aber er läuft rot an – vielleicht würde kirschrot es eher treffen. „Das kann nicht sein", murmelt er. „Natürlich, mein Schatz! Sieh doch beide Tests an! Ich bin schwanger." Maxi jubelt und streichelt ihren Bauch. Zu viel für mich und auch für Dad. „Du verdammte Lügnerin!" Ich starre meinen Dad an. Es scheint nicht seine Woche zu sein. So einen Ausbruch habe ich zuvor nur einmal erlebt, als ich als Kind in die Sägemaschine fassen wollte. Und nun haben wir schon den zweiten in dieser Woche. „Wir packen unsere Sachen. Wir fahren noch jetzt nach Hause. Du rufst deine Frauenärztin an und machst einen Termin. Ich will das bestätigt haben. Ich hoffe stark für dich, dass du dich irrst, Denise!" Es ist totenstill im Saal, alle starren uns an. Dad steht auf und stampft die Treppe hinunter zu den Liften. Fluchend wie eine Wildsau, würde ein Jäger sagen. Denise bleibt völlig verdattert zurück. Ich bin ratlos und bewege mich keinen Zentimeter. „Wie hat er das gemeint, Denise? Wie kommt er auf eine solche Idee?" Ich fixiere sie wie eine Raubkatze. Denise zuckt bloß mit den Schultern und eine Träne rollt über ihre Wange. Nun tut sie mir doch etwas leid. Denise hat sich als erste gefangen, nimmt Maxi auf den Arm und schleicht aus dem Saal. Ich bleibe sitzen. Als ich mich umsehe, sehe ich immer noch alle Blicke auf mir ruhen. Das ist noch unangenehmer als vorhin und ich verziehe mich so schnell als möglich. Keine halbe Stunde später klopft es an der Türe. Der Concierge bittet darum, das Gepäck verladen zu dürfen. Ich werfe die restlichen Kleidungstücke in den Koffer und ziehe mir meine Jacke über. Vielleicht bleibt mir noch Zeit, Chris irgendwo zu finden und ihn über meine Situation aufzuklären. Via iPhone geht das ja schlecht, da wir vor lauter Geknutsche nicht einmal die Nummern ausgetauscht haben. Ich sause aus dem Zimmer und eile nach unten. Im Eingangsbereich wartet schon mein Vater. Denise verlädt bereits den kleinen Satansbraten im Auto. „Setzt dich ins Auto, Viki!", befiehlt er rau. „Aber ich muss noch kurz eine Sache klären", stottere ich. Es muss doch wenigstens Zeit bleiben, um Chris eine Nachricht an der Rezeption zu hinterlassen. „JETZT!" Mein Dad schnaubt vor Wut. Er packt mich am Arm und zieht mich zum Wagen. „Ich habe die Nase voll von all den Ungehorsamkeiten in dieser Familie! Es reicht nun endgültig!" Schon stehe ich vor dem Wagen und Dad öffnet die Tür. Mit einer unmissverständlichen Geste macht er mir deutlich, dass ich einsteigen soll. Ich tue es, obwohl es mir das Herz zerreißt. Ich werde Chris nie wiedersehen.

Kapitel 5

Die Fahrt von St. Moritz nach Hause dauert ewig. Es ist dunkel draußen und man kann die Landschaft nicht erkennen. Ich denke an Chris und versuche fieberhaft, ihn wenigsten auf Instagram zu finden, aber all meine Versuche scheitern. Es sieht so aus, als würde er nur noch in meiner Phantasie existieren. War es überhaupt real? Mein Dad versucht auch mehrmals vergeblich, meine Mutter zu erreichen. Doch ihr Telefon bleibt unbeantwortet. Ich hätte ja auch einen eigenen Hausschlüssel, vor verschlossenen Türen stehe ich sicher nicht. Als wir endlich die Autobahn verlassen und die Stadt Zürich sich vor uns erhebt, bin ich froh, bald zu Hause zu sein. Wir fahren über die Limmatbrücke und Richtung Sihlcity. Noch ein paar Straßen und wir sind da. Wir fahren am Kebab Laden von Mesut vorbei, der immer gut gefüllt ist. Zürich ist eine pulsierende Stadt, in der ich mir sehr wohlfühle. Die Geschäfte sind immer fein säuberlich clean, die Straßen sind in einem sehr guten Zustand und allgemein wird viel Wert auf das Äußere und das Gepflegte gelegt. Dass dies was kostet, wissen wir alle. Trotzdem kann man sich nirgendwo sonst so frei bewegen. Man braucht selten Angst zu haben und kann auch nachts gut ein paar Straßen alleine laufen. Die Menschen sind freundlich und vor allem auf dem Land grüßt man sich wirklich immer mit einem Hallo. Der Schweizer Bünzli ist eben wirklich so. Er ist sauber, gepflegt und achtet grundsätzlich immer auf seine Manieren und den Respekt. Ich weiß dies echt zu schätzen und atme die Stadtluft durch mein geöffnetes Fenster ein. Der Wagen hält und Dad steigt aus. Er nimmt meinen Koffer aus dem Auto und die Skier vom Dach. Er läutet mit der Hausklingel ein paar Mal Sturm, bis man das mechanische Knurren der Tür hört. Mum hat wohl die Tür geöffnet, ein Zeichen ihrer Anwesenheit. Dad gibt mir wortlos einen Kuss auf die Wange, steigt ins Auto und fährt wie ein Henker davon. Keine gute Idee, denn Bussen in der Schweiz sind verdammt teuer! Es kommen auch immer wieder Leute ins Gefängnis, weil sie zu schnell über die Autobahn brettern. Ich hoffe, mein Dad hat sich im Griff. Was ihn wohl so bedrückt? Ich schiebe die Eichentür auf und laufe durch den Eingangsbereich in den 2. Stock. Wir haben keinen Lift und das Gebäude ist generell etwas älter. Mum wollte unbedingt in der Innenstadt wohnen bleiben, obwohl die Mieten hier horrend hoch sind und man auch nicht viel für sein Geld bekommt. Ich möchte aber nochmals anmerken, dass wir von einem schweizer Standard sprechen. Für andere wäre es wahrscheinlich immer noch eine sehr luxuriöse Wohnung. Ich schleife meine Koffer hoch und fluche leicht, da meine Mum wohl nicht das Gefühl hat, mir helfen zu müssen. Die Tür oben ist offen und ich betrete unsere Wohnung. Der Dielenboden knarrt an der Garderobe ganz leicht, als ich meine Jacke aufhänge. Ich ziehe die Schuhe aus und stelle sie fein säuberlich nebeneinander. Auch so ein schweizer Reinlichkeitsding. Dann trete ich ins Wohnzimmer und sehe meine Mum auf dem Sofa liegen. Ihre Haare sind zerzaust und ihre Hose auf halb acht. Ihr T-Shirt lässt unfreiwillig ihren Bauch hervorblitzen und ich kann daran erkennen, dass Mum in den letzten Jahren nun wirklich ganz schön zugenommen hat. „Hi Mum", sage ich und gehe auf sie zu. Die Fahne vom Alkohol ist bereits einige Meter entfernt zu riechen. Sie übertüncht die Pizzagerüche und die Schweißausdünstung meiner Mutter. Es würgt mich und ich möchte das Fenster öffnen. „Wir haben Winter, god damn", lallt Mum und versucht, mich daran zu hindern. Bei dem Versuch aufzustehen, geben ihre Beine nach und sie sackt vornüber. Heilige Maria Gottes, so habe ich meine Mum noch nie gesehen. Sie hat komplett die Kontrolle verloren. Ihr hübsches Gesicht ist aschfahl und ihr Haar wirkt stumpf und fettig. Ich korrigiere. Sie ist nicht mal mehr ein Schatten ihrer selbst, sie hat sich komplett verloren. „Mum, du kannst dich nicht mehr so gehen lassen. Es ist nun 10 Jahre her, seit Dad sich von dir getrennt hat. Ich bitte dich!", sage ich mütterlich. „Was weißt du schon davon? You have no idea! Ich habe alles unter Kontrolle und I am fine …", lallt sie vor sich hin. Sie beginnt bereits, zwei Sprachen zu mischen, so gut geht es ihr. Ich möchte sie ins Bett bringen und greife ihr unter die Arme: „Komm schon, Mum. Ich bringe dich ins Bett." „Hände weg, ich kann alleine … Ich bin an adult." Sie torkelt gefährlich nah auf die Tischplatte zu. „Natürlich, kannst du das. Aber ich brauche vielleicht eine Umarmung von meiner Mum. Komm schon!" Ich versuche, meine Tränen der Wut und Verzweiflung zu unterdrücken. Mum geht darauf ein und breitet die Arme aus. Mir wird speiübel, wenn ich neben ihr stehe. Ich bugsiere sie ins Zimmer und lasse sie aufs Bett fallen. Dann drehe ich mich wortlos um. Was zur Hölle ist hier eigentlich los? Ich bin in einer absoluten Verzweiflung angekommen und fühle mich so alleine, wie schon lange nicht mehr. Meine Mum ist dermaßen besoffen, dass sie nicht mal mehr ins Bett kommt. Dad hatte vor versammelter Mannschaft einen Ausraster und Hals über Kopf das Hotel verlassen. Alle sind mit sich selbst beschäftigt, aber niemand fragt, wie es mir geht. Viki kann das schon! Viki packt das schon! Klar, ich mache möglichst das Beste aus dieser Situation. Ich habe gelernt, zu kämpfen und den Kopf nicht in den Sand zu stecken. Aber diese Leere in mir kann ich auch mit dem Schulstoff und den vielen Büchern nicht füllen. Manchmal durchbricht sie die Oberfläche und verbrennt mich schier von innen. An solchen Tagen habe ich Mühe, das zu kontrollieren und bekomme heimliche Heulkrampfe. Zum Glück habe ich aber ein Kämpferherz und rede mir immer wieder ein, dass ich alles schaffen kann. Dass auf einen Tag voller Gewitter auch ein Tag voller Sonnenschein folgen muss. Irgendwann jedenfalls! Das hält mich meist ziemlich gut über Wasser. Auch meine Tante Emily aus Amerika kommt mir dann immer in den Sinn. Sie ist irgendwie die einzige erwachsene Bezugsperson, die ich noch habe. Sie sagt mir immer, dass wenn eine Tür zugeht, irgendwo bald eine andere aufgeht. Und daran glaube ich! Muss ich glauben. Durch die Scheidung habe ich beide Eltern verloren. Auch wenn sie physisch zwar noch da sind, sind sie beide eigentlich ganz weit weg. Ich fange an, das Wohnzimmer und die Küche von den vielen Weinflaschen zu befreien. Wenigstens ist es noch kein Schnaps, sage ich mir. Positiv bleiben! Die Pizzaschachteln drücke ich zusammen. Dann nehme ich mir einen Lappen und einen Schwamm. Morgen soll schließlich ein neuer Tag beginnen. Und so versuche ich, die Vergangenheit mit Putzarbeiten zu beseitigen.

Ich wache auf. Die Sonne scheint ausnahmsweise. Es hat gestern Nacht noch leicht geschneit und ein kleiner Zuckerguss liegt auf den Straßen und den Dächern der Stadt. Ein guter Morgen nach einer verkackten Nacht. Ich drücke mir die Daumen, setze meine Kopfhörer auf, stelle mir mein Lieblingslied ein und bleibe noch etwas im Bett, bevor ich meine Füße nicht mehr stillhalten kann. Ich schwinge mich aus dem Bett und versuche, alle meine üblen und traurigen Gedanken beiseite zu schieben. Wenigstens für zwei Minuten. Ich tanze mit geschlossenen Augen durch mein Mädchenzimmer. Die Wände sind meiner Mum wegen altrosa, aber mein Schminktisch ist mit seinem Stuck ein echter Hingucker. Ich schüttle die Kissen und meine Bettwäsche auf. Ich liebe es, abends in ein gemachtes Bett zu steigen. Seit meine Mum leider immer mehr an der Flasche hängt, bleiben viele Haushaltsarbeiten an mir hängen. Ich kann mich erinnern, dass wir früher eine Putzfrau gehabt haben, die das alles erledigt hat. Wie ich Maria dafür vermisse. Sie hat mir sogar Frühstück gemacht. Früher war es einfach anders. Wir wohnten auf der anderen Seite der Limmat und hatten einen wahnsinnig tollen Blick auf den See gehabt. Die Wohnung war riesig und immer mit Licht durchflutet. Morgens saß mein Dad bereits am Tisch und las die Zeitung, um sich über den Aktienmarkt zu informieren. Ich glaube er handelte damit. Meine Mum kam mit ihrem Seidenbademantel immer in die Küche und machte Kaffee, den sie Dad mit einem Kuss reichte. Früher fand ich das eklig, heute wünsche ich mir, dass es noch so wäre. Mein Dad legte dann immer die Zeitung beiseite und nahm meine Mum kurz auf den Schoß, um ihr was Nettes ins Ohr zu flüstern. So stelle ich es mir jedenfalls vor. Denn meist warf sie den Kopf in den Nacken und lachte.

„Viktoria, kann ich reinkommen?" Meine Mum steht vor der Tür. Ich reagiere nicht. Ich weiß nicht, ob ich meine Erinnerungen schon gehen lassen will. Doch sie öffnet die Türe bereits. „Wegen gestern … es tut mir leid! Ich habe nicht gewusst, dass du nach Hause kommst. Ich … weisst du, es war einfach dumm gelaufen." Ich schaue sie an. Kann doch nicht ihr Ernst sein? Ich werde wütend. Sie ist die Mutter im Haus und sollte sich um mich kümmern. Die Rollenverteilung ist hier definitiv falsch. Ich reiße mich zusammen, das kann ich nämlich richtig gut. „Mum, du musst eine Therapie machen!" Sie schaut mich schockiert an. „Wieso sollte ich? Ich habe kein Problem, Viki. Ich habe nun einmal einen über den Durst getrunken, weil mein Schatz nicht zu Hause war. Ich habe dich einfach vermisst." Ich weiß, dass meine Mum mir kein schlechtes Gewissen einreden will, aber genau das macht sie. Jedes Mal, wenn ich mit Dad unterwegs bin, sagt sie sowas. Manchmal habe ich das Gefühl, sie würde es mir nicht gönnen. Schnell lege ich diesen Gedanken bei Seite. „Mum, du konsumierst jeden Tag bereits mindestens eine ganze Flasche Wein. Ich finde, du solltest mit jemandem darüber reden. Ich mein, Tante Emily macht es doch auch." Ich hoffe, damit ein Ass im Ärmel zu haben. Viele Amerikaner gehen auch ohne Probleme zu einem Therapeuten. So glaube ich jedenfalls. Meine Mum schaut mich fragend an. „Viki, wir sind nicht in Amerika. Ich lebe nicht mehr in New York. Ich bin wegen deines Vaters hierhergekommen. Ich bin nun eine Schweizerin!" Ja, wir lieben das Leben hier. Aber es tut ihr nicht gut. Sicherlich nicht mehr, seit mein Dad eine andere geschwängert hat. Dieser Mistkerl! „Mum, bitte! Versuch es doch wenigstens einmal. Wenn es dir nicht zusagt, musst du ja nicht mehr hingehen. Bitte?!" Ich habe keine Argumente mehr und hoffe inständig, dass sie einlenkt. Sie kratzt sich am Kopf und sagt: „Aber nur einmal. Ich mache es nur für dich!" Das reicht mir schon. Ich klappe den Laptop auf und suche den ganzen Morgen mögliche Therapeuten heraus. Einer hat sogar noch einen Termin frei. Ein anderer Patient hat heute abgesagt, was für ein Glück!

Die Therapie gefällt meiner Mum gut, da es da nur um sie geht. Sie hat sich endlich mal richtig aussprechen können, ohne das Blatt vor den Mund zu nehmen. Der Therapeut hat zwar etwas schockiert ausgesehen, als er meine Mum an der Tür verabschiedet hat, aber die Formulierung „Bis morgen, Frau Kirchner!" hat mich beruhigt. Mum wird die Therapie also weiterführen. Ich lächle. Wenigstens etwas Gutes heute. Leider finde ich weder Chris noch John oder Kay auf irgendeiner Medienplattform. Ich habe die Hoffnung nun echt aufgegeben. Und in zwei Tagen beginnt die Schule wieder. Die Semesterabschlussprüfungen stehen an und ich muss mich ins Zeug legen. Sie sind für meinen Abschluss relevant. Also habe ich ja die perfekte Ablenkung. Außerdem kommt morgen meine beste Schulfreundin aus den Ferien nach Hause. Ich muss mich langsam echt an den Gedanken gewöhnen, einen Schlussstrich unter Chris zu ziehen.

„Lass uns noch ein Kaffee trinken am Bellevue", meint meine Mutter. Ich nicke und schlendere ihr hinterher. Ihre Augen hat sie hinter einer Sonnenbrille versteckt. Den Kater sieht man ihr dennoch an. Wir setzen uns in ein kleines, heimeliges Kaffee und ich bestelle mir einen Mohnkuchen. Mein Frühstück zur späten Mittagsstunde. „Also lass mal hören, wie die Ferien waren?" Ich erzähle Mum von den traumhaften Pisten, dem guten Abendessen und auch etwas von Chris. Das Geknutschte lasse ich aber sicherheitshalber weg. Von Denises Schwangerschaft erzähle ich ihr auch kein Stück. Meine Mum wäre dafür nicht annähernd bereit. Sie setzt ein gequältes Lächeln auf. Obwohl sie fragt, glaube ich ihr nicht, dass sie wirklich hören will, dass es mir gefallen hat. Also kürze ich das Ende ab. Wir sitzen eine Weile am Tisch und unterhalten uns noch über die Schule und meine Noten. Mum ist sehr interessiert daran, dass ich weiterhin so fleißig arbeite und gute Ergebnisse präsentiere. Sie gibt vor anderen Leuten immer gerne mit meinen guten Noten an. Sie vergleicht ihre Leistung als Mutter wohl direkt mit meinen guten Noten. Ich sage mir zwar immer wieder, dass ich es nicht für meine Eltern mache, aber wahrscheinlich stimmt das nicht ganz. Bei guten Noten bekomme ich nämlich von beiden immer ein paar liebe Worte und Aufmerksamkeiten. Vermutlich geht es mir auch darum. Für mich ist es jedenfalls eine Win-Win-Situation.

Auf dem Nachhauseweg schlendern wir noch lange durch die Stadt und machen unser geliebtes Schaufensterbummeln. Kaufen können wir uns die teuren Sachen seit der Scheidung sowieso nicht mehr, aber sie anschauen kann man ja noch. Eigentlich genügt es mir auch. Ich muss sie nicht unbedingt haben. Andere Sachen sind mir momentan wichtiger. Als wir so die Straße entlang schlendern, hakt sich meine Mum bei mir ein und wir unterhalten uns über Gott und die Welt. Wir holen uns sogar etwas beim Chinesen, damit wir nicht kochen müssen. Zuhause angekommen, geht meine Mutter in die Küche und öffnet den ersten Wein. Mir vergeht davon schon der Appetit. Vielleicht habe ich das Ganze doch durch eine zu rosarote Brille gesehen. Es wird ein langer Weg werden, Mum wieder auf die Spur zu bringen. Meine anfängliche Euphorie wird dem Boden gleichgemacht, als Mum das erste Weinglas in einem Zug runterkippt. Also gehe ich in mein Zimmer, setze meine Kopfhörer auf und widme mich meinen Schulbüchern. Ich brauche dringend Ablenkung. Ich studiere die einzelnen Fächer bis tief in die Nacht. Ich möchte hundemüde ins Bett fallen, damit ich ja nicht lange irgendwelchen Gedanken hinterherhängen muss. Doch leider will das nicht klappen. Obwohl ich büffle, bleibt nicht viel hängen. Verzweifelt schlage ich das dicke Wirtschaftsbuch zu. Morgen ist ein neuer Tag! Ich beruhige mich. Ich stehe auf, werfe mich aufs Bett, lausche der Musik und gebe mich meinen Gedanken hin. Auf einmal vibriert mein Handy. Ich habe einen Klumpen im Bauch. Könnte es sein, dass Chris mich gefunden hat? Ich starre auf den Bildschirm. „Hey Süße, ich bin aus den Ferien zurück. Ich muss dir ganz dringend was erzählen: ich habe einen Freund! Küsschen deine Anouk" Anouk ist seit dem Kindergarten meine beste Freundin. Ich freu mich für Anouk und trotzdem kann ich nicht verneinen, dass ich mir dies insgeheim auch wünsche. Schade, dass ich von mir nicht dasselbe behaupten kann. Ich schreibe zurück: „Hey Anouk, wie toll! Du musst mir alles erzählen. Wie wär's morgen im Odeon gegen zehn Uhr? Bisou" Die Antwort von Anouk lässt nicht lange auf sich warten. Sie schreibt mir zurück, dass es klappt. Sie würde ihren Neuen erst nachmittags treffen. Ich stelle meinen Wecker aber schon einiges früher. Ich habe vor, morgen wieder meine Runde zu laufen. Ich brauche das Gefühl, mich richtig auspowern zu können. Etwas beruhigter schlafe ich schließlich ein.

Kapitel 6

Der Wecker klingelt und ich schiebe mich aus meinem Bett. Heute ist ein grauer Tag und ich ziehe mir meine warmen Laufkleider an. Die Kopfhörer werden zurechtgerückt und ich bin im Nu auf der Straße und laufe los. Es ist noch früh und wenige Menschen sind unterwegs. Die Musik habe ich laut aufgedreht. Ich laufe im Takt zu „Dancer in the dark" durch die Straßen. Irgendwie ist der Song sinnbildlich für mein jetziges Auftreten. Zürich hat viele schöne Gebäude und ich jogge immer wieder an kleinen Geschäften und Boutiquen vorbei. Ich laufe durch das Gewirr von Häusern und habe bald die Einkaufsstraße erreicht. Hier fahren nur die Trams und ich kann mich freier bewegen. Ich passiere das Warenhaus Jelmoli und habe ein gutes Tempo drauf. Ich biege in die Straße der Luxusboutiquen und laufe in Richtung des Sees. Chanel, Max Mara, Louis Vuitton, Dior und und und. Alle Schaufenster sind mit schwarzem Metall eingefasst und es ergibt sich ein sehr einheitliches Bild. Die Gebäude haben Stuck an ihren Fassaden und die kahlen, blätterlosen Bäume säumen die Straße. Ich atme ein und aus und stoße dabei immer wieder eine kleine Dunstwolke aus. Heute ist es kalt und grau, aber das Laufen tut gut. Auf einmal joggt jemand neben mir her und tippt mir auf die Schulter. Ich laufe weiter und schiebe meine Kopfhörer nach hinten. Neben mir joggt nun Louis Lehmann, der beliebteste Junge der ganzen Schule. Nicht zu vergessen, mein Exfreund. Seine weißen Zähne blitzen auf, als er mich anlächelt. Seine blonden Locken hat er unter einer coolen Kappe versteckt. „Hey Viki, wusste gar nicht, dass du wieder mit dem Laufen begonnen hast." Ich bleibe stehen und blicke ihm in die großen, grauen Augen. „Sieht so aus, als hätte ich dich gerade aus deinen Tagträumen gerissen. Hast ja wohl nicht an mich gedacht?", fragt er augenzwinkernd. Ich atme ein, dann aus und schaue ihn an. Es war das erste Mal, dass er mich wieder anspricht seit der Trennung. „Was willst du, Louis?" Er lächelt: „Wollte nur einmal *Hallo* sagen und fragen, wie es dir geht, Viki." Ich verziehe meine Augen zu kleinen Schlitzen und frage monoton: „Auf einmal bin ich doch wieder genug gut für ein Schwätzchen, nachdem du mich ein knappes halbes Jahr kaum mit dem Arsch angeguckt hast." Er scheint verlegen, denn sein Blick fällt zu Boden. „Na ja, hast mir auch ganz schön das Herz gebrochen." Auf eine so direkte Antwort bin ich nun nicht vorbereitet gewesen. „Louis ...", stottere ich. Louis ist ein feiner Kerl. Er kommt aus sehr gutem Elternhaus und weiß, sich als Gentleman zu zeigen. „Schon gut, Viki! Mach dir keinen Kopf!", sagt er lässig. Das nehme ich ihm aber nicht ab. Sein Dackelblick verrät ihn. „Wie geht es dir?", fragt er mich und schaut mich an. „Gut!", antworte ich betont kühl. Er mustert mich lange: „Sieht aber nicht so aus. Ich kenne dich doch zu gut dafür!" Ich erstarre. Louis war bis jetzt der Einzige, dem ich nie was vormachen konnte. Wir haben beide das gleiche Schicksal erlebt. Seine Mutter ist mit dem Reitlehrer durchgebrannt und hat seinen Vater um ein Vermögen gebracht. Sein Dad hat lange gebraucht, um darüber hinwegzukommen und hat Louis immer wieder neue Frauen vor die Nase gesetzt. Meist sind diese Liaisons aber nur von kurzer Dauer gewesen. Er nimmt meinen Arm: „Wenn du eine starke Schulter zum Anlehnen brauchst, bin ich immer für dich da", sagt er liebenswürdig. Ich weiß nicht wieso, aber die Tränen brechen nur so aus mir raus. Er nimmt mich in den Arm und hält mich fest. Eine ganze Weile stehen wir so da, ohne dass er mich loslässt. „Geht es deiner Mum und deinem Dad gut?", fragt er leise und gibt mir einen flüchtigen Kuss auf die Stirn. Ich finde meine Worte wieder und antworte: „Es ist schwierig zurzeit. Aber danke!" Ich löse mich von ihm und gehe einen Schritt zurück. Ich kann ihm ja schlecht die Ohren wegen eines anderen vollheulen. „Viktoria, du bedeutest mir immer noch die Welt. Lass uns doch gemeinsam Abendessen. Dann kannst du mir alles erzählen?" Ich sehe ihn an und weiß, dass er das absolut ehrlich meint. „Nur so als Freunde, versteht sich!", fügt er schnell hinzu. Ich nicke und verabschiede mich. Schließlich möchte ich nicht zu spät zu meiner Verabredung mit Anouk kommen. „Wir sehen uns, Herr Lehmann!", und schon bin ich um die nächste Kurve gelaufen.

Ich komme im Odeon an, schäle mich aus meiner Jacke und zupfe meine Overknees zurecht. Anouk verspätet sich wie immer. Obwohl ich bereits auf 10.15 Uhr reserviert habe, fehlt von ihr noch jede Spur. Also setzte ich mich ihn und warte. Kurze Zeit später steht sie vor mir. Anouk ist eine echte Erscheinung. Obwohl sie nicht sonderlich groß ist, macht sie Eindruck. Ihre blonden glatten Haare umspielen ihr elfenhaftes Gesicht. Sie hat blauen Augen mit einem grünen Schimmer. Sie ähneln einem Aquamarin. Solche Augen sieht man wirklich selten. Ihr makelloser Teint wird von ihrem perfekten Make-up noch unterstrichen. Sie hat eine zarte Figur, aber eine äußert starke Präsenz. Solche Mädchen sehen einfach immer perfekt gestylt aus. Keine Ahnung, wie sie es anstellt, aber sie sieht einfach immer fabelhaft aus. „Scheiße, sorry für die Verspätung. Der Penner von Busfahrer wollte um jeden Preis den Fahrplan nicht einhalten!" Ich nehme es ihr nicht ganz ab, denn die öffentlichen Verkehrsmittel in der Schweiz sind ultrapünktlich und kommen maximal ein paar Minuten zu spät. Und das sind Ausnahmen! „Macht nichts", sage ich, denn ich weiß, dass wahrscheinlich die Mascara oder das Glätteisen nicht so wollten wie Anouk. „Ich brauche unbedingt einen Kaffee. Wo zum Teufel bleibt die Kellnerin?" Obwohl sie so elfenhaft wirkt, besitzt sie eine Sprache, bei der sich manch ein Gossenmädchen noch anstrengen müsste. „Kommt bestimmt gleich", sage ich beschwichtigend. Geduld ist nicht ihre Stärke. Die Kellnerin kommt angerauscht, da sie uns schon kennt und keine Lust auf Anouks Beschwerden hat. „Ich nehme bitte einen Soja Latte und meine Freundin sicher einen Cappuccino." Ich nicke der Kellnerin zu, die mich fragend ansieht. „Also …" Anouk setzt sich nochmal gekonnt in Szene und beginnt, zu erzählen. "Wir waren ja in Zermatt. Ich wusste gar nicht, dass Familie Lehmann auch dort ist." Mir zieht sich der Magen zusammen. „Jedenfalls konnte ich so viel Zeit mit Louis verbringen." Die Kellnerin bringt uns den Kaffee. Anouk nimmt einen Schluck und prüft die Qualität. Mir wird ganz flau. Kann es sein, dass sich meine beste Freundin meinen Ex gekrallt hat? Ich glaube, ich bin im falschen Film. „Wir haben uns lange über dich unterhalten. Er ist immer noch nicht über dich hinweg, Schatz. Ich glaube es wäre gut, wenn ihr euch nochmals aussprechen würdet. Vielleicht findet ihr ja wieder zusammen." Sie schaut mich prüfend an. Ich gebe ihr keine Antwort und nippe an meinem Getränk. „Wie auch immer ... jedenfalls hatte Louis ja seinen heißen Bruder mit dabei. Der, der die HSG in St. Gallen besucht. Weißt du noch?" Ich kann mich gut an ihn erinnern. Er ist immer schon das schwarze Schaf in der Familie Lehmann gewesen. Louis hat mir öfter über Maurice Drogeneskapaden und seine Gesetzesbrüche erzählt. Ich kann es nicht gutheißen, dass Anouk sich auf so einen Idioten einlässt, aber ich schweige. Anouk hat ihren eigenen Willen. „Eines Abends wollten wir die Vernissage Bar inspizieren. Lass mich sagen, es war ein feuchtfröhlicher Abend. Louis hat ganz schön einen sitzen gehabt und ist dann nach Hause. Maurice und ich sind jedenfalls geblieben und uns etwas nähergekommen." Anouk hört auf zu erzählen, da die Kellnerin sich nach der Zufriedenheit unserer Kaffees erkundigt. „Bist du etwa mit ihm ins Bett gestiegen?", frage ich leicht irritiert. Sie beginnt zu grinsen. „Natürlich, man lebt schließlich nur einmal. Schließlich will ich ja wissen, was ich kriege, bevor ich mich daran binde." Ich kann nicht mehr und muss lachen. Anouk, wie sie leibt und lebt. „Aber ich muss sagen, er hat sich wirklich gut angestellt. Ganze dreimal gut angestellt, wenn du es genau wissen willst." Ich laufe rot an, das ist vielleicht doch etwas viel Information. „Wenn Louis nur halb so viel bieten kann, kommst du bestimmt mehrfach auf deine Kosten." Ich erröte. „Jedenfalls ging das dann jeden Abend so und manchmal auch auf der Piste. Er hat sich echt ins Zeug gelegt, das muss man ihm lassen." Wie Anouk das so sachlich von sich preisgibt, beeindruckt mich irgendwie. „Am letzten Abend hat er mich gefragt, ob wir uns nicht wiedersehen könnten. Ich meinte dann nur, dass er dann entweder offiziell mit mir schlafen muss oder gar nicht mehr. Da er anscheinend nicht darauf verzichten kann, habe ich jetzt wohl einen Freund." Sie grinst und kann ihr Siegerlächeln nicht verbergen. Keine Ahnung, was für Bewegungen Anouk im Bett beherrscht, aber alle Männer verfallen ihr augenblicklich. Vielleicht verfügt sie ja über dieses magische Schmuckkästchen, wie es die Jungs es immer nennen. Mich erstaunt jedenfalls, dass sie sogar Maurice rumkriegt. Er gilt als absoluter Playboy, der keine Hemmungen kennt. Einmal soll er sogar seiner Freundin die Augen verbunden haben, damit sein bester Freund ebenfalls auf seine Kosten kommen konnte. Ich habe bei Maurice einfach ein ungutes Gefühl. Jedenfalls erfahre ich, dass sie heute Abend von Maurice noch an die inoffizielle Eröffnungsparty der HSG eingeladen ist. Anouk erzählt noch pikantere Details aus ihrem Liebesleben in den Ferien. Bei dem Wort Gondel schweife ich ab und denke erneut an Chris. Schon wird mir warm, wenn ich an seine Berührungen denke. Das Verlangen nach ihm steigt wieder in mir auf und ich wünsche mir, er wäre jetzt bei mir. Plötzlich wird mir bewusst, dass Chris nie mehr meine Körper streicheln und mich in den siebten Himmel küssen würde und ich erwache jäh aus meinen Tagträumen. Eine Leere macht sich in mir breit und ich fühle mich nun wirklich alleine. „... jedenfalls hat er dann mit der Zunge weitergemacht. Viki, hörst du mir noch zu?" Ich schaue sie erstaunt an und ich nicke schnell. „Du bist ja immer noch das kleine, verklemmte Mädchen. Es wird Zeit, dass es dir mal jemand richtig besorgt." Anouk zwinkert mir zu. Das weitere Gespräch dreht sich aber hauptsächlich um sie. Ich lasse mich ins Sofa fallen und lausche ihren Ausführungen. Die Zeit verrinnt, bis mein Handy vibriert. Louis hat mir geschrieben und fragt mich, ob ich heute Abend noch Zeit für ihn hätte. Da Anouk schließlich nicht hier sein wird, sehe ich keinen Grund alleine zu Hause zu sitzen. Also sage ich zu.

„Du siehst echt klasse aus." Louis begrüßt mich so charmant wie immer. Zugegeben habe ich mich in Schale geworfen. Ich trage einen silberglitzernden, knielangen Pullover. Meine Beine kommen durch die leicht durchsichtigen schwarzen Strümpfe zur Geltung. Ich trage meine Haare wieder im geliebten Beachwave-Style und der rote Lippenstift fehlt ebenfalls nicht. Ich weiß, dass

Louis diesen Look liebt. Er tritt im Türrahmen zur Seite und lässt mich in seine Wohnung. „Hätte ich das gewusst, hätte ich mich festlicher gekleidet." In der Tat hat sich Louis noch nicht aus seiner Hugo Boss Trainingshose geschält. „Gib mir einen Moment", sagt er und rauscht durch den langen Flur davon. Ich trete in das große Wohnzimmer. Der freistehende Kamin ist bereits entfacht und erzeugt eine harmonische Stimmung. Ich setze mich auf die riesige Polstergruppe und mache es mir bequem. Louis kommt zurück und lächelt mir zu. Er sieht in seiner schwarzen, zerrissenen Hose und dem coolen Oversize-Shirt wirklich gut aus. Er steht vor dem Kühlschrank und fragt mich, ob ich einen Aperitif nehme. Ich bejahe. Louis nimmt ein paar Erdbeeren aus dem Kühlschrank. Woher er die wohl hat? Geld macht anscheinend vieles möglich und wenn es nur Erdbeeren sind. Er schneidet sie klein und gibt sie in ein Glas. Immer wieder lächelt er mir dabei zu. Im Hintergrund läuft eine Cafe del mar-Playlist und ich fühle mich wieder an die Geborgenheit von früher bei ihm erinnert. Louis köpft eine Champagnerflasche und gießt die Flüssigkeit in die Gläser. Er greift erneut in den Kühlschrank und nimmt eine Käse-Fleischplatte heraus. Elegant trägt er die beiden Gläser und die Platte zur Couch. Dann schneidet er noch frisches Brot und trägt es zu mir. „Ich habe meinen Kochkünsten doch nicht so vertraut und deshalb bestellt. Ich hoffe, es ist okay für dich." „Perfekt, danke! Ich wäre auch mit weniger zufrieden gewesen." Er scheint etwas verunsichert. Aber ich nehme einen Schluck und lächle ihn an. „Also, Viki! Erzähl mal, was bedrückt dich?" Ich nehme ein Stück Käse, stecke es mir in den Mund und überlege, wie ich anfangen soll. Ich beginne zu erzählen. Einige Details aus den Skiferien lasse ich weg, vor allem alles, was mit Chris zu tun hat. Aber den Ausraster meines Vaters und auch die Suff-Katastrophe meiner Mutter schmücke ich aus. Louis hört mir geduldig zu. Es tut gut, einfach zu erzählen. „Viki, du bist nicht für deine Eltern verantwortlich. Es tut mir leid, dass du eine solche Bürde tragen musst. Aber am schlimmsten finde ich, dass ich nicht für dich da war." Louis klingt traurig und ich sehe die Reue in seinen Augen. Ich weiß, dass er mich bei allem unterstützen und mich niemals in Frage stellen würde. „Wie sieht es denn bei dir aus?", frage ich, um von mir abzulenken. Louis erzählt, dass seine Mutter nun den Reitlehrer heiraten wird. Er kann dabei seine Wut nicht ganz unterdrücken. „Wenigstens muss sie früher oder später die Hälfte ihres Vermögens diesem Idioten geben. Dad muss ihr dann auch keinen Unterhalt mehr bezahlen. Mal schauen, wie sie dann ihren Pferdestall finanzieren wollen." Er erzählt auch, dass sein Vater momentan ein blutjunges Model datet und er sich deswegen ehrlich gesagt schämt. „Weißt du, es könnte schon fast meine Schwester sein. Keine Ahnung, wieso die alten Knacker immer ein junges Ding haben wollen. Ich meine, sie können sowieso nicht mehr mithalten. Egal, wie sehr sie es auch versuchen, sie sind schließlich keine zwanzig mehr. Außerdem weiß man doch, dass die meisten jungen Frauen sowieso nur hinter dem großen Geld her sind. Wenn sie es gescheit anstellen, schaffen sie es sogar, schwanger zu werden. Dann haben sie den Jackpot gezogen." Er bricht ab und man kann seine Verbitterung förmlich spüren. Es scheint so, als säßen zwei Personen auf dem Sofa, die sich von ihren Eltern im Stich gelassen fühlen. Mir wird bewusst, dass auch kein Geld der Welt dieses Gefühl besänftigen kann. „Wenn sie dann zum zweiten Mal schwanger werden, ist es echt vorbei." Louis ist erneut baff. „Wie kann man nur so blöd sein? Ich meine, klar, kann eine Frau einen Mann um den Finger wickeln. Aber es gibt doch immer noch die Möglichkeit, sich zu unterbinden. Wieso machen sie das nicht? Dann wären diese Frauen schneller weg, als man Amen sagen könnte." Louis ist echt ein feiner Kerl und er teilt meine Einstellung. Bei ihm fühle ich mich verstanden. Er schenkt mir erneut nach und ich leere das Glas in einem Zug. Langsam beginnt der Alkohol, seine Wirkung zu zeigen. Louis bemerkt es und nimmt mir mein Glas aus der Hand. „Nicht, dass du deiner Mum noch Konkurrenz machst." Unsere Finger berühren sich und ich wünsche mir, dass mir jemand wieder das Gefühl gibt, dass Chris in mir ausgelöst hat. Ich rutsche zu Louis heran, beuge mich vor und komme ihm sehr nahe. Louis überlegt einen kurzen Moment, nimmt meine Beine in die Hand und setzt mich auf ihn drauf. Seine Hand berührt meinen Nacken und er gibt mir einen verstohlenen Kuss. Er wartet einen Moment und schaut mich an, als würde er um Erlaubnis bitten. Seinen Anstand könnte man wirklich mit einem Orden auszeichnen. Ich ziehe ihn an mich heran und küsse ihn fordernd. Er steigt ein und wir lassen uns in den Moment fallen. Louis bleibt weiterhin zurückhaltend. Nie würde er mir unter den Pullover fassen oder mich auf den Rücken legen. Vielleicht liegt es daran, dass ich ihm das letzte Mal bei diesem Versuch geohrfeigt habe. Obwohl ich den Moment genieße, sind die Gefühle nicht dieselben wie bei Chris. Es ist ein kläglicher Abklatsch dessen. Ich breche ab und sage kleinlaut: „Ich glaube, ich habe zu viel getrunken." Louis lässt mich los, lächelt mich aber weiterhin an. Ich glaube, das Ganze hier war ein Fehler.

Kapitel 7

Auf meinem Bett liegend lasse den Abend Revue passieren. Ich schlage mir die Hände vors Gesicht und kann nicht glauben, dass ich Louis diese Hoffnung gemacht habe. Wie soll ich ihm erklären, dass ich ihn nicht wirklich will? Er ist mehr eine Art Bruder für mich und mit einem Bruder will man ja schließlich keine Beziehung. Trotzdem kann ich mir ein Leben ohne ihn nicht mehr vorstellen. Was für ein Dilemma! Wieso muss immer alles so kompliziert sein? Mit Chris hat sich alles so leicht angefühlt. Ich schrecke auf, als es wie wild an der Türe klingelt. Es ist nach Mitternacht und ich habe keine Ahnung, wer um diese Zeit so respektlos sein könnte. Ich gehe zur Tür und schicke dabei meine Mum, die wieder recht besoffen ist, ins Bett. Anouk steht tränenüberströmt vor mir. Ihr Make-up ist verlaufen und die Augen rötlich von den vielen Tränen, die sie bereits vergossen haben muss. „Um Himmels Willen, was ist denn mit dir passiert?" Ich verstehe die Welt nicht mehr. Sie fällt mir in die Arme und beginnt, bitterlich zu weinen. Ich halte sie fest und streiche ihr über die Haare. So habe ich sie noch nie gesehen. Die sonst so unerschütterliche Anouk liegt in meinen Armen und heult Rotz und Wasser. Ich schließe die Türe mit dem Fuß und wir bleiben eine Ewigkeit im Flur stehen. Als sie sich langsam wieder fängt, biete ich ihr ein Glas Wasser an. Sie nimmt es dankend an und wir setzen uns an den Küchentisch. Normalerweise redet Anouk wie ein Wasserfall, aber in diesem Moment findet sie die Worte nicht. Ich streiche ihre Hand und langsam beginnt sie, zu erzählen. „Maurice hat mich abgeholt für diese Party. Er hat mir noch gesagt, ich solle was richtig Heißes anziehen." Das ist auch so. Sie trägt das kleine Schwarze und ihre Louboutins. So viel Schminke wie ihr das Gesicht runterläuft, muss sie auch ein wahnsinnig aufwändiges Make-up getragen haben. „Er hat auch gesagt, dass ich mich nicht hätte besser kleiden können und ich super aussehe. Auf der Party hat er mir dann einen Drink gegeben und mich seinen Freunden vorgestellt." Wieder beginnt sie, zu weinen und greift nach einem Taschentuch. „Ein Freund hat mir einen weiteren Drink spendiert. Auf einmal habe ich mich etwas konfus gefühlt. Alles hat begonnen, sich zu drehen und ich konnte mich kaum auf den Beinen halten. Also haben mich die zwei ins Schlafzimmer gebracht." Wieder versagt ihre Stimme. Ich ahne Böses. „Ich war nicht in der Lage, meinen Körper zu kontrollieren, Viki! Ich habe einfach nur so dagelegen. Maurice hat angefangen, mich zu küssen. Dabei hat er mein Kleid hochgeschoben. Er meinte immer wieder, ich solle mich entspannen. Aber ich wollte nicht. Ich habe immer wieder Nein gesagt. Sein Freund hat nur gelacht und sich dazugelegt …" Sie bricht ab. „Ich kann mich nicht mehr an alles erinnern. Da sind nur noch Bruchstücke." Ihre Stimme versagt endgültig. Mir brennt die Frage auf der Zunge und ich kann sie nicht mehr zurückhalten: „Anouk, haben sie dich vergewaltigt?" Anouk schaut auf. Eine lange Pause entsteht: „Nein, ich glaube nicht." Wie kann sie sich da sicher sein? Sie kann sich ja schließlich nicht erinnern. Ich frage nochmals nach, energischer als zuvor. „Anouk, das ist nicht mehr lustig. Haben sie dir gegen deinen Willen etwas getan?" In mir steigt ein Beschützerinstinkt auf, den wahrscheinlich nur Mütter kennen. Würde ich einen dieser Typen jetzt in die Finger kriegen, würde ich ihn windelweich prügeln. „Nein, Viki! Ein anderer Junge ist irgendwann dazwischen gegangen und hat es beendet. Er hat mich am Arm gepackt und das Kleid runtergezogen. Dann hat er mich aus der Wohnung getragen und nach Hause gebracht." Ich bin immer noch stinkesauer. Wie kann so etwas passieren? Solche Typen sollte man alle ins Gefängnis stecken. Niemand hat das Recht, jemanden unter Drogen zu setzen und sich seiner zu bemächtigen. Solche Typen sind das allerletzte! „Wir müssen zur Polizei", sage ich kühl. Anouk verneint lautstark und betont immer wieder, dass sie sich diese Blöße nicht geben wolle. Alles Drängen und Betteln meinerseits bleibt erfolglos. Also schnappe ich mir mein Handy und rufe Louis an. Bereits nach wenigen Sekunden nimmt er ab. „Hey meine Kleine, ich habe dich schon vermisst." Das ist mir in diesem Moment scheißegal. Ich schreie und brülle ihn an und kläre ihn über die Vorkommnisse auf. Louis sagt kein Wort. Als ich fertig bin, gibt er nur drei Worte von sich: „Ich kläre das!" Und ich weiß, dass er dies auch tun wird. Ich ermahne ihn dennoch: „Wenn du es nicht tust, werde ich mich darum kümmern und Mesut darauf ansetzen. Dann Gnade ihm Gott!" Louis hört still zu, bis ich meine Schimpftiraden beendet habe. „Viktoria, vertraue mir! Mein Bruder ist jetzt schon eine arme Sau! Ich bin bereits auf dem Weg zu ihm. Wenn ich ihn in die Finger krieg, dann kann ihm auch Gott nicht mehr helfen." „Wie willst du das denn alleine schaffen?", raunze ich ihn an. „Ich nehme Lukas und Till mit. Der Rest braucht nicht deine Sorge zu sein." Just in diesem Moment fällt mir ein, dass Louis mit den anderen Jungs seit klein auf ins Kickboxtraining geht. Bei dem Gedanken daran, dass den Tätern eine saftige Abreibung blüht, beruhige ich mich. „Melde dich, wenn du mit ihnen fertig bist", sage ich in einem Ton, der keine Zweifel daran lässt, was ich von den dreien erwarte. Ich lege auf und schaue zu Anouk. „Ich will nicht, dass die Jungs Dresche kassieren. Ich meine, ich bin ja selbst schuld. Ich hätte ja keinen Drink annehmen müssen." Ich kann die Worte kaum glauben. „Wie kannst du sowas sagen?" In meinem Gesicht spiegeln sich Wut und Fassungslosigkeit. „Viki, ich habe Angst. Ich will nicht, dass mir die Jungs noch mal was antun. Bei solchen Typen weiß man nie!" „Genau deswegen haben sie eine saftige Abreibung verdient. Ich hoffe, sie kassieren so richtig und man schlägt ihnen die Köpfe ein." Anouk schweigt und beginnt erneut zu weinen. Ich nehme sie in den Arm und versuche, sie zu beruhigen. Ich überrede sie, dass sie doch bei mir schlafen solle und sie stimmt zu. Einige Stunden warte ich in meinem Bett auf die Nachricht von Louis. Um kurz nach drei klingelt mein Telefon. Endlich! Das Nötige wurde getan. Ich nehme ab und sage: „Hoffentlich hast du sie windelweich geprügelt." „Das hoffe ich doch nicht, Baby!" Mir wird flau im Magen. „Chris?", stammle ich. „Hast du gedacht, ich lasse mich so einfach abservieren? Da hast du dich getäuscht, Prinzessin!" Ich kann es nicht fassen. Wie ist er bloß an meine Nummer gekommen? „Wie …? Was …?" Meine Stimme versagt und ich weiß nicht, ob ich weinen oder lachen soll. „Hat mich eine Heidenarbeit gekostet. Mehrere Privatdetektive waren nötig, um euch ausfindig zu machen. Ihr seid schwieriger zu finden, als ich es für möglich gehalten habe. Die Schweizer und ihre Privatsphäre sind echt eine Katastrophe." Ich beiße mir auf die Lippen. Ich kann mein Glück noch immer nicht fassen. „Schieß los, wieso hast du mich einfach stehen lassen? War ich nicht mehr gut genug für dich? Ich meine, ich habe mir in der Gondel echt den Arsch aufgerissen!" Wieder wird mir warm und ich erinnere mich an seine Finger, seine Berührungen und mein Verlangen danach. „Lange Geschichte!", antworte ich kurz. „Lass mich nicht betteln, Süße! Ich habe stundenlang in der Lounge auf dich gewartet. Anschließend ist Kay zur Rezeption gegangen und hat die Chefin bezirzt. Hat ihn auch körperliche Anstrengung gekostet. Ich schulde ihm was und du kannst mir glauben, das wird nicht wenig sein!" Ich lache und frage ihn, was denn bei ihnen die übliche Gage für so einen Gefallen sei. Chris seufzt. „Ich vermisse dich. Ich will dich bei mir haben." Ich freue mich unglaublich über diese Worte. Chris doppelt nach: „Möchtest du nicht, dass ich dich küsse und dich berühre?" Ich will antworten, als Louis' Anruf bei mir eingeht. So sehr ich das Gespräch mit Chris fortsetzen möchte, Anouk hat nun Vorrang. „Chris, es ist wirklich ein ungünstiges Timing. Ich rufe dich morgen an." Chris ist über meine Reaktion nicht wirklich erfreut. „Wie du meinst, Prinzessin. Lass mich nicht zu lange warten, sonst muss ich mich noch in den Flieger setzen." Ich kichere und hänge auf, um Louis zurückzurufen. „Louis?" „Viki, es ist getan. Einer von ihnen wird für eine lange Zeit nur noch Suppe essen. Meinem Bruder haben wir eine Abreibung verpasst, aber er ist immer noch mein Bruder." Der erste Teil gefällt mir, doch die Aussage über seinen Bruder gefällt mir gar nicht. „Er ist trotzdem ein Arschloch und hat es verdient, eine Tracht Prügel zu beziehen", fauche ich. Louis versucht, mich zu beruhigen, aber ich lasse mich nicht darauf ein. „Wenn du einen Vergewaltiger decken willst, dann tue es! Aber für mich bist du unten durch!" Empört beende ich das Gespräch. „Viki, wer war der erste Typ?" Anouk sitzt nun kerzengerade im Bett. Sie sieht schon besser aus. Ich streichle ihr besorgt über die Wange und habe ein schlechtes Gewissen, sie geweckt zu haben. Sie schmunzelt. „Mir geht es gut. Sag schon, wer war dieser Typ vorhin?" Also erzähle ich ihr von Chris und lasse kein einziges Detail aus.

Kapitel 8

Ich erwache am nächsten Morgen. War das gestern alles nur ein Traum? Schnell nehme ich mein iPhone in die Hand. Nein! Auf meinem Display steht wahrhaftig Chris Nummer. Ich kneife mir in den Arm, um sicher zu gehen, dass ich das nicht nur geträumt habe. Da es schmerzt, weiß ich, dass es Realität ist. Anouk neben mir ächzt: „Scheiße, mein Kopf dröhnt, als wäre eine Bombe neben mir eingeschlagen. Ich fühle mich kotzelend." Sie sieht mich an. Wieder weckt sie in mir den Beschützerinstinkt. „Komm, du musst was essen!" Sie sieht mich verächtlich an und meint: „Glaubst du, ich habe so einen Körper, weil ich mir die ganze Zeit was zwischen meine Kiemen schiebe?" Ich lache. Anouk ist wieder da. Sie scheint das gestrige Geschehen relativ gut verarbeitet zu haben. Zu gut vielleicht? Ich will die Stimmung nicht wieder drücken und gehe nicht weiter darauf ein. „Ich mach dir auch meine besten Pfannkuchen", schlage ich vor. Jetzt wird sie hellhörig. „Mit Nutella?", fragt sie schon fast sabbernd. „Ich mache dir alles, was du willst, Baby!" „Na ja, auf Pfannkuchen à la Viki kann ich nicht verzichten und wenn ich schon reinschaufle, dann soll es sich wenigstens lohnen." Ich schmunzle und bin zufrieden, sie überredet zu haben. „Wir können auch eine Runde joggen nach dem Frühstück, damit du dich besser fühlst", sage ich fröhlich. „Sehe ich so aus, als würde ich sinnlos in der Gegen rumrennen?", empört schaut mich Anouk an. Sie ist mehr der Yoga-Typ und würde nur im absoluten Notfall irgendwo entlanglaufen. Sie meint auch immer, dass Jogger vor irgendetwas davonlaufen. Damit hat sie nicht unbedingt Unrecht. Während ich die Pfannkuchen in der Bratpfanne backe, duscht Anouk. Frisch gestriegelt kommt sie an den Tisch. Sie sieht wieder richtig hübsch aus. Auch ohne Make-up ist sie eine wahre Schönheit. „Lass uns nachher shoppen gehen", meint sie beiläufig, als sie sich den dritten Pfannkuchen schon fast als ganzes Stück in den Mund schiebt. „Pass auf, dass du daran nicht erstickst. Sonst hätte sich die gestrige Aktion gar nicht gelohnt!", sage ich augenzwinkernd. Anouk schmunzelt: „Danke, Viki! Du bist die beste Freundin, die man sich vorstellen kann. Du hattest Recht. Zu wissen, dass der Idiot nur noch Brei zu sich nehmen kann, fühlt sich unglaublich gut an. Ich hoffe, sie können ihm den Kiefer nicht mehr richten, sodass er sein Leben lang sabbernd durch die Gegend läuft. Dann kann er die Schöne und das Biest nachspielen. Hoffentlich kommt aber keine Schöne und er bleibt ein Biest!" Ich lache laut auf. Ich wusste, das Anouk früher oder später Rachegelüste überkommen würden. Obwohl sie lacht, erkenne ich in ihren Augen den Schmerz und die Scham. Anouk ist aber genauso eine Kämpferin wie ich und unterdrückt diese Gefühle im gleichen Moment, in dem sie gekommen sind. „Meinst du, wir sollten ihnen nochmals russische Prügler vorbeischicken. Ich weiß, dass mein Dad welche kennt." Anouks Frage klingt besorgniserregend ehrlich. „Ich glaube, wir geben den Jungs eine Pause. Wir können sie ja vorbeischicken, wenn sie genesen sind", meine ich. Anouk gefällt mein Gedanke und willigt ein. Wir lachen beide über die Vorstellung, wie die Jungs zum allerersten Mal wieder im Restaurant ein Steak bestellen würden und kurz davor die Schlägertruppe erneut ganze Arbeit leistet. Dann gäbe es erneut Brei, das wäre ja dann wirklich Pech! Mir gefällt der Gedanke, dass Anouk wieder lachen kann. Es ist unsere Art, mit schwierigen und heiklen Situationen umzugehen. Anouk steht auf und kommt zu mir. „Kannst du mich in den Arm nehmen?" Sofort schließe ich die Arme um sie und drücke sie. Anouk vergräbt ihren Kopf und ich glaube, eine kleine Träne auf meinem Hals zu spüren. Auch Kämpferinnen sind manchmal nur kleine Mädchen.

Da Mum heute erneut zum Therapeuten gegangen ist, schicke ich ihr eine Nachricht, dass wir in der Stadt einkaufen gehen. Während wir uns fertig machen und Anouk meinen Kleiderschrank erfolglos durchsucht, denke ich an Chris. Ich bin schon voller Vorfreude, heute Abend mit ihm zu sprechen. „Also ehrlich, Viktoria, dein Kleiderschrank ist ja echt übel. Alles so billige Teile, die verwaschen oder sogar ausgeleiert sind. Wir müssen das ändern!" Eigentlich bin ich damit sehr zufrieden. Ich bin immer stolz, dass ich Kleider finde, die richtig was hermachen und kein Geld kosten. „Sorry, Anouk, aber ich habe eben keinen reichen Daddy!" Ich stupse ihr in Seite. „Man sieht es!!!" Anouk wird langsam säuerlich. „Okay, scheiß drauf! Für irgendetwas habe ich ja eine Kreditkarte. Wir gehen jetzt los und kleiden dich ein! Du hast es definitiv nötig, da verzichte ich gerne auf ein, zwei Teile in meinem Kleiderschrank!" Anouk lässt mir keine Wahl. Sie befiehlt mir sogar, was ich anziehen soll. Top gestylt kommen wir in der City an. Der Shoppingwahn nimmt seinen Lauf. Obwohl ich Anouk mehrmals bremsen kann, stehe ich schlußendlich mit einer Handvoll Tüten von teuren Designern da. „So, jetzt brauche ich einen Kaffee!" Anouk schiebt mich durch die Einkaufsstraße Richtung See. „Wo gehen wir hin?", frage ich belustigt, als wir an allen Cafés vorbeigehen, die wir kennen. „Ich brauche einen richtigen Sojakaffee. Ich verstehe nicht, wie die Menschen immer noch diese Kuhmilch trinken können. Die armen Kälbchen werden einfach ihrer Mutter entrissen, damit wir Milch haben. Anschließend führt man sie zur Schlachtbank, damit wir sie noch essen können. Da mach ich nicht mehr länger mit!" Ich bin etwas verwundert. Ich liebe mein Steak auf dem Teller. Klar, ich muss es nicht jeden Tag haben, aber darauf verzichten, will ich nicht. „Weißt du, Viki, du solltest dich mal mit dem Thema beschäftigen. Ich meine, man muss ja nicht komplett vegan leben und alle anderen bekehren, aber etwas Rücksicht und auch Tierliebe würde niemandem schaden." Da kann ich ihr nur komplett zustimmen. Also laufen wir am Zürichsee entlang und genießen die Zweisamkeit. „Anouk!" Wir drehen uns um und Louis kommt auf uns zu gejoggt. Im Schlepptau hat er Till dabei. Er nimmt sie in den Arm und drückt sie fest. Er mustert sie von oben bis unten und prüft, ob sie Verletzungen aufweist. „Beruhige dich, Louis! Mir geht es gut." Louis glaubt ihr nicht und hakt nach: „Bist du sicher? So was steckt man doch nicht so leicht weg?" Diese klaren Worte lassen den Schmerz in Anouks Augen wieder aufblitzen und ihre

Augen werden wässrig. Sie hat sich in null Komma nichts wieder gefangen. Wir alle haben es aber gesehen. Anscheinend hat Anouk das Ganze überhaupt nicht weggesteckt. „Lass sie in Ruhe, Louis." Forsch fahre ich ihn von der Seite an. „Du hast gesehen, dass es ihr gut geht. Jetzt verschwinde!" Louis steht verdutzt da. Er versteht nicht, dass ich Anouk nur schützen will. Till ergreift das Wort: „Du könntest etwas mehr Dankbarkeit zeigen. Wir haben gestern mehrere Leute vermöbelt und stehen mit einem Bein im Knast. Wenn einer eine Aussage macht, sind wir dran." „Werden sie nicht, weil Anouk dann mit ihrer Geschichte rausrückt und sie dann als Vergewaltiger dastehen!", kontere ich und bin über Tills Dummheit echt erstaunt. „Ich hoffe doch sehr, dass dein Bruder wenigstens so viel Rückgrat besitzt, sein eigen Fleisch und Blut nicht in den Knast zu bringen", werfe ich Louis an den Kopf. Till ist immer noch nicht glücklich über meine Antwort: „Hör mal, ihr mögt euch mit eurem Geld Schweigen erkaufen können, aber ich habe keinen Papi, der mir den Hintern rettet. Also zeig etwas Respekt! Schließlich hat das Louis vor allem für dich getan, du verwöhnte Göre!" Nun werde ich wütend. „Respekt? Du redest von Respekt? Du warst wahrscheinlich total begeistert, dass du mal offiziell jemanden verprügeln darfst, ohne Konsequenzen zu fürchten. Sogar eure verbotenen Kicks konntet ihr vermutlich einsetzen. Also sei du mal besser ruhig!" Das Gespräch nimmt eine hitzige Wendung. Anouk versucht, mich aus dem Verkehr zu ziehen und läuft mit mir Richtung Wasser. Die Jungs folgen uns aber. „Bleibt mal schön stehen. Wir sind noch nicht fertig!", meint Till und zieht an meinem Arm. Ich reiße mich los. „Sag mal geht es noch?" Ich mache mich größer, als ich bin. Till lässt sich wohl leicht provozieren. Ein echter Kickboxer oder soll ich sagen: Ein echter Schlägertyp eben! Anouk bittet mich, zu gehen und auch Louis wird die Situation wirklich unangenehm. „Genau wie ich gesagt habe, Louis. Eine kleine Schlampe! Lässt die Drecksarbeit jemanden anderes machen und gibt sich dann nicht mal zufrieden." Ich bin nun wirklich außer mir und hebe die Hand. Ich knalle ihm eine und schreie: „Niemand nennt mich eine Bitch!" Till verliert nun auch die Fassung.

„Ich schlage keine Mädchen. Das hast keine Frau verdient, aber eine Abkühlung wird dir guttun!" Er packt mich. Meine Tritte und Schläge steckt er locker weg. Er läuft mit mir gefährlich nahe ans Wasser, steigt auf die Brüstung und setzt zum Sprung an. Das Nächste, was ich spüre, ist das eiskalte Wasser, das wie Nadeln auf mich einsticht. Ich tauche nach oben und bin wie betäubt von der Kälte. Ich muss aus dem Wasser, was sich aber schwieriger gestaltet als gedacht. Till stößt mich immer wieder vom Ufer weg. Ich bin nun eine Furie. Ich schreie und tobe. Till wirkt sehr amüsiert und klettert gekonnt nach kurzer Zeit aus dem Wasser. Ich komme kaum die Böschung hoch. Verdammte Scheiße! Bevor ich oben angekommen bin, haben sich die Jungs bereits in Sicherheit gebracht und sind verschwunden. Wahrscheinlich hat auch Anouks Gebrüll sie zur Flucht gedrängt. Völlig durchnässt stehe ich vor ihr. Es ist anfangs Februar und keine null Grad. Ich friere wie ein Schlosshund. Schnell trete ich den Heimweg an, denn ich muss möglichst schnell aus diesen Klamotten raus. Meine Wut ist kaum zu dämmen. Anouk versucht, beschwichtigend auf mich einzureden, aber alles hilft nichts mehr.

Zuhause angekommen, sitzt meine Mutter auf der Couch mit einem neuen Mann. Als sie mich sieht, springt sie auf und eilt auf uns zu. Anouk versucht, ihr die Situation zu schildern. Ich stürme ins Bad und entledige mich meiner Kleidung und springe unter die Dusche. Mein Körper ist bis zum Mark durchgefroren. Es geht einige Minuten, bis die Dusche ihre Wirkung zeigt. Ich versuche, mich zu beruhigen, doch das Adrenalin in meinem Körper putscht mich immer wieder auf. „Viki?", meine Mutter betritt das Badezimmer. Ich kann schon wieder ihre Fahne riechen. Ich habe so die Schnauze voll! „Was willst du?" Meine Mum lallt vor sich hin. Ich bin mit meinen Nerven am Ende. „Wieso musst du auch immer so aufbrausend sein? Kannst du dich nicht mal etwas zusammenreißen? Wir haben schließlich Besuch." Ich glaube, ich habe mich verhört. Ich öffne den Duschvorhang und stehe splitterfasernackt vor meiner Mutter. Just in diesem Moment latscht ihr Neuer ins Badezimmer. Als er mich so sieht, pfeift er belustigt und glotzt ungeniert. Ich glaube, ich spinne! „Schatz, wo hast du den Wein versteckt?" Er begafft mich weiter und beginnt nun auch noch, zu grinsen. Meine Mutter scheint es nicht im Geringsten zu stören. Jetzt reicht es! Ich kreische mir all die Wut aus dem Leib. Nun steht auch Anouk im Badezimmer. „Herrgott, geht's noch! Was sind Sie den für ein Perversling? Was ist mit Ihnen los, Frau Kirchner? Das ist doch Ihre Tochter!" Sie scheucht den Unbekannten aus dem Bad und gibt mir ein Handtuch. Dann redet sie noch auf meine Mutter ein. Ich habe Anouk noch nie so belehrend und deutlich gesehen. Meine Mutter sitzt wie ein kleines Kind auf der Toilette, während Anouk ihr die Leviten liest. Ein Wunder, dass meine Mutter in dem Zustand noch zuhört und ihr nicht vor die Füße kotzt. Ich brauche jetzt guten Zuspruch und Aufmunterung. Meine Tante Emily fällt mir als Erstes ein. Ich nehme meine Sachen und lasse die beiden stehen. In meinem Zimmer nehme ich mein iPhone hervor und möchte die Nummer wählen. Das Display bleibt schwarz. Wahrscheinlich habe ich keinen Akku mehr, also stecke ich es ein. Nach einigen Minuten versuche ich es erneut, aber nichts tut sich. Langsam dämmert mir, dass mein iPhone ja mit mir versenkt wurde. Es hat ganz bestimmt einen Wasserschaden und ist nicht mehr zu gebrauchen. Kann es noch schlimmer kommen? Da fällt mir Chris ein. Ich drehe durch! Wie zum Teufel soll ich ihn jetzt erreichen? Er hat ja nur meine Nummer und ich habe seine noch nicht abgespeichert. Also ist sie auch nicht auf der SIM-Karte. Ich breche zusammen und kann die Tränen nicht mehr halten. Es ist einfach alles zu viel! Meine Mutter und Anouk stürmen ins Zimmer. Mum fällt dabei fast um. Anouk legt die Hände um mich, scheucht meine Mutter mit den Worten „Sehen Sie, was sie anrichten" aus dem Zimmer. Sie hält mich einfach nur im Arm und wiegt mich hin und her. Es dauert eine Ewigkeit, bis ich mich einigermaßen fassen kann. „Anouk, ich muss hier weg. Ich muss mit meiner Tante Emily sprechen." Anouk reagiert sofort. Sie nimmt mein iPhone, merkt aber schnell, dass es nicht mehr funktionstüchtig ist. Sie läuft ins Wohnzimmer schnappt sich das Handy meiner Mutter. Sie wählt die Nummer. Sie spricht mit Emily, bevor sie mir das Telefon gibt. „Viktoria, mein Schatz?"

Kapitel 9

„Möchten Sie noch etwas zu trinken haben?" Die Stimme der Stewardess klingt freundlich. „Nein, danke!" „Wenn Sie möchten, mache ich Ihnen nun das Bett fertig. Sie müssten dafür kurz aufstehen." Bewegung wäre wirklich keine schlechte Idee. Die vier Stunden in meiner Kabine habe ich vorwiegend mit Filmen verbracht. „Möchten Sie noch einen Snack, Frau Kirchner. Sie haben ihr Abendessen gar nicht angerührt. Soll ich Ihnen etwas anderes bringen?" Die letzten drei Wochen habe ich wie in Trance verbracht. Ich habe geschlafen, für die Schule gelernt und das Nötigste gegessen. Die Prüfungen habe ich alle bestanden, aber weitaus nicht so gut, wie gedacht. Klar, meine Ergebnisse können sich immer noch sehen lassen und Anouk hat mich einen Streber genannt, aber ich war nicht mehr Klassenbeste. Tante Emily hat alles eingefädelt, dass ich für unbestimmte Zeit zu ihr kommen kann. In jedem Fall so lange, bis Mum sich wieder gefangen hat. Mal schauen, wie lange das dauern wird. Dad habe ich so gut wie nie erreicht. Nicht mal auf meine SMS hat er reagiert. Mein iPhone wurde erst nach einer Woche ersetzt, aber die Nummer von Chris habe ich nicht mehr retten können. Jeden Abend habe ich mit Anouk darüber gesprochen, wieso er sich nicht mehr meldet. Sie war mir eine Stütze und ich habe die ganze Zeit bei ihr verbracht. Ich konnte mit meiner Mum einfach nicht mehr unter einem Dach leben. „Frau Kirchner, Sie dürfen sich gerne setzen. Kann ich Ihnen noch etwas bringen?" Die Stewardess scheint wirklich besorgt zu sein. „Frau Romanow-Davidson hat gesagt, es soll Ihnen an nichts fehlen." Emily hat wirklich alles arrangiert. Sie ist eine sehr erfolgreiche Immobilienmaklerin und hatte das Glück, einen Millionär zu heiraten. Ich würde behaupten, sie lebt den American Dream. „Nein, ich habe alles, was ich brauche. Herzlichen Dank!" Die Stewardess mustert mich nochmals, nickt mir dann freundlich zu und geht von dannen. Ich weiß, dass ich in den Wochen viel Gewicht verloren habe. Die Schlüsselbeine stehen stark hervor und meine weiblichen Rundungen sind deutlich zurückgegangen. Ein Schokoladenmuffin würde da sicher Abhilfe schaffen. Also bestelle ich mir doch noch einige Süßigkeiten. Nachdem ich die Hälfte davon gegessen habe, lege ich mich hin. Es ist sehr komfortabel, so zu reisen. Ich ziehe mir meine Kopfhörer über und stecke mein iPhone in die Ladestation. Ich stelle meine Playlist ein und höre mir das Lied „In my bed" an. Es erinnert mich an Chris und ich schmelze wieder dahin. Ich denke an die Küsse zurück, die mich um den Verstand gebracht haben. An die Leichtigkeit, mit der er mich die Wand hochdrückte und die vielen Berührungen. Ich kann es nicht fassen, dass mir meine zweite Chance so abrupt genommen wurde. In Gedanken an Chris schlafe ich ein.

Ich werde geweckt, da bereits das Frühstück serviert wird. „Frau Kirchner, möchten Sie frühstücken?" Die Stewardess sieht mich liebevoll an. Ich nicke. Da sie mein Bett noch umfunktionieren muss, nutze ich die Zeit, um mich frisch zu machen. Ich packe meinen Kosmetikbeutel und begebe mich zur Toilette. Sie ist zwar nicht allzu groß, aber es reicht völlig, um mich herzurichten. Ich wasche mich, so gut es eben geht. Eine Dusche ist leider nicht drin. Ich stecke mir die Haare halb hoch und mache oben einen kleinen Knoten. Ich ziehe einige Haare zurecht, um noch mehr Volumen zu erhalten. Seit ich bei Anouk einige Wochen verbracht habe, habe ich einige neue Tricks auf Lager. Ich schwinge die Pinsel und setze gekonnt mein Make-up. Die Augen betone ich leicht und sehe im Nu wieder frisch aus. Ich habe gelernt, Augenringe oder verquollene Augen verschwinden zu lassen und das Beste aus mir rauszuholen. Als ich bei meinem Platz bin, steht bereits ein ordentliches Frühstück bereit. „Darf ich Ihnen noch einen Kaffee anbieten?" Das Servicepersonal der Schweizerischen Fluggesellschaft macht seinem Namen alle Ehre. Obwohl ich keinen großen Hunger habe, knabbere ich an meinem Croissant. Ich bin nervös. Ich habe Emily schon länger nicht mehr gesehen und weiß, dass sie und ihr Mann Viktor umgezogen sind. Wohin, weiß ich aber auch nicht. Vielleicht auch nach Malibu? Dann wäre die Möglichkeit doch noch da, dass ich Chris wiederfinde. Ich hänge wieder in meinen Tagträumen fest und bald setzt das Flugzeug zur Landung an. Alles verläuft ohne Probleme und im Nu stehe ich am Gepäckband. Keine Minute später sind meine Koffer bereits da. Ein weiterer Vorteil, wenn man nicht Eco fliegt. Ich nehme meine Koffer vom Band und staple sie auf dem Gepäckwagen. Dann schiebe ich den Wagen in Richtung des Ausgangs. Die Passkontrolle lasse ich als Halbamerikanerin schnell hinter mir und stehe bald in der Ankunftshalle des Flughafens. „Viktoria!" Meine Tante strahlt über beide Ohren und nimmt mich so herzlich in Empfang, dass ich froh bin, hier zu sein. Emily ist für mich ein richtiger Mutterersatz geworden, auch wenn sie nicht in Zürich lebt. „Ich bin so froh, dass du endlich da bist. Wir haben uns so viel zu erzählen. Lass uns nach Hause fahren." Ich folge ihr bereits und sie erzählt mir, dass ihre Haushälterin Magda schon ganz gespannt ist, mich kennenzulernen. Emily sieht gut aus. Sie ist zwar gar nicht schlank, aber sie hat schöne Kurven, die einige vor Neid erblassen lassen würden. Sie hat lange, dunkle Haare und braune, liebevolle Augen. Ich frage mich immer wieder, wieso sie keine Kinder hat. Sie wäre eine tolle Mutter. Unser Chauffeur verlädt das Gepäck und wir setzen uns ins Auto. Emily nimmt meine Hand und drückt sie. „Willkommen Zuhause, mein Schatz!" Das erste Mal seit Langem wird mir warm ums Herz und ich fühle mich wieder geborgen. Ich weiß, dass Emily mich wie ihre eigene Tochter behandeln wird. Ein gutes Gefühl!

Wir kommen bald in den Hills an. Als wir vor einem riesigen Metalltor stehen, haben wir anscheinend das Ziel fast erreicht. Das Tor schiebt sich zur Seite und lässt einen ersten Eindruck auf die Villa zu. Wir fahren die Allee hoch, welche von Palmen gesäumt ist. Der Wagen hält direkt vor dem Eingangsbereich, nachdem er den Brunnen im prunkvollen Barockstil umrundet hat. Eine Treppe führt zum Eingang, welcher von Säulen umfasst ist. Es wirkt alles so herrschaftlich. Wir treten in den Eingangsbereich und werden herzlich von Magda empfangen. „Willkommen, Frau Kirchner. Ich freue mich, Sie kennenzulernen." Magda ist mir von Anfang an absolut sympathisch. „Guten Tag, Magda! Bitte nennen Sie mich Viki." Ich lächle sie freundlich an. „Sehr gerne, Miss! Emily kann ich Ihnen die Blumen abnehmen?" Emily überreicht ihr die Blumen und gibt die Anweisung, diese in meine Gästezimmer zu stellen. „Komm, ich zeige dir dein neues Haus." Ich folge Emily. Würde man die geschwungenen Treppen hochgehen, würde man rechts in den Trakt von Emily und ihrem Mann kommen. Oben links befindet sich Emilys und Victors Büro. „Meinen Ehemann wirst du später kennenlernen. Zum Dinner ist er wieder zurück. Er freut sich sehr, dich endlich mal zu treffen." Ich erfahre, dass Victor aus Moskau stammt und hier in Amerika erfolgreich ein IT-Unternehmen hochgezogen hat. Der obere Stock war also für Emily und Victor bestimmt. Folgt man dem großzügigen Flur im Eingang, öffnet sich das riesige Wohnzimmer vor einem. Es ist modern und sehr geschmackvoll eingerichtet. Ich frage mich nur, wie viele Leute man wohl auf dieser enorm großen Polstergruppe unterbringen könnte? Sie steht in einer U-Form vor dem riesigen Marmorkamin. Die riesige Glasfront ermöglicht einem den Blick nach draussen auf die Terrasse und in den Garten. Dieser ist extrem gepflegt und wird von Bäumen eingefasst. Einen Pool kann ich ebenfalls problemlos erkennen. Er ist zwar etwas weiter weg vom Haus, aber das Wasser leuchtet und funkelt bis hierher. Gegenüber kann ich einen Teil eines kleinen gläsernen Pavillons erkennen. Er ist von Rosen umgeben und sieht idyllisch aus. Ich kann mir vorstellen, dort meine Hausaufgaben zu machen. Im rechten Trakt befinden sich die Küche, diverse Abstellräume und das Zimmer von Magda. Im linken unteren Trakt ist das Reich der Gäste, also auch mein neues Zuhause. Als ich mein gemachtes Reich betrete, bin ich baff. Alle Wände sind weiß gestrichen. Eine riesige Glasfront führt mich von hier direkt auf die Terrasse und in den Garten. Ich habe ein großes, graues Himmelbett und auch einen Schminktisch. Anscheinend hat mir Emily wirklich zugehört, denn ich hatte ihr von meinem Zimmer mehrfach erzählt. Eine Tür führt in mein eigenes Bad. Es ist so groß wie mein altes Zimmer und mit grauem

Marmor ausgeschmückt. Eine Schiebetür führt in mein Ankleidezimmer. Ich kann es nicht fassen. So viel Platz würde ich niemals benötigen. Ein Gefühl der absoluten Dankbarkeit steigt in mir auf. „Schatz, pack doch mal deine Koffer aus. Dann können wir gemeinsam noch etwas unternehmen, wenn du möchtest. Wir können aber auch hierbleiben und Magda kocht uns was Schönes. Wie du magst. Ich mache noch ein paar geschäftliche Anrufe. In ein oder zwei Stunden habe ich sicherlich alles erledigt. Heute und morgen sind meine freien Tage. Ist das okay für dich?" Mich hat schon lange niemand mehr gefragt, ob ich mit etwas einverstanden bin. Ich nicke begeistert. Ich merke, dass die kalifornische Sonne und die Herzlichkeit meiner Tante meinen Lebensgeist wieder beflügeln. Es war die richtige Entscheidung, herzukommen. Magda bietet mir ihre Hilfe an, aber ich lehne dankend ab. Ausräumen kann ich alleine. Ich bin schneller fertig, als gedacht. Ich habe alles fein säuberlich verstaut und beginne meinen Rundgang durch den Garten. Überall blühen Rosen, Sträucher und andere Pflanzen. Neben vielen Palmen finde ich auch andere großgewachsene Bäume. Der Garten kommt einem Park gleich. Ich überlege mir, ob ich meinen Badeanzug anziehen und eine Runde im Pool drehen soll. Da tritt Emily vor mich. „Na, gefällt es dir hier?" Sie hat ihre High Heels ausgezogen und steht barfuß vor mir. „Du hast ja keine Ahnung", rufe ich begeistert. Emily nimmt mich in den Arm und lacht. „Schön! Das war mir ganz wichtig! Also ... was möchtest du machen?" Ehrlich gesagt, weiß ich es nicht so genau. Momentan bin ich wunschlos glücklich und genieße den Moment. „Lass uns einen leckeren Salat essen. Dann fahren wir etwas in der Gegend rum und ich zeige dir kurz deine Schule. Anschließend können wir noch dein Auto abholen." Auto? Habe ich das eben richtig verstanden? Emily zwinkert mir zu. „Ja, hier können wir die Fahrprüfung schon früher machen als bei euch. Den Lernfahrausweis habe ich schon organisiert und morgen hast du deine erste Fahrstunde." Ich bin im Himmel angekommen. Wie kann man nur so viel Glück haben! „Ich weiß nicht, was ich sagen soll. Es ist mehr, als ich je erwartet habe." „Ach, Viki. Du bist Familie und um die kümmert man sich, komme was wolle." „Danke, aber ich weiß nicht, ob ich deine großzügigen Geschenke annehmen kann. Es ist mir unwohl dabei. Du bist so unglaublich spendabel und ich will dich nicht ausnutzen." Meine Tante lächelt. „Glaub mir, in diesem Haus gibt es auch Regeln, die dir nicht gefallen werden. Aber ich freue mich, dass es dir gut geht. Komm, wir setzen uns auf die Terrasse. Magda verfügt über magische Kochkünste."

Emily hat nicht zu viel versprochen. Was Magda aus einem Salat rausholen kann, ist einer Sterneküche würdig. Das Brot hat sie frisch gebacken. Und ich habe seit Langem einmal wieder richtig gegessen. Die beiden Frauen freut es, denn Magda findet, ich dürfte gerne noch mehr zuschlagen, es würde mir nicht schaden. „Also, lass uns aufbrechen. Ich zeige dir die Gegend." Wir fahren mit Emilys Range Rover durch die Hills und fast zu jedem Haus gibt meine Tante eine Geschichte preis. Ich genieße es. Dann fahren wir an der Schule vor. Die *Lignum High* liegt ehrfürchtig vor mir. Es sind ältere Gebäude, aber es ist sofort klar, dass es sich um eine Privatschule handeln muss. Es stehen viele teure Autos davor. Einige davon habe ich bereits mehrfach in Zürich gesehen und dort schon bestaunt. Das will was heißen, denn in der Schweiz fahren sehr viele teure Autos auf den Straßen umher. „Morgen haben wir einen Termin bei der Rektorin. Sie ist eine gute Freundin von mir. Du wirst sie auch öfter zu Besuch bei uns sehen." Ich staune. Emily scheint hier irgendwie jeden zu kennen. Jetzt macht es auch Sinn, weshalb sich meine Schule so weit weg von unserem Anwesen befindet. Wir düsen weiter zu einem Autohändler, da Emily mit mir unbedingt mein neues Auto in Augenschein nehmen möchte. Dort angekommen, springt ihr auch schon der Chef höchstpersönlich entgegen. Er ist überaus freundlich. Emily scheint eine gerngesehene Kundin zu sein. „Also, Berny, zeig mir den Flitzer mal. Hoffen wir, dass er Viktoria gefällt." Mir würde sowieso jedes Auto gefallen, egal welche Rostbeule es wäre. Wir laufen um das gläserne Gebäude und da steht er. Ein anthrazitfarbener Sportwagen. Eine rote

Schleife verrät, dass es meiner sein muss. „Sie können das Dach auch problemlos nach unten klappen", säuselt der Verkäufer, läuft zum Auto und demonstriert es uns direkt. Er hofft so natürlich auf ein gutes Geschäft. „Er ist ultra cool, Emily!", jauchze ich. Emily schmunzelt zufrieden. „Sehr gut, dass er dir gefällt. Victor hat darauf bestanden, dass es dieses Auto sein soll. Er meinte, damit machst du eine gute Figur, ohne zu sehr aufzufallen." Ich frage mich doch stark, wie man mit so einer Rennmaschine nicht auffallen soll, aber nun gut! „Berny, lassen Sie das Auto zu uns liefern. Die Adresse kennen Sie und das Schriftliche klären wir." Ich kann es immer noch nicht glauben! Ich bin stolze Besitzerin eines Autos. Der Tag kann nicht besser werden.

Am Abend kommt Victor früh nach Hause. Emily und ich sitzen neben der Couch an dem langen hölzernen Esstisch. Emily zeigt mir einige Exposees und fragt mich nach meiner Meinung. Ich mag ihren Job und kann mir vorstellen, ebenfalls als Immobilienmaklerin tätig zu sein. „Hallo, jemand zu Hause?" Victor steuert um die Ecke. Er ist ein großer, sehr breiter Mann. Obwohl er nicht mehr absolut in Form ist, kann man da und dort noch seinen kräftigen Körperbau erkennen. Sein linker Arm ist komplett tätowiert und seine Ohrringe funkeln. Er hat ein sehr markantes Gesicht und seine Haare sind so kurz, dass man sie noch knapp erahnen kann. „Na, hallo, neues Familienmitglied. Ich habe schon viel von dir gehört." Er tritt auf mich zu und gibt mir die Hand. Ich stehe auf, denn das gehört sich so. Er schmunzelt und dreht sich zu Emily: „Du hast nicht zu viel versprochen. Ein nettes, sehr hübsches junges Mädel. Vor allem gefällt mir, dass sie noch Anstand hat." Er zwinkert mir zu. Irgendwie ist seine Aufmache alles andere als business-like, aber er strahlt eine natürliche Autorität aus, der ich mich nie in Weg stellen würde. Ich glaube, er ist ein echt cooler Typ. „Viktoria, lass uns doch auf die Terrasse setzen und du erzählst mir etwas von dir." Ich folge ihm und fühle mich auch bei ihm von Anfang an wohl. Ich erzähle ihm von der Schweiz, dem Skifahren, der Schule und meinem Leben. Er hört gespannt zu, hakt ab und an nach und gibt mir das Gefühl, gehört zu werden. Emily genießt es, dass sich ihr Mann und ich uns so gut verstehen. Keine Schwierigkeit bei dieser Coolness. Ich bin endlich da angekommen, wo ich hingehöre. Emily und Victor sind jetzt schon mehr Eltern als Mum und Dad die letzten zehn Jahren zusammen.

Kapitel 10

Magda weckt mich um kurz vor zehn Uhr. Sie meint, ich wolle doch nicht zu spät zu meiner ersten Fahrstunde kommen. Nein, das will ich wirklich nicht. Ich schlüpfe in meine schwarzen, engen Trainingshosen, ziehe mir ein cooles Oversize-Bandshirt über und stecke es vorne in die Hose. Dann nehme ich meine alten Sneakers zur Hand. Die Haare forme ich zu einem Dutt. Etwas Puder und Mascara ins Gesicht und schon bin ich fertig. Die Sonnenbrille nehme ich sicherheitshalber auch mit, denn die Sonne scheint hier fast täglich. Morgens zieht der Nebel leicht über die Stadt, macht den Sonnenstrahlen aber gegen Mittag Platz. Ich trete ins Wohnzimmer. Emily sitzt auf der Couch und telefoniert. Als sie mich sieht, hebt sie den Kopf und beendet abrupt ihr Gespräch: „Ich rufe gleich zurück. Meine Nichte ist gerade aufgestanden." Sie will sich also wirklich Zeit für mich nehmen. „Guten Morgen, Viki! Ich habe dir frischen Organgensaft gemacht. Wenn du magst, gibt es auch noch Waffeln. In 15 Minuten wirst du abgeholt. Hast du gut geschlafen?" Ich nicke und mache mich an dem Orangensaft zu schaffen. Hunger habe ich noch keinen, zu nervös bin ich vor der ersten Autofahrstunde. Emily mustert meine Schuhe und meine Kleidung. „Schatz, ich glaube wir müssen heute noch einkaufen gehen. Deine Schuluniform ist ebenfalls abholbereit." Sie zwinkert mir zu. „Danke, aber ich habe alles was ich brauche", sage ich verlegen. „Viki, hier musst du dich schon etwas anders kleiden. Zuhause ist es mir ja egal, aber die Familie Romanow-Davidson achtet auf ihr Äußeres und darauf, wie sie daherkommt. Du repräsentierst ja auch mich und ich habe viele Kunden hier. Es ist mir wichtig, dass wir anständig gekleidet vor die Türe gehen. Eine erste Regel." Ich kann mein Schmunzeln nicht verbergen. Emily hat gesagt, dass mir nicht alle Regeln gefallen würden, aber mit neuen Klamotten komme ich gut klar. Die Kleider von Anouk habe ich ihr nämlich in der Schweiz gelassen, da ich sie sowieso kaum angezogen habe und sie viel besser zu ihr passen. Also wäre es vielleicht ganz ok, meinen Kleiderschrank etwas aufzupeppen. Emily bittet mich, mir wenigstens einen anderen Pullover anzuziehen und ich hole mir einen längeren Oversize-Pullover mit Rollkragen. Emily zeigt mit dem Daumen nach oben.

Ein Hupen ertönt und Emily springt erfreut auf. „Dein Fahrlehrer ist da. Es ist Victors Freund und wir haben vor, dich möglichst schnell durch die Prüfung zu bringen. Hier brauchst du einfach ein Auto. Vor allem, wenn du nächste Woche in die Schule musst. Also streng dich an!", sagt sie lächelnd. Sie scheint ihre elterlichen Pflichten wirklich genau zu nehmen. Ich muss erneut grinsen. Ich steige ein und lasse mir von Sergej das Auto erklären. Es ist eigentlich gar nicht so schwer. Schalten muss ich anscheinend gar nicht, da es sich um ein Automatikgetriebe handelt. Sehr schön! Wir fahren durch die Hills und üben erste Parkversuche. Ich bin irgendwie etwas stolz, denn es klappt erstaunlich gut. Nur einmal muss Sergej eingreifen und einen Vollstopp reißen. Komisch finde ich, dass man in Amerika jederzeit nach rechts abbiegen darf, auch wenn die Ampel auf Rot gestellt ist. In der Schweiz wäre das undenkbar. Da wird erst gefahren, wenn die Ampel es erlaubt. Regeln sind in der Schweiz keine Empfehlungen, sondern Gesetze und alle versuchen, sich daran zu halten. Die Stunde geht schneller um, als erwartet und Sergej setzt mich vor der Schule ab. Es ist kurz vor halb zwölf und ich warte vor dem Eingang auf Emily. „Hey, bist du die Neue?" Ich drehe mich um und sehe ein Mädchen vor mir. Sie trägt einen roten kurzen Faltenrock und eine weiße, aufgeknöpfte Bluse. Ihre Chucks peppen ihr Outfit in einer coolen Art und Weise auf. Ihre Haare sind blond und kinnlang. Sie ist etwas kleiner als ich, aber umso sportlicher. Ihr Body sieht echt trainiert aus. Ihre grünen Augen mustern mich fasziniert. Ihr Nasenring ist ein Kontrast zu dem zarten Gesicht, passt aber wie die Faust aufs Auge. „Man sagt ja, dass Schweizerinnen echt was hermachen, aber du bist eine Granate!" Sie lacht mich an und ich schliesse sie sofort ins Herz. „Hey, ich bin Liv. Ich werde dich etwas unter meine

Fittiche nehmen. Sozusagen deine Aufpasserin für den Schuleinstieg in der nächsten Woche." Ich schüttle ihr die Hand und frage nach, wie die Schule so sei. Liv erzählt mir, dass eben viele hochnäsige Schnösel die Schule besuchen. Es gäbe eine Hackordnung, die Lehrer seien aber echt voll okay. Sie ist sich sicher, dass ich mir hier sicherlich einen guten Grundstein für die Zukunft lege. Hört sich gar nicht so schlecht an. „Guten Morgen! Wie ich sehe, hast du bereits Anschluss gefunden?" Emilys Stimme klingt freudig, als sie auf mich zutritt. „Frau Romanow-Davidson, schön Sie kennenzulernen. Ich bin Liv Elisabeth Howard-Montgomery. Ich werde mich um Viktoria kümmern." Emily scheint besonders erheitert. „Bist du nicht die Tochter der Baroness?" Liv wirkt verlegen. „Ja, bin ich." Emilys Gesicht strahlt noch mehr und sie zwinkert mir zu. Anscheinend findet sie Liv eine gute Partie. Ich schmunzle Liv zu und zucke die Achseln. Sie begreift, dass mir dies herzlich egal ist und sie findet ihr Lächeln wieder. „Ich würde Sie sonst gerne zu Rektorin Mayers bringen, sie erwartet Sie schon." Wir betreten das steinerne Gebäude und laufen einmal quer durch, dann passieren wir den Innenhof und laufen auf der anderen Seite durch das Tor. Vor uns liegt ein riesiger Park, in welchem sich die Sportplätze und Sporttribünen befinden. Sport scheint hier also groß geschrieben zu werden. Ich erkenne sogar eine Laufbahn, was mir schon mal zusagt. Liv beugt sich zu mir rüber: „Leichtathletik ist mein Favorit. Machst du auch Sport?" „Ich laufe ganz gerne. Aber bis jetzt habe ich noch keinen Sport in einem Club oder so gemacht." Liv ist erstaunt: „Dann wähl dir einen aus. Von Tennis, über Football bis hin zum Tanzen kannst du alles machen. Sogar reiten könntest du!" Nun bin ich über das sportliche Angebot dieser Schule erstaunt. Wir laufen einmal um das Gebäude, um anschließend in ein weiteres herrschaftliches Bauwerk einzutreten. „Hier findest du das Sekretariat und auch alle Wirtschaftsklassen. Das Rektorenzimmer ist gleich da vorne. Wir sehen uns nächste Woche, Viktoria. Hat mich gefreut, dich kennen zu lernen. Auf Wiedersehen, Frau Romanow-Davidson. Es war mir eine Ehre." Liv beherrscht die Anstandsregeln wie aus dem Lehrbuch und ich bin beeindruckt, wie elegant sie sich nun verabschiedet. Emily scheint hellauf begeistert von Liv zu sein. „Ich habe gehört, dass die Tochter der Baroness wirklich über sehr gute Manieren verfügt und eine echte Sportskanone ist. Ich sehe, dass es stimmt. Wäre doch eine gute Freundin, was meinst du?" Ich stimme Emily zu. Eine Freundin könnte ich echt gebrauchen. Wir treten ins Zimmer der Rektorin. „Emily, schön, dich zu sehen!" „Dana, danke, dass du uns so kurzfristig empfängst." Sie gehen aufeinander zu und begrüssen sich mit den förmlichen Küsschen. „Wir müssen unbedingt wieder einen BBQ-Abend machen, ich habe dir viel zu erzählen", sprudelt es aus der Rektorin hervor. Emily und sie verfallen in einen Smalltalk. Anscheinend sind sie wirklich sehr gut befreundet. Ich räuspere mich und die Blicke wenden sich nun mir zu: „Also, Dana, das ist meine Viktoria." Emily hat nun ihre Hand beschützend auf meine Schulter gelegt. Ich fühle mich geschmeichelt. „Also, Viktoria, wie ich deinen Unterlagen entnehmen kann, bist du nicht nur eine sehr gute Schülerin, sondern hast auch eine blütenreine Weste." Ich nicke und versuche, möglichst zurückhalten zu sein. Emily übernimmt das Wort für mich: „Viktoria besitzt auch sehr gute Manieren und ich bin sehr stolz auf sie." So was hatte ich schon lange nicht mehr gehört. Es tut mir wirklich gut. „Das glaube ich dir sofort, Emily. Wir müssen noch kurz klären, welches Hauptfach Viktoria gerne besuchen möchte und vor allem welchen sportlichen und künstlerischen Aktivitäten sie nachgehen will." Mir wird ein Katalog von Fächern präsentiert, dass ich kaum den Überblick behalte. Schlussendlich habe ich mich für drei Sprachen entschieden: Englisch, Deutsch und Französisch. Alle Sprachen beherrsche ich durch die obligatorische Schulbildung in der Schweiz schon fast perfekt. Dort durfte man nämlich nicht wählen. Zudem nehme ich noch Mathe und Biologie als Nebenfächer. Das Hauptfach möchte ich bei der Wirtschaft belassen. So wie ich es in der Schweiz gehabt habe. Emily und Dana scheinen mit meiner Auswahl sehr zufrieden zu sein. „Gut, dann fehlen noch die künstlerischen Fächer und die Sportklassen für den Nachmittag." Ich wähle noch das Fach Zeichnen, denn Musik kann ich gar nicht. Ich höre mich beim Singen an wie eine Kröte. Bei den sportlichen Aktivitäten habe ich auf einmal Mühe. Es steht so viel zur Auswahl, dass ich mich kaum entscheiden kann und reine Lauftrainings gibt es leider nicht. Tanzen würde mir auch sehr gut gefallen, aber Dana meint, dass sich sowohl die Cheerleader als auch die Tanzakrobaten bereits in den letzten Vorbereitungen für die Meisterschaften befinden. Somit ist das auch nicht möglich. „Wie wäre es, wenn Viktoria mit dem Reiten beginnt?" Dana schaut fragend zu Emily. „Ich wäre sofort dabei. Dann könnten wir zusammen gehen!" Emily besitzt ein Pferd. Ein American Quarter Horse. Ich habe es schon mehrmals auf Bildern gesehen. Es ist ein echt schickes Pferd. „Wieso nicht?" Ich lenke also ein. Beide Damen sind begeistert. Wie sich herausstellt, haben Dana und Emily sich beim Reiten kennengelernt. Na ja, so schlimm kann es ja nicht werden. Emily schaut auf die Uhr, da ihr Magen knurrt. Wir verabschieden uns und fahren an den Pier bei Santa Monica. Emily kennt dort ein gutes Lunchcafé direkt an der Promenade. Wir essen gemeinsam und ich erzähle Emily von der Fahrstunde. Ab Morgen würde ich mehrere Fahrstunden beziehen, damit ich in wenigen Tagen die Prüfung ablegen könnte. Ich stimme zu. Wir sprechen noch den Verlauf der kommenden Tage ab. Emily ist sehr organisiert. Ich soll bereits morgen ihr Pferd kennenlernen und mich mit dem Sattel und allem einmal vertraut machen.

Nach dem Essen holen wir noch meine Schuluniform ab und kaufen die wichtigsten Reitsachen ein. Ich bekomme neue Jeans, Reitboots, Sporen und einen teuren Cowboy Hut. Dann fahren wir zum Rodeo Drive. Nach einigen Stunden bin ich fix und fertig, aber Emily zieht mich von Laden zu Laden und lässt die Kreditkarte glühen. Ich hoffe, dass dies bald ein Ende nimmt, denn dieses Shoppen ist einfach nur ein Hardcore Prozedere. „Dir steht auch einfach alles!", meint sie frohlockend. Emily kauft so viel ein, dass ich den Überblick schon längst verloren habe. Irgendwann ist auch der Kofferraum so überfüllt, dass Emily die Kleidungsstücke nach Hause liefern lässt. Ich bin froh, als wir endlich aus dem letzten Laden stapfen. Emily scheint ebenfalls nicht mehr topfit zu sein. Sie hat ihre High Heels schon vor längerem durch coole Turnschuhe ersetzt. Ein Zeichen, dass sie wirklich müde ist. Also setzen wir uns ins Auto und fahren nach Hause. Die vielen Tüten packe ich morgen aus. Heute möchte ich nur noch ins Bett fallen und schlafe noch mit den Kleidern ein.

Kapitel 11

Ich sitze am Küchentresen und stochere in meinem Frühstück. Magda stellt mir noch einen Kaffee hin: „Wir brechen in zehn Minuten auf", sagt sie und trottet aus der Küche. Heute wird sie mich zur Schule fahren. Obwohl ich gute Fortschritte beim Autofahren erzielt habe, kann ich die Prüfung erst am nächsten Wochenende ablegen. Magda hat sich aber bereit erklärt, mich morgens zur Schule zu fahren. Dafür bin ich dankbar. Ich nehme noch einen Schluck von meinem Kaffee. Dann räume ich meinen Teller in die Geschirrspülmaschine und fülle mir den Kaffee in einen To-Go-Becher um. Ich zupfe an meinen roten Faltenrock herum. Den Gürtel von Guess habe ich ebenfalls nochmals festgezurrt. Emily meint, ich solle kleine Modeaccessoires einfließen lassen. Trotzdem versuche ich, zurückhaltend zu sein. Die obersten zwei Knöpfe der Bluse habe ich offen gelassen. Die Haare trage ich in meinem üblichen Look offen, habe sie aber mit einem feinen schwarzen Haarreif nach hinten gezogen. Meine coolen, schwarzen Sneakers komplettieren das Outfit. Ich fühle mich ganz wohl. Ich schnappe mir den schwarzen Lederrucksack von Chanel und begebe mich nach draußen. Magda ist mit ihrem Auto bereits vorgefahren. Emily stellt all ihren Angestellten ein Auto der Wahl zur Verfügung. Magda hat sich für einen kleinen, roten BMW entschieden. Irgendwie passend für sie. Auf dem Weg zur Schule unterhalten wir uns und Magda möchte unbedingt zur Feier des Tages für mich mein Wunschdinner zubereiten. Ich schlage vor, zu grillen, da ich ihr nicht unnötig Arbeit aufhalsen will.

Der Parkplatz ist schon gut gefüllt, als wir ankommen. Von überallher strömen die Schüler in die Schule. Ich bleibe noch etwas sitzen und Magda nimmt meine Hand: „Es wird dir gefallen. Sie werden dich mögen. Du bist ein kluges, adrettes Mädchen. Jeder wird dich mögen!" Diese Worte geben mir Mut. Ich steige aus dem Auto aus, schließe die Tür und Magda braust davon. Ich laufe in Richtung Eingang. Einige Schülerinnen und Schüler drehen sich neugierig nach mir um. Einige Jungs pfeifen mir sogar nach. Ich werde noch nervöser, da tippt mir Liv auf die Schulter. „Hey, neue Freundin!", begrüßt sie mich. „Alles gut bei dir?" Ich glaube, Liv kann meine Anspannung bereits förmlich spüren. „Ja, alles gut", antworte ich und zupfe erneut an meiner Bluse rum. Sie nimmt mich kurz in den Arm. „Es wird schon alles gut gehen. Halte dich einfach von den Cheerleadern fern und lass dich nicht gleich auf eine billige Anmache ein." Den Rat nehme ich mir zu Herzen, denn ich will nicht unbedingt auffallen. In der Menge unterzugehen, ist mein Motto. „Welchen Kurs hast du zuerst?" Liv schaut mich neugierig an. Ich nehme meinen Stundenplan zur Hand und starre ihn an. Obwohl ich ihn mehrmals studiert habe, kann ich mich nicht erinnern. Liv beginnt zu lachen: „Mein Gott, bist du nervös. Komm zeig her!" Sie nimmt mir das Blatt Papier aus der Hand und mustert es genau. „Wir haben Englisch, Mathe, Wirtschaft und Biologie zusammen. Das ist doch perfekt. So habe ich dich schön im Auge. Zuerst musst du allerdings zu Französisch. Komm, ich führe dich hin!" Liv läuft los und die Menschenmenge macht ihr automatisch Platz. Viele grüßen sie und Liv hat für jeden ein freundliches *Hallo* als Antwort. Sie scheint wirklich beliebt zu sein. Wir laufen in den zweiten Stock des ersten Gebäudes und bleiben vor einem Klassenzimmer stehen. „Hier musst du hin. Französisch hast du bei Herrn Vermont. Er ist wirklich streng. Mach einfach, was er sagt und sei immer anständig, dann hast du ihn in der Tasche." Sie zwinkert mir zu und ich bin froh, sie bei mir zu haben. „Wenn die Stunde zu Ende ist, hole ich dich unten am hinteren Eingangstor ab, ok?" Sie winkt mir zum Abschied und verschwindet in der Menge. Die erste Stunde verläuft gut. Durch mein Wissen kann ich gleich bei Herrn Vermont punkten. Das viele Lernen über die Jahre hat sich gelohnt. Nach dem Klingeln packe ich meine Sachen, um mich mit Liv zu treffen. Also laufe ich die Treppe runter und stelle mich ans hintere Tor. Der Park hat sich schon gut gefüllt und viele Jugendliche sind in ihrem Sportoutfit bereits in vollem Gange. Ich schaue umher und mache mir ein Bild der Schule und ihres Klientels. „Viki?", irgendjemand ruft nach mir, aber ich kann nicht erkennen, wer es ist. Ich lasse meinen Blick schweifen und sehe Liv, die mir zuwinkt. Sie steht bereits bei einer Mädchengruppe. Ich gehe hin. „Viki???" Wieder höre ich eine Stimme, aber Liv ist es nicht. Sie ist in ein Gespräch mit einer Cheerleaderin vertieft. Ich mache mir nichts draus, schließlich gibt es noch mehr Mädchen, die mit Viki angesprochen werden. Bei Liv angekommen, fühle ich mich etwas sicherer. Liv hakt sich bei mir ein und wir laufen zum zweiten Gebäude vor uns. Wir haben nun eine Wirtschaftsstunde. „Herrgott, Viki!" Doch die Stimme klingt nun wirklich sehr nah und ich schaue beiläufig über die Schulter. Mich trifft fast der Schlag. Vor mir steht Kay. „Was machst du denn hier?", raunzt er mich an. „Ihr kennt euch?", fragt Liv ungläubig. „Kann man so sagen", sagt er schroff. Seine kühle Art und Weise kann ich nicht wirklich einordnen. Schließlich habe ich ihm nichts getan. Ich schaue zu Liv, die mich kritisch mustert. „Nein, nicht so wie du denkst!", sage ich schnell. Liv scheint nicht sonderlich viel von Kay zu halten. Ich bin froh, dass ich mit gutem Gewissen sagen kann, dass da nichts gewesen ist. Ich wäre sonst sicher bei ihr unten durch gewesen. Sie atmet hörbar auf: „Ich dachte schon, dass ich mich doch nicht so täuschen kann." Kay wirkt nun wirklich genervt. Er übergeht Livs Kommentar und wendet sich wieder mir zu. „Du hast ja vielleicht Mut, hier einfach aufzutauchen. Sag mal, machst du das absichtlich?" Liv wirkt nun ebenfalls entnervt. „Hör mal, Kay! Es dreht sich nicht immer nur alles um dich! Hier gibt es ganz viele andere Mädels, die dir gerne Gesellschaft leisten. Du brauchst sie nicht so anzublaffen. Wo sind deine Manieren?" Kay schaut Liv an und kontert: „Sorry, Baroness. Aber das geht dich gar nichts an." Liv beendet nun das Gespräch, indem sie mich davonzieht. „Wir kommen zu spät, lass uns gehen!" Kay folgt uns. Irgendwie habe ich ein ungutes Gefühl. Immer wieder schaue ich über die Schulter. Er fixiert mich und folgt mir auf Schritt und Tritt. Entnervt drehe ich mich um. „Wieso verfolgst du mich?", gifte ich ihn an.

Er schnaubt verächtlich und läuft an mir vorbei ins Klassenzimmer. „Er ist mit uns in der Klasse", flüstert mir Liv zu. Na super! Wir nehmen am vordersten Tisch Platz, um nebeneinander zu sitzen. Ich spüre die Blicke von Kay in meinem Rücken. Was habe ich ihm nur angetan?

Die Mittagspause verbringt Liv ebenfalls mit mir. Ich erzähle ihr von der Schweiz und sie hört mir zu. Sie stellt mich auch einigen Schülern vor, aber ich komme nicht um den Gedanken, dass Liv genau so froh ist, bei mir zu sein wie ich bei ihr. Ich glaube, ich habe in ihr in ihr eine richtig gute Freundin gefunden. Ich unterstreiche meine Erzählungen mit den Bildern meines Instagram Accounts und Liv folgt mir sogleich. Auch die Nummern tauschen wir aus. Beim Einspeichern sehe ich aus dem Augenwinkel, wie Liv hinter meinem Namen noch ein Herz platziert. Ich glaube, Liv mag mich wirklich. Als wir mit dem Essen fertig sind, schlägt sie vor, sich auf der Wiese noch etwas auszuruhen, bevor die Kunstklassen losgehen. „Du solltest noch etwas an deinem Teint arbeiten", meint sie verschmitzt. Ich lache und folge ihr. Beim Eingang der Mensa kommt uns eine Horde Jungs entgegen. Allen voran läuft Kay. Und dann sehe ich ihn! Chris, oh Gott! Mein Herz macht einen Sprung. Er sieht genauso aus, wie ich ihn in meinen Erinnerungen abgespeichert habe. In mir beginnt das Kribbeln wieder, als ich an unsere letzte Begegnung denke. Die Gondel. Mir wird ganz heiß. Lachend und johlend betreten die Jungs die Mensa. Ich möchte schon zu einer überschwänglichen Begrüßung ansetzen, als Chris mich direkt anschaut. Seine Miene verfinstert sich schlagartig. Er blickt demonstrativ zur Seite und läuft an mir vorbei. Mein Herz rutscht mir in die Hose. Was ist hier bloß los? Was habe ich denn getan? Er hat mich doch extra aufgespürt, um an meine Nummer zu kommen. Nach dem Telefonat in der Schweiz war ich mir sicher, dass er genau so fühlt wie ich. Was hat sich denn in dieser kurzen Zeit so verändert? Ich verstehe die Welt nicht mehr.

Liv hat das ganze Geschehen beobachtet. „Komm! Wir gehen nach raus." Wir laufen durch die Gänge und ich lasse mich von Liv nach draußen ziehen. Sie blickt mich an, fragt aber nicht nach. Sie wartet einfach nur ab. Ich bin ihr sehr dankbar dafür. Ich muss mich erst selbst wieder ordnen. Eine Weile sitzen wir so da und ich sammle mich wieder. „Magst du mir erzählen, was da gerade abging? Ich meine, Kay und Chris sind die It-Boys an der Schule und du scheinst sie beide zu kennen." Liebend gerne würde ich Liv alles erzählen, aber ich traue mich nicht. So gut kenne ich sie nun doch nicht und ich weiß nicht, was sie mit den Informationen machen würde. „Es ist eine lange Geschichte. Ich werde sie dir irgendwann mal erzählen, okay?" Liv streichelt meinen Arm und lächelt mich aufmunternd an. „Natürlich, kein Problem!" Ich danke ihr schweigend dafür, dass sie mich nicht bedrängt. „Heute Nachmittag haben wir früh Schulschluss. Wenn du magst, können wir die Hausaufgaben gemeinsam erledigen. Du kommst zu mir und wenn wir fertig sind, fahren wir noch an den Strand. Was meinst du?" Ich stimme zu, Ablenkung wäre jetzt keine falsche Sache. Die Kunstklasse beherbergt einige Picassos und Leonardo da Vincis. Ich kann da meilenweit nicht mithalten, aber ein pummeliges, rothaariges Mädchen nimmt sich meiner an. Sie hat einige Witze auf Lager und so ist die Stunde doch noch ganz angenehm. Nach der Schule hole ich Zuhause noch meine Badesachen und erzähle Emily von meinen Plänen. Sie ist überaus erfreut über die Freundschaft zu Liv und fährt mich sogar persönlich hin. Das Anwesen von Liv gleicht einem gut bewachten Palast. Emilys Villa wirkt dagegen wie eine kleine Hütte. Ich komme aus dem Staunen gar nicht mehr raus. Liv begrüßt mich mit einer Umarmung und führt mich durch das Anwesen. Gleichzeitig gibt sie mehreren Angestellten noch Hinweise zum Abendessen oder zum Snack, den sie mir gerne auftischen würde. Auch hier bewahrt sie immer Contenance und begegnet jedem einzelnen sehr herzlich. Sie scheint durch und durch ein gutes Herz zu haben. Wir setzten uns an den Pool und lösen unsere Hausaufgaben. Ich merke schnell, dass Liv da und dort wirklich Mühe hat und ich greife ihr unter die Arme. „Ach, weißt du, wenn mein Dad der Schule nicht immer einen Check überreichen würde, wäre ich wegen meiner Noten wahrscheinlich schon durchgefallen." Ihre Augen werden wässrig. Sie dreht den Kopf zur Seite. „Das glaube ich nicht, Liv!", versuche ich, sie zu beschwichtigen. „Doch, Viki! Du hast keine Ahnung, was sich mit Geld alles erkaufen lässt." Sie wirkt auf einmal etwas schwermütig. Nach einer Zeit schüttelt sie den Kopf, als würde sie die düsteren Gedanken so loswerden wollen. Bestimmt schlägt sie das Englischbuch zu, schaut auf und lächelt wieder. „Aber genug für heute, wir haben schon mehr gemacht, als wir müssen. Lass uns nun den späten Nachmittag noch genießen!" Sie steht auf und nimmt ihre Badetasche, die ihr jemand bereits fein säuberlich gepackt hatte. Auf dem Vorplatz steigt sie in ihren schwarzen 69er Ford Mustang Fastback. Bei dem Reichtum hätte ich ja auf eine neuere Karre getippt, aber ich bin von der Auswahl total begeistert. Sie lässt den Motor an und der Mustang beginnt, laut zu schnurren. Sie gibt absichtlich ein paar Mal Gas, um mir zu zeigen, was ihr Baby alles draufhat. Ich bin begeistert! Wir fahren zum Strand und breiten unsere Tücher aus. Wir quatschen über dies und das und beobachten die Leute. Wir lachen viel und hören Musik. Liv hat sogar Sodagetränke dabei, die eine willkommene Abkühlung bringen. Auch wenn der Pazifik noch zu kalt zum Baden ist, knallt die Sonne ganz schön auf uns runter. Kurz bevor wir gehen wollen, stellt sich ein Junge zu uns: „Hey Liv, schön, dich zu sehen!" Es ist ein Junge aus der Schule. Ich habe ihn heute mit Chris und Kay gesehen. Schon wandert mein Blick den Strand entlang. Als ich mich umdrehe, sehe ich, dass die Jungs hinter uns ihr Lager aufgeschlagen haben. Chris hat mich bereits fixiert. Mir wird heiß und kalt zugleich. Ich starre zurück und schenke ihm all meine Aufmerksamkeit. Chris ruft jemanden, ohne den Blick von mir abzuwenden. Eine Blondine kommt lachend angelaufen. Auch jetzt liegt seine ganze Aufmerksamkeit noch bei mir. Sie setzt sich auf Chris' Schoß und küsst ihn. Er legt seine Arme auf ihre Hüfte und küsst sie zurück, ohne den Blick von mir abzuwenden. Was für ein Arsch! Mein Herz zerspringt in tausend Stücke. Mir wird übel und ich stehe auch, packe meine Sachen und verlasse den Strand blitzartig.

Kapitel 12

Die Wochen ziehen sich. In der Schule falle ich nicht weiter auf. Kay und Chris ignorieren mich gekonnt. Sie lassen keine Gelegenheit aus, mir zu zeigen, dass ich nicht willkommen bin. Auf den Gängen beachten sie mich nicht oder schauen demonstrativ in eine andere Richtung. Sie tun so, als ob sie mich nicht kennen. Irgendwie eine schmerzhafte Erfahrung. So muss man sich als Geist fühlen. Manchmal lässt Kay sogar einen Kommentar los: „Gute Mädchen kommen in den Himmel, böse nach L.A.!" Aber es sind so kleine Seitenhiebe, die niemand wirklich zu deuten vermag, die unsere Geschichte nicht kennen. Ich weiß nicht, was ich davon halten soll. Ich kann mir immer noch nicht erklären, was ich denn so Schlimmes verbrochen haben soll. Mein Herz ist gebrochen und abends bin ich den Tränen nahe. Wie kann es sein, dass Chris sich so verändert hat? Weshalb behandelt er mich, als sei ich Luft?

Ich verlasse das Schulareal und flitze mit meinem Auto zum Reitstall. Mein neues Hobby gibt mir Kraft und ich verbringe so viel Zeit mit Emilys Pferd, wie es nur geht. „Hey, mein Süßer!" Rocky kommt auf mich zugetrabt. Er scheint sich über meine Anwesenheit zu freuen. Immer wenn man ihn ruft, kommt er vom hintersten Ecken der Weide auf einen zu gerannt. Rocky ist eines der besten Pferde im Stall und mein Trainer, Michele Bossi, hat ihn bereits mehrfach erfolgreich vorgestellt. Einige World- oder Congress-Titel konnte er mit ihm schon einreiten. Rocky ist ein echter Fels in der Brandung. Es hat sich herausgestellt, dass er auch ein sehr geduldiger Lehrer ist und einem viele Fehler verzeiht. Ich habe mein Sitztraining an der Longe seit kurzer Zeit beendet und bin nun in der Lage, mein Pferd zu steuern. Manchmal verwechsle ich noch das Stoppen mit dem Versammeln, aber Rocky gibt sich alle Mühe, die Befehle richtig zu deuten. Ich haltere ihn und führe ihn zur Barn. „Schönes Pferd, ist das nicht eigentlich das von Emily?" Ich schaue zu dem Mädchen. Sie sieht aus wie ein Victoria's Secret Model und ich habe sie schon mehrmals reiten gesehen. Sie ist eine von Micheles Favoritinnen. Sie hat einen unglaublich perfekten Sitz und kann fast jedes Pferd problemlos durch die Pattern oder Trailstangen reiten. „Ja, genau! Ich bin ihre Nichte und habe die Ehre, ihn nun ab und an zu reiten." Sie lächelt. Dabei werden ihr Mund und ihre Lippen noch größer und ihre perfekten Zähne zaubern ihr ein Julia-Roberts-Lächeln ins Gesicht. Ihre langen schwarzen Haare fallen ihr über die Schulter. Sie nimmt ihre Sonnenbrille ab. Die karamellfarbenen Augen sind eine Klasse für sich. „Ich bin Sophia, Co- Trainerin von Michele!" Endlich habe ich einen Namen zu dieser perfekten Frau. „Ich bin Viki." Sie kommt zu mir rüber und streichelt Rocky. „Freut mich, dich kennenzulernen, Viki! Michele ist heute nicht da, also werde ich dich unterrichten. Wir treffen uns in der Halle. Ich habe dir ein paar Trailstangen hingelegt." Ich bin etwas verwirrt. Ich soll mit Rocky als Anfänger über Stangen reiten. Um Himmels Willen, das kriege ich doch niemals hin! „Keine Sorge, Rocky ist ein Ass in Sachen Trail und wird dir eine große Hilfe sein." Ich weiß, dass Rocky mich immer wieder aus allem rettet, aber trotzdem habe ich heute meine Zweifel. Ich putze ihn gründlich, pflege seine Mähne und seinen Schweif mit Cowboys Magic. Anschließend werfe ich das Pad und den Sattel auf ihn und ziehe den Gurt leicht an. Dann hole ich das Bite und spaziere mit Rocky in die Halle. Mein Pferd ist, im Gegensatz zu mir, die Ruhe selbst. Ich steige auf, suche die Steigbügel und mache meine Sitzübung zum Aufwärmen. Rocky läuft gemütlich seine Runden ab. Wir kommen kaum voran, denn Rocky ist eine echte Schlaftablette. „Okay, Viktoria, beim Trail geht es darum, möglichst ohne Berührung über die Stangen zu reiten. Wichtig ist, dass du immer dahinguckst, wo dein Pferd abfußen soll." Na toll, ist das die einzige Instruktion, die ich bekomme? Ich lege los und Rocky meistert jede einzelne Aufgabe bravourös. Er braucht weder meine Hilfen noch meine Zügel. Er kann seine Arbeit ganz alleine. Er rettet mich einige Male und macht sein Ding, aber ich merke, dass er es nur gut mit mir meint und mir zeigen möchte, wie die Sache so läuft. Sophia ist hellauf begeistert und lobt mich mehrfach. Eigentlich hat Rocky die ganze Arbeit gemacht, aber ein bisschen stolz bin ich doch. Sophia begleitet mich und schaut mir beim Absatteln zu. Sie scheint eine echt witzige Person zu sein. Sie erzählt von ihren Reitanfängen und den vielen Stürzen, die sie gehabt hat. Einer davon war so schwer, dass sie sogar eine Hirnblutung davontrug. Ich kann es kaum fassen, dass sie sich immer noch aufs Pferd setzt. „Weißt du, wenn du dich mal ins Reiten verliebt und die Angst gegenüber der Pferde abgelegt hast, ist es das Beste auf der Welt. Kein Wunder, sagt jeder, dass man das Glück auf dem Rücken der Pferde findet." Ich nicke ihr zu. Bei Rocky kann ich gar nicht anders, als mich auf den Moment einzulassen. Ich muss sogar. So vergesse ich für ein paar Stunden alle Sorgen, allen Kummer und alle Probleme. Ich hätte nie gedacht, dass dies möglich ist. Nicht mal beim Laufen konnte ich meine Gedanken so abstellen. Rocky ist auch ein Spiegel meiner Laune. Er stupst mich an, wenn ich zu hart reagiere oder schmust mit mir, wenn ich glücklich bin. Ein Glück, dass mich Emily und Dana überredet haben, mit Reiten anzufangen. Außerdem ist es in Amerika ein bekannter Sport. Viele Mädchen machen es und lernen durch ihre Pferde, Verantwortung zu übernehmen. Emily meint immer: „Kauf deiner Tochter eins und du musst dir nie um Jungs Sorgen machen!" Das stimmt! Würde man sich jeden Tag darum kümmern müssen, hätte man wirklich keine Zeit! Ich komme vier bis fünf Mal in der Woche und bin doch immer einige Stunden hier. „Was sind deine Ziele?", fragt mich Sophia. „Wie meinst du das?" „An welchem Turnier möchtest du als erstes teilnehmen?" Ich blick erstaunt auf, da ich nicht vorhatte, bei Wettbewerben anzutreten. „Du musst doch ein Ziel haben", sagt sie streng. „Lass uns nachher zusammen gucken, wo wir dich anmelden könnten. Wenn man schon einen perfekten Body und das perfekte Pferd hat, muss man sich doch zeigen." Ich bin mir nicht sicher, ob ich das wirklich will. Ganz bestimmt nicht in den nächsten Wochen. Erst wenn ich mich sicher fühle, würde ich es vielleicht mal wagen. Ich dusche

Rocky noch kurz ab und lasse ihn dann in seiner Box zurück, nachdem ich ihm noch einen Apfel gegeben habe. Sophia ist bereits draußen und hat es sich am Tisch unter dem Baum gemütlich gemacht. „Also … Ende Sommer wäre ein Turnier ganz in der Nähe. Es ist zwar nur eine zweifach Show, aber es wäre sicherlich machbar." Ich verstehe nur Bahnhof. Aber Ende Sommer hört sich gut an. So habe ich noch ein paar Monate Zeit. Wir beschließen, einen Plan zu machen und legen uns auf die Disziplinen Horsemanship und Trail fest. „Zwei reichen zu Beginn völlig. Wir wollen schließlich Qualität vor Quantität." Sie lacht. Michele fährt in diesem Moment auf den Hof. „Und, wie war es?" erkundigt er sich, nachdem er uns begrüßt hat. „Sie hat ihre erste Trailpattern gut gemeistert. Wir überlegen gerade, sie für die Show Ende August anzumelden. Sie muss schließlich etwas wagen. Außerdem weiß sie dann, woran sie arbeiten muss." Michele findet es eine gute Idee. Also werde ich wohl noch härter trainieren müssen, denn Letzter will ich auf keinen Fall werden.

Ich komme Zuhause an und stelle mein Auto in der Garage ab. Emily nimmt mich im Wohnzimmer in Empfang und fragt mich über meinen Unterricht aus. Ich berichte ihr ganz ausführlich, was wir gemacht haben und dass Sophia mich für eine Show anmelden möchte. „Das klingt ja toll! Da werden wir gemeinsam hingehen. Aber wir müssen dir noch einiges anfertigen lassen." Ich schaue sie verdutzt an. „Du brauchst eine Bluse für das Trail und einen Show-Body für das Horsemanship. Dann müssen wir dir schwarze Chaps bestellen und dir auch schwarze Boots kaufen. Ich glaube den Hut können wir nehmen. Ich gebe ihn einfach Tim zum shapen." Ich bin ratlos, denn ihre Aussage verstehe ich nur zur Hälfte. „Viktoria, wir müssen dir ein perfektes Showoutfit anfertigen lassen. Du sollst eine gute Figur auf dem Pferd machen. Dein Erscheinungsbild wird ebenfalls bewertet." Dass ich nun eine erneute Maschinerie angeworfen habe, ist mir bis jetzt nicht bewusst gewesen. „Dann können wir doch einfach nochmal in den Laden gehen und dort die Sachen einkaufen, wenn es sein muss." Emily schaut mich verdutzt an: „Nein, Viktoria, dass muss schon maßgeschneidert sein. Es soll doch wirklich gut aussehen. Ich werde Eleonora fragen, ob sie mir zwei Entwürfe für die Oberteile anfertigen kann. Sie macht die besten Outfits überhaupt. Die Chaps bestelle ich bei Nina. Am besten fahren wir morgen bei beiden vorbei, damit sie die Maße nehmen können. Sobald wir uns entschieden haben, welche Farben wir verwenden, werden wir das passende Pad ordern …" Meine Augen werden vor Erstaunen immer größer. Das klingt nach einem richtig großen Aufwand und vor allem klingt es teuer. Victor blickt über seinem Laptop zu uns rüber. Emily nimmt das Telefon in die Hand und beginnt sogleich, alles zu organisieren, damit wir auch ja alles rechtzeitig beisammen haben. Meine Einwände, dass ein solcher Aufwand doch nicht nötig sei, nimmt sie nicht mal zur Kenntnis. „Wow, ob ich zwei Reiterinnen vermag … Ich glaube, ich muss meinem Team Bescheid geben, dass sie noch härter arbeiten müssen", witzelt Victor. Jetzt habe ich echt ein ungutes Gefühl. Es kostet anscheinend wirklich viel Geld. Victor sieht mir meine Unsicherheit an und beruhigt mich: „Alles gut, Viktoria. Wir müssen ja keine großen Anschaffungen wie ein neues Pferd oder einen Showsattel machen. Wir haben das Privileg, uns das leisten zu können." Er zwinkert mir zu und vergräbt sein Gesicht wieder hinter seinem Computer. Mir wird immer mehr bewusst, was für ein privilegiertes Leben ich führen darf, seit ich hier in Amerika bin. In der Schweiz ist es mir bereits gut ergangen, aber hier scheint nur der Himmel das Limit zu sein. Ich bedanke mich beim Universum dafür. „Hast du deine Hausaufgaben erledigt?" Victor guckt mich an, wahrscheinlich sitze ich immer noch regungslos auf dem Stuhl. Normalerweise hole ich immer die Schulmaterialien und wir sitzen vor dem Dinner zusammen, um sie gemeinsam zu lösen. Ab und an kommt auch Liv vorbei und ergänzt die Runde. Victor hilft uns manchmal bei mathematischen Problemen. „Nein, noch nicht!" Also suche ich meine Sachen zusammen und arbeite fleißig meine Aufgaben ab. Victor behält mich immer etwas im Auge. Es ist ihm wohl genauso wichtig wie Emily, dass ich eine gute Schülerin bin. Nach den Hausaufgaben wird das Dinner serviert. Den Abend lassen wir auf der Terrasse ausklingen.

Kapitel 13

„Das klingt spannend!" Liv ist begeistert von meiner Showidee und sagt zu, mich dabei zu unterstützen. Sie wolle sowieso mal wieder mit zu Rocky kommen. Für das Turnier würde sie mir fest die Daumen drücken. Liv und ich haben das Ritual, dass wir uns immer eine Stunde vor Schulbeginn im Park treffen. Wir können quatschen oder nochmals für Prüfungen lernen. Sie ist mir unglaublich ans Herz gewachsen. Sie ist durchweg freundlich und ich habe sie noch nie über andere lästern hören. Wenn ihr etwas nicht zusagt, kann sie es so diplomatisch formulieren, dass sie niemandem auf die Füße tritt. Trotzdem erreicht sie so immer, dass sich die Menschen auf einen Kompromiss oder ihre Idee einlassen. Auch ihre Verehrer kann sie galant abwimmeln. Es hat sich nämlich rumgesprochen, dass wir immer eine Stunde früher im Park zu treffen sind. Einige Jungs haben ihren Mut zusammengenommen und uns dort getroffen, um nach einem Date zu fragen. Wir bleiben aber lieber unter uns und haben noch keinem zugesagt. Heute sind Kay und Chris mit ihrer Horde Jungs ebenfalls vor Ort. Wahrscheinlich haben sie in der Früh ihr Boxtraining gehabt. Dieses findet normalerweise immer vor Schulbeginn statt. Einer der Jungs löst sich aus der Gruppe und kommt auf mich zu. „Hey Viki. Wie geht es?" Ich blinzle ihn an und antworte knapp, aber freundlich, wie ich es bei Liv gesehen habe: „Guten Morgen Marc, danke gut." Liv bemerkt, dass ich es ihr mit ihrer Freundlichkeit gleichtun möchte. Marc bemerkt das aber nicht und macht weiter: „Ich habe dich jetzt schon eine ganze Weile beobachtet. Ich habe auch gemerkt, dass du immer wieder zu mir hinsiehst." Was für ein Blödmann, denke ich mir. Wenn ich rüber schaue, dann wegen Chris. „Also habe ich mir gedacht, ich erlöse dich jetzt!" Marc sieht mich an und lächelt gewinnend zu mir runter. Dieser Typ ist wirklich überzeugt von sich selbst. „Lass uns heute einen Videoabend machen!" Es war keine Frage, sondern vielmehr eine Aufforderung. Liv mischt sich ins Gespräch: „Marc, es ist nicht wirklich anständig, ein Mädchen zum Kennenlernen auf ein solches Date einzuladen." Marc scheint wenig beeindruckt. „Ich will ja auch kein Date im herkömmlichen Sinne. Lass und doch mal schauen, wie wir so zusammenpassen. Man kauft ja schließlich nicht die Katze im Sack." Liv ist schockiert. Ich ebenso. Hat der Typ mich jetzt ernsthaft auf ein Fummeldate eingeladen? Die Jungs sind während des Gesprächs nähergekommen und belauschen uns. Einige kichern schon. „Wie kommst du darauf, dass ich das ausprobieren will?" Marc grinst nur schmalzig. Ich blicke zu Chris, der seine Augen fest auf das Display seines Handys fokussiert hat. Es scheint ihn nicht die Bohne zu interessieren, was hier gerade abgeht. Auch Marc schaut zu den Jungs rüber. Kay gibt ein Zeichen, dass er weitermachen soll. Marc setzt sich neben mich und legt den Arm um meine Schultern. „Ein bisschen Liebe schadet ja nie und bringt einen zum Lächeln. Ich dachte mir, das könntest du gut gebrauchen. Man sieht dich ja selten Lachen wie ein Honigkuchenpferd." So, das reicht! Ich schüttle seinen Arm ab. „Vergiss es!" Ich unterstreiche meine Aussage mit einem vernichtenden Blick und gebe noch einen Würgelaut von mir. „Wieso zierst du dich so?" Marc rückt wieder näher und wird richtig aufdringlich. „Ich bin wirklich gut im Bett, kannst du mir glauben. Meine Jungs und ich haben Erfahrung. Ausserdem sind wir ja keine 15 mehr! Zeit, das Leben zu genießen." Er streichelt meinen Rücken. Das ist doch nicht zu fassen! Ist das alles so ein dämliches Spiel, das die Jungs sich ausgedacht haben? Liv mischt sich ein und wirkt nun ebenfalls erbost: „Halt dich im Zaum, Marc. Du und Kay, ihr seid die schlimmsten Frauenhelden überhaupt. Versuch dein Glück bitte woanders. Es reicht jetzt!" Doch Marc bleibt weiterhin völlig gelassen. „Komm schon, Viki. Sehnst du dich nicht nach diesen Berührungen?" Meine Augen werden kühl und in mir steigt eine Wut auf. „Marc, verzieh dich. Ich würde dich nicht mal mit der Kneifzange anfassen." Marc lacht. „Mein Gott, Viki! Wenn ich es nicht besser wissen würde, könnte man glatt glauben, dass du noch Jungfrau bist!" Chris verschluckt sich an seinem Getränk und prustet los. Boah, diese elenden Idioten! Ich springe auf meine Beine und baue mich vor Chris auf. „Findest du das witzig?" Ich wechsle die Sprache, damit uns niemand versteht. „Weiß man bei dir ja echt nicht, was man glauben soll!" Er funkelt mich herausfordernd an. Mich überkommt eine Wut, die ich nicht kontrollieren kann. Ich haue ihm meine Hand dermaßen übers Gesicht, dass es einen lauten Knall gibt. Nun habe ich Chris volle Aufmerksamkeit, aber leider auch die der anderen. Ich fange an, zu fluchen und zu toben. Ich weiß gar nicht mehr, was ich alles gesagt habe. Aber nett wäre definitiv anders gewesen. „Du Arschloch, was glaubst du, wer du bist? Legst mich in der Gondel fast flach und hast nachher nicht mal den Anstand, mir unter die Augen zu treten. Nein, du behandelst mich wie ein Stück Scheiße. Drückst mir da und dort ein Spruch und hast das Gefühl, ich würde mich nicht wehren. Aber da hast du die Rechnung ohne mich gemacht! Du willst Krieg? Du bekommst Krieg!" Chris baut sich seinerseits vor mir auf und packt mich mit seinen Händen. „Sagt genau die Richtige! Du nimmst dir, was du willst und lässt es dann einfach fallen. Nicht mal genügend Respekt hast du, um es anständig zu beenden!" Ich löse mich mit aller Wucht aus seinem Griff. „Ach hör doch auf, dich als Unschuldslamm zu präsentieren. Du nagelst ja sowieso alles, was bei drei nicht auf den Bäumen ist. Wenn die Geschichten um deine Kumpels nur zur Hälfte stimmen, will ich nicht wissen, was du so treibst. Am Strand vernaschst du ja auch eine Blondine vor all deinen Freunden. Für euch ist das alles doch sowieso nur ein Spiel!" „Dieses Spiel hat dich damals aber richtig angeturnt, Baby! Ich weiß noch, wie du gestöhnt und gekeucht hast. Deine Finger konntest du nicht von mir lassen. Sei doch ehrlich, Kleine! Ich wette, ich könnte dich jederzeit wieder dazu bringen." Seine Augen funkeln vor Zorn und ein Muskel zuckt an seinem Kiefer. „Niemals! Nicht mal in deinen Träumen!" Meine Stimme kreischt über den Platz. „Mach dir keine Sorgen, du wärst die Letzte, die ich nehmen würde. Nicht einmal dann, wenn die Welt untergeht. Einmal hat mir völlig gereicht." Ich koche vor Wut. Das war das Gemeinste, was jemand jemals zu mir gesagt hatte. „Wenn es dir doch so egal ist, wieso bist du überhaupt hier, du Vollidiot!", schreie ich ihn an. Er tritt auf mich zu nimmt meinen Kopf in seine Hände und zieht mich an sich heran. Er küsst mich fordernd und meine Knie werden wieder weich. Ich muss mich zusammenreißen. Auch wenn es sich unglaublich gut anfühlt. Er lässt mich abrupt los. Setzt sein Siegerlächeln auf und antwortet kühl: „Na, was habe ich gesagt? Ich könnte dich jederzeit in eine Besenkammer ziehen und du würdest mir augenblicklich verfallen." Ich hole aus und schlage erneut auf ihn ein. Er zieht mich mit aller Kraft an sich, sodass ich bewegungsunfähig bin. „Lass mich sofort los, du Schwein!" Seine Berührung lassen die Hitze in mir wieder aufsteigen. Seine Lippen sind so nah an meinen, dass ich Angst habe, sie sofort wieder zu küssen. Meine Wut und meine Erregung kämpfen in mir um die Wette und ich habe Bedenken, dass das Verlangen nach Chris siegen wird. Er hält mich noch für einen kurzen Moment fest. Ich winde mich wie ein Aal. „Na, genießt du es?", flüstert er mir zu. „Das glaubst ja nur du! Ich kotze fast, wenn du mich küsst!" Er lässt er mich ruckartig los. Er schnaubt verächtlich, dreht sich um und würdigt mich keines Blickes mehr. Seine Schultern sind dermaßen gestrafft, dass sie fast sein Hemd zerreißen. Jeder Muskel seines Körpers scheint zu vibrieren und er sieht unglaublich heiß aus. Ich drehe mich zu Liv und den Jungs um. Die meisten haben den Mund geöffnet. Kay sammelt sich am schnellsten. „Toll gemacht, kleine Prinzessin. Du bist echt die Härte! Lässt ihn zappeln, wie ein aufgestochenes Schwein, nur damit du ihn dann eiskalt abservieren kannst." Dann joggt er seinem Kumpel hinterher. Komischerweise habe ich das Gefühl, in seiner Stimme einen Funken Anerkennung gehört zu haben. Wahrscheinlich irre ich mich. Liv erwacht aus ihrer Schockstarre, löst sich von der Gruppe, kommt zu mir, packt mich am Arm und zieht mich durch das Tor in Richtung der Toiletten. „Was zum …! Viki, raus mit der Sprache, was ist hier gerade passiert?" Die Schüler der Lignum High glotzen uns nach. Alle scheinen absolut verdutzt über das Geschehene.

Auf der Toilette kontrolliert Liv, ob alle Kabinen leer sind. Dann dreht sie sich zu mir um. „Raus mit der Sprache, Viki!" Ich erzähle ihr von St. Moritz, von dem Telefonat und den Missgeschicken. Liv hört gespannt zu und nickt an den richtigen Stellen. „Wow!" Sie japst nach Luft. Dann beginnt sie, wie blöd zu grinsen: „Du hättest sein Gesicht sehen sollen, als du ihm eine Ohrfeige verpasst hast. Kay hat sogar mitgelitten und ist bei dem Knall zusammengezuckt. Mein Gott, Viki! Noch niemand an dieser Schule hat sich jemals getraut, sich den beiden so in den Weg zu stellen. Ich verbeuge mich ehrfürchtig vor dir." Ich muss ebenfalls lachen. Irgendwie hat es gutgetan, Chris so richtig die Meinung zu geigen. „Wie geht es jetzt weiter?" Liv schaut mich an. Wir beide wissen, dass dies nicht das Ende der Geschichte sein wird. Wir einigen uns darauf, den Jungs den nächsten Schritt zu überlassen. Liv lächelt mich erneut an: „Du bist echt der Hammer!" Komm, lass uns los, wir kommen noch zu spät." Wir sitzen die Biologiestunde ab und meine Gedanken sind bei Chris. Habe ich ihn nun endgültig verscheucht?

In der Mensa wird es unangenehm, denn die Geschichte scheint sich rumgesprochen zu haben. Alle stecken die Köpfe zusammen und flüstern. Immer wieder schauen sie an unseren Tisch. Als Chris und Kay den Raum betreten, breitet sich eine Totenstille aus. Alle sind gespannt, was als nächstes folgt. Chris setzt sich an seinen Stammplatz zu den Footballern und den Boxern und tut, als wäre nie etwas geschehen. Die Blondine vom Strand kommt zu ihm und setzt sich auf seinen Schoß. Sie flüstert ihm etwas ins Ohr, doch er würdigt sie keines Blickes. Dann schiebt er sie von seinen Beinen und deutet ihr an, zu gehen. Seine Geste unterstreicht er mit wenigen kühlen Worten, worauf sie aus dem Raum stürmt. Kay blickt Chris ernst an und zeigt ihm den Vogel, bevor er der Blondine hinterherrennt. Mich plagt die Neugier, also stehe ich auf und folge den beiden. Keine Ahnung wieso, aber ich will wissen, was da los war. Sie biegen in die hinterste Toilette, wo sich selten Schüler der Lignum High aufhalten. Ich warte einen Moment, bevor ich die Türe leise öffne. „… hat er nicht so gemeint. Du bist echt super sexy!" Ich verstehe sie nicht, aber höre sie schluchzen. Kay redet weiter auf sie ein: „Mach dir nichts draus, ich bin ja jetzt da." Wieder Schluchzer. Ich schleiche mich etwas näher. „Komm, lass mich dich trösten." Ich kann im Spiegel erkennen, wie Kay die Blondine auf den Schoß zieht und ihr immer wieder über die Haare und den Rücken streicht. Sie hört auf, zu weinen und fängt an, die Liebesbekundungen zu genießen. Na, das ging ja schnell! Sie legt die Arme um ihn und flüstert ihm etwas ins Ohr. Kays Blick verrät, dass es ihm gefällt, was sie da sagt. Ich glaube, ich bin im falschen Film. Macht es hier jeder mit jedem? „Du bist super sexy! Ich glaube sofort, dass du alle Männer um den Verstand bringst. Schau mich mal an, ich bin schon total heiß auf dich." Ich kann nicht erkennen, wo ihre Hand hinwandert, aber es ist sehr weit unten. Kay beginnt, an ihrem Ohr zu knabbern. Echt jetzt? Ich möchte mich aus dem Staub machen, aber ich habe Angst, mich zu laut zu bewegen, denn die beiden sind verstummt. Also kauere ich mich auf dem Boden zusammen. Nach kurzer Zeit höre ich ein leises Stöhnen. „Mach weiter, das gefällt mir!" Okay, ich befinde mich definitiv am falschen Ort. Das Stöhnen wird nun zweistimmig. Ich stehe auf und kann im Spiegel erkennen, dass beide weder Rock noch Hose tragen. Die Blondine lehnt sich zurück und bewegt sich leicht auf und ab. Ich fühle mich völlig fehl am Platz, komme aber nicht aus meiner Schockstarre. Die Türe geht laut auf und Chris steht im Eingang. Kay lässt sich von dem Geräusch aber nicht weiter stören. Chris sieht mich, wie ich am Boden kauere und dann in den Spiegel. Er beginnt zu grinsen. Mir ist die Situation extrem peinlich. Er gibt mir mit einer Geste zu verstehen, dass ich aufstehen soll. Ich bewege mich nicht. Er kommt näher. Kay müsste ihn jetzt im Spiegel sehen. „Hey ihr zwei, lasst euch nicht stören!", sagt Chris gelassen. Er packt mich am Arm und zieht mich hoch: „Es ist nicht anständig, andere bei privaten Dingen zu belauschen." Seine Stimme ist gedrückt. Ich sehe, dass Kay uns gesehen hat, aber es interessiert ihn kaum. Er packt das Mädchen erst recht bei den Hüften, wobei sie nur noch lauter aufstöhnt. Sie lassen sich wohl wirklich nicht stören, was mich ehrlich gesagt völlig irritiert. Chris schiebt mich aus der Türe.

„Sag mal, ist dir egal, dass dein Kumpel gerade deine Freundin besteigt?" Ich bin empört. „Sie ist nicht meine Freundin." Chris bleibt sachlich und ruhig. „Aber am Strand ..." Ich breche den Satz ab, eigentlich ist es egal, was ich zu sagen habe. Chris soll nicht merken, dass er mich damit verletzt hat. „Es ist nicht immer alles so, wie es scheint, Viki!" Da drinnen ist es ganz genau so, wie es scheint. Das Gestöhne wird immer lauter und mir ist die ganze Situation jetzt echt zu peinlich. Ich lasse Chris stehen und setze mich in Bewegung. Ich muss hier dringend weg! Ich blicke nochmals über die Schultern. Chris sieht mir nach. War sein Schweigen eine Friedenserklärung?

Kapitel 14

„Nein, das innere Bein!" Michele Bossi schaut mich grimmig an. Heute bin ich nicht bei der Sache. Wir üben Horsemanship. Ich habe mich belehren lassen, dass ich mein Pferd möglichst ohne sichtbare Hilfen lenken oder die Gangart wechseln soll. Es hat sich sehr einfach angehört, ist aber eine waschechte Herausforderung. „Wenn du dein Pferd langsamer machen willst, legst du dein inneres Bein an." Ich verstehe die Logik dahinter nicht. Rocky schon. Er schnaubt und zeigt mir, dass ihm die Pause von allem am besten gefällt. Michele befiehlt mir, mich wieder an der ersten Pylone aufzustellen. Also tue ich das, dann galoppiere ich bis zur zweiten. Dort muss ich mein Pferd durchparieren und einen Zirkel im Trab reiten. Ich konzentriere mich und es klappt. Rocky manövriert mich brav durch das aufgetragene Pattern. Er macht die Übergänge bereits alleine, da er wahrscheinlich das Ganze schon schneller auswendig gelernt hat als ich. Schlussendlich klappt es aber so gut, dass Michele mich aus dem Training entlässt. Sophia hat mir zugesehen und lässt während des Absattelns und Abduschens meines Pferdes alles nochmal Revue passieren. Sie gibt mir Tipps, wie ich schnell besser werde. Beide legen sich ins Zeug, damit ich schnell Fortschritte erziele. Manchmal frage ich mich, ob Emily ihre Finger im Spiel hat. Weil sie sich um mein Wohlergehen sorgt, legt sie gerne hier und dort ein Wort für mich ein. Bevor ich nach Hause fahre, fragt mich Sophia, ob wir abends nicht was zusammen trinken gehen wollen. Sie hätte es satt, nur auf dem Anwesen zu sein. Ich stimme zu, in der Hoffnung, dass Emily mir es nicht verbietet. Ich schlage vor, auch Liv zu fragen. Sophia ist von dieser Idee begeistert. „Super, ein Mädelsabend! Ich kenne eine Bar, die es mit dem Alter nicht so genau nimmt, wenn man den Türsteher oder den Chef kennt. Ich texte dir nachher die Adresse." Ich freue mich und mache mich auf den Heimweg. Über die Freisprechanlage schaffe ich es, Liv zu erreichen. Sie stimmt sofort zu. „Hast du die Hausaufgaben schon gemacht?", fragt sie mich verzweifelt. Ich verneine und biete ihr an, dass sie wieder zu uns kommen könne. Wir könnten gemeinsam die Schulsachen erledigen, Abendessen und uns für den Abend herrichten. Morgen ist Samstag und wir müssen nicht früh raus. „Wenn wir länger bleiben, muss ich aber bei dir übernachten. Meine Eltern sind leider nicht so tolerant, was Ausgang und so angeht." Ich wundere mich darüber, wie Livs Eltern dies kontrollieren wollen. Sie sind schließlich nie Zuhause. „Klar, kein Problem!"

Emily hat erstaunlicherweise sehr schnell zugestimmt. Also machen Liv und ich uns fertig. Wir legen uns richtig ins Zeug und zaubern unsere besten Make-up-Künste aus dem Ärmel. Liv nimmt ein burgunderfarbiges Wickelkleid aus dem Schrank und sieht mich verwundert an: „Wie bist du denn an dieses heiße Teil gekommen? Es war innerhalb von Minuten ausverkauft!" Ich zucke mit den Schultern, schließlich hat Emily es mir besorgt. „Du musst es unbedingt tragen, es ist unglaublich toll!" Sie wirft es auf das Bett und guckt mich an. „Keine Widerrede, du sollst heute richtig gut aussehen! Du hast auch den passenden Lippenstift dazu." Ich tue, wie mir befohlen und muss sagen, dass Kleider Leute machen. Das Kleid lässt meine Brüste noch größer aussehen und meine schmale Taille noch zierlicher. Meine Beine wirken mit den Heels noch länger. „Perfekt!", Liv klatscht in die Hände. Sie selbst trägt ein olivfarbenes Kleid. Es ist relativ kurz und hat kleine Puffärmel. Sie hat passende offene Schuhe. Als wir ins Wohnzimmer kommen, schaut Victor uns an: „Nein, das ist heißer, als die Polizei erlaubt. Geht euch umziehen." Emily gluckst: „Nix da, ihr seht super aus!" Sie zwinkert uns zu. Victor kneift die Lippen zusammen. „Wenn irgendwas ist, rufst du mich an! Ich komme dann sofort." Das glaube ich ihm aufs Wort. Mit Onkel Victor will sich niemand anlegen. Sein russischer Akzent tut das übrige. „Aber kein Alkohol und keine Drogen!", ermahnt er uns. „Ich erkenne das im Schlaf!" Auch das nehme ich ihm zweifellos ab. Es scheint, als hätte Victor nicht immer ein Saubermannimage gehabt. Er gibt mir ein Küsschen auf die Wange und steckt mir Geld zu: „Für den Notfall! Steck es in dein Höschen, damit es niemand findet." Er weiß wohl wirklich, wovon er spricht. Die Frage ist nur, wie ich eine solche Rolle Bargeld in meinem Höschen verschwinden lassen soll. „Wenn ihr die Bar verlasst, gibst du mir Bescheid. Es ist mir egal, wo ihr hingeht, aber ich will wissen, wo ihr seid. Und schreib mir einmal in der Stunde, dass du okay bist", flüstert Tante Emily mir ins Ohr. Sie weiß genau, wie sie Teenager nehmen muss. Wahrscheinlich deshalb, weil sie früher immer aus dem Haus geschlichen ist. „Wann müssen wir zurück sein?", fragt Liv. Emily überlegt: „Ich vertraue euch, dass ihr wisst, wann es Zeit ist, zu gehen!" Ich weiß nicht, ob ihr bewusst ist, dass man in der Schweiz bei solchen Aussagen nicht vor dem Frühstück wieder antanzt. Schließlich haben die Clubs am Wochenende bis fünf Uhr geöffnet. Liv grinst erfreut.

Wir nehmen mein Auto und fahren zur besagten Bar. Es ist gar nicht so einfach, einen Parkplatz zu finden, aber ich kann doch noch einen ergattern. Gekonnt parke ich ein und im Nu stehen wir vor der Bar. Sophia erwartet uns bereits. Sie sieht umwerfend aus. Man könnte meinen, sie ist einem Laufsteg direkt entsprungen. Ihr dunkler Teint strahlt in dem gelben Kleid noch mehr. „Hey Ladies, da seid ihr ja! Lasst uns reingehen!" Sie gibt uns beiden ein Küsschen und wir marschieren zu dritt am Türsteher vorbei. Er grüßt Sophia und lässt uns ohne Kontrolle hinein. Es ist eine schicke Bar, ich würde es sogar eher als Lounge bezeichnen. Das Klientel ist gehobener, obwohl viele junge Leute hier sind. Ich erkenne schon einige aus der Lignum High. Vor allem aus unserer Abschlussklasse tummeln sich hier viele. „Was wollt ihr trinken?" „Etwas Alkoholfreies", rufe ich ihr zu. Sophia runzelt die Stirn, gibt sich aber mit der Antwort zufrieden. Sie deutet auf eine große Couch: „Das ist unsere, macht es euch gemütlich." Sie kennt diesen Laden bestens. Der Kellner begrüßt sie mit einem Kuss auf die Stirn. Sie bestellt und kommt zu uns. „Du hast die Getränke vergessen", sagt Liv. „Nein, die werden sie uns bringen, sobald sie fertig sind." Sophia beginnt, im Takt der Musik zu wippen. Wir unterhalten uns, sprechen von der Schule vom Reiten und nippen an unseren Drinks. Sophia lässt immer wieder kleine Seitenhiebe über Gäste fallen, die urkomisch sind. Der Laden füllt sich schnell und wir genießen die Zeit. „Guten Abend, die Damen!" Russell steht vor uns. Mein Grinsen verabschiedet sich sofort aus meinem Gesicht. Er gehört auch zur Clique von den sogenannten It-Boys. „War ein starker Auftritt gestern, Viki!" Er zwinkert und sein Blick richtet sich dann auf Sophia. „Wir kennen uns doch auch." Sophia lehnt sich ans Sofa. „Ich erinnere mich gar nicht. So gut kann es wohl nicht gewesen sein." Russell tut so, als ob ihn das getroffen hat. „Na dann muss ich mich wohl noch mehr ins Zeug legen." Sophia flirtet nun offensichtlich mit ihm. „Solltest du, wir sind nicht einfach zu beeindrucken." Russell nimmt die Herausforderung an. Er setzt sich auf die Couchlehne und fängt ein Gespräch mit Sophia an. Sie ist eine Meisterin des Flirtens. Sie berührt ihn kurz am Arm oder am Oberschenkel, wenn sie spricht. Ab und an sagt sie etwas Zweideutiges, aber nie wird sie richtig konkret. Sie muss man das Handwerk auch nicht mehr lehren. Russell entführt sie auf die Tanzfläche und Sophia genießt die Blicke aller Jungs auf sich. Sie ist eine äußerst gute Tänzerin. Sie weiß ihre Hüften zu kreisen. Nach ein paar Liedern winkt sie uns zu sich rüber und lässt uns verstehen, dass wir auch auf die Tanzfläche kommen sollen. Liv lässt sich nicht zwei Mal bitten und reißt mich mit. Zu Beginn sind wir noch etwas verhalten, aber dann schließe ich meine Augen und lasse die Musik den Takt übernehmen. Früher haben wir das jedes Wochenende gemacht. Anouk und ich gemeinsam. Ich fühle mich auf einmal frei und bewege meine Hüften. Ich tanze mal mit Sophia und auch mit Liv. „Ihr bringt noch alle Männer um den Verstand", amüsiert sich Russell und zieht Sophia wieder nah zu sich. Ich tanze weiter, lasse meinen Blick aber über das Publikum schweifen. Es stimmt. Viele Blicke sind auf uns gerichtet und ich genieße es. Plötzlich erkenne ich Chris an der Bar. Er scheint seinen Blick nicht von mir lassen zu können. Ein Kumpel führt mit ihm ein Gespräch. Seine Augen fixieren aber nur mich. Ich genieße es und provoziere ihn, indem ich meine Hüften noch mehr kreisen lasse. Soll er mal sehen, was er da verpasst. Liv pfeift und jubelt mir zu. Sie steigt mit ein und wir tanzen uns die Seele aus dem Leib. Chris blickt gebannt zu uns. Ich kann in seinem Blick wieder das Verlangen sehen, das er in der Gondel gehabt hat. Plötzlich spüre ich, wie ich immer wieder von hinten angetanzt werde. Ich drehe mich um und gebe demjenigen zu verstehen, dass er es lassen soll. Aber er scheint zu betrunken zu sein und kommt immer wieder näher. Super! Ich habe nicht nur Chris heiß gemacht, sondern auch diesen Vollidioten. „Hey Mann, lass sie in Frieden." Chris steht neben mir. „Was denn, ich will nur ein bisschen tanzen." „Nicht hier und nicht jetzt, verzieh dich!" Chris ballt seine Fäuste und spannt die Muskeln an. Er ist bereit für den Kampf. „Okay, Zeit zu gehen!" Jetzt mischt sich auch Kay ein. Er schubst den Typen hart zu Boden. Die Menschenmenge teilt sich. Der Betrunkene ist schneller auf den Beinen, als gedacht. Hinter ihm versammelt sich seine Mannschaft. „Was hast du gesagt?" „Geh nach Hause, du betrunkenes Arschloch!" Chris packt ihm am Kragen. Kay macht sich ebenfalls kampfbereit. Hinter uns haben sich nun auch die gesamte Footballmannschaft und auch die Boxertruppe aufgestellt. „Hey Chris, was ist dein Problem? In der Schule interessiert dich Viki doch auch nicht. Also mach die Biege und lass uns den Abend genießen." Er dreht Chris den Rücken zu und kommt erneut auf mich zugetanzt. Er nimmt mich in die Arme und lässt uns im Kreis drehen. Chris packt erneut zu und zieht ihn so energisch von mir weg, dass sich der andere kaum auf den Beinen halten kann. „Habe ich mich nicht deutlich ausgedrückt? Dieses Mädchen fasst hier niemand an und schon gar nicht du, Reed." Die beiden bauen sich voreinander auf. „Ach wirklich?", fragt Reed nun bedrohlich. Chris antwortet nicht und schüttelt den Kopf. Kay mischt sich in die Szene ein. „Reed, es wäre äußerst unklug, hier einen Streit anzuzetteln. Außer du willst, dass du und deine Bros richtig was auf die Kappe kriegen." Der betrunkene Reed beginnt abzuwägen, zieht dann aber die Arme zur Brust: „Schon gut, schon gut!" Die Leute beginnen wieder, zu tanzen und zu feiern. „Klares Statement, Viki! Chris hat soeben sein Revier verteidigt. So schnell macht dich hier niemand mehr an." Russell schaut mir in die Augen und geht von dannen. Es ist Zeit, nach Hause zu gehen. Liv und ich holen unsere Taschen, um aufzubrechen. Chris und Kay beobachten uns. Erstaunlicherweise wagt es kaum noch einer, uns anzusehen. Am Eingang passt mich Kay bewusst ab. Er bleibt vor mir stehen, sodass ich nicht an ihm vorbeikomme: „Bild dir mal ja nichts ein. Wir machen das für alle Mädels auf der Lignum High, die wir knallen!" Er schaut mich herablassend an. Ich fauche ihn an: „Da hast du ja ganz schön viel zu tun, Kay! Hast du überhaupt noch den Überblick oder vergisst du die ein oder andere?" Er lacht spöttisch und lässt mich links liegen. Er dreht sich Sophia zu: „Für dich würde ich das auch tun, jederzeit!" Es ist hart, einem Typen wie Kay zu widerstehen. Er ist genauso muskulös, wie sein bester Kumpel und er hat eine Ausstrahlung, die reicht, ein Mädchen um den Finger zu wickeln. Bei Sophia funktioniert es anscheinend. „Was würdest du denn sonst noch für mich machen?" Sie beißt sich leicht auf die Lippen. „Alles was du willst, Schätzchen!" Er tritt zu ihr und flüstert ihr etwas ins Ohr. Es scheint besonders überzeugend zu sein. Sie lacht und mustert Kay von oben bis unten. Sophia dreht sich anschließend zu uns um und verabschiedet sich. Sie wird die Nacht ganz bestimmt mit Kay verbringen. Ich schüttle den Kopf und blicke Kay vernichtend an. Er zwinkert mir höhnisch zu.

Kapitel 15

Wir schlafen aus und lassen uns die Pancakes von Magda schmecken. Wir überlegen uns, was wir mit dem angebrochenen Tag machen können. Liv schlägt vor, eine Runde zu laufen und anschließend zum Friseur zu gehen. Ich stimme zu. Die Sonne drückt schon durch und es ist angenehm warm. Wir laufen durch die palmengesäumten Alleen und ich atme tief ein. Ich fühle mich richtig frei. Nach dem Laufen fährt Liv nach Hause, um sich umzuziehen und alle anderen Sachen zu erledigen. Ich hole sie kurz danach wieder ab und wir düsen zum Haareschneiden. In einem ultraschicken Salon werden wir empfangen. Alles ist in Weiß gehalten und sieht sehr modern aus. Hier und da verleihen einige Pflanzen dem modernen Innenleben den nötigen grünen Hingucker. Das Highlight des Salons ist der Kronleuchter, der majestätisch über den fünf Kundenstühlen in der Mitte hängt. Ich bin sprachlos. Ich werde direkt zu meinem Platz geführt. Ich bekomme einen Kaffee serviert, nachdem mir die Empfangsdame bereits ein Wasser gebracht hat. Liv gibt der Friseurin eine genaue Vorstellung ihrer Erwartung preis. Wir einigen uns auf leichte Highlights, die in einem Verlauf in meine Haare eingearbeitet werden. Die Friseurin stellt sich als wahre Farbkünstlerin heraus und ich bin durchwegs zufrieden mit dem Ergebnis. Ich trage die Haare heute einmal glatt. Kurz bevor wir aus dem Salon laufen, ruft mich Sophia an. „Hey Süße, wie sieht es aus? Was machst du?" Ich erzähle ihr, wo wir sind und Sophia lotst uns zu einem süßen Café. Es gibt sogar noch einen Tisch im Freien, den wir ergattern können. Der Schatten der Bäume spendet eine angenehme Kühle, da die Sonne nun definitiv aus vollen Zügen runterbrennt. Wir setzen uns und bestellen unsere Getränke. „Wie war dein Abend gestern noch?" Liv schaut Sophia fragend an, denn sie scheint wirklich interessiert zu sein. „Ich bin mit Kay nach Hause gegangen. Eine Bude hat der!" Sie gestikuliert mit ihren Händen, um uns das Ganze zu verdeutlichen. „Wir haben uns dann jedenfalls nackt ausgezogen und eine Runde im Pool gedreht." Liv verschluckt sich an ihrem Kaffee und Sophia lächelt amüsiert. „Also ich wollte ja mal sehen, was Kay so zu bieten hat. Ich kann euch sagen, es ist viel! Und er küsst wirklich klasse. Jedenfalls haben wir es nicht ins Schlafzimmer geschafft. Ich bin irgendwann so angeturnt gewesen, dass ich aus dem Pool gestiegen bin. Im Wasser ist die Bewegungsfreiheit ja echt etwas eingeschränkt. Kay ist mir hinterhergekommen. Er hat mich dann hochgehoben und auf den Küchentisch gelegt. Jedenfalls hat er mich, bevor es zur Sache ging, schon in den siebten Himmel geschossen. Als er dann losgelegt hat, bin ich gleich nochmals selig geworden. Endlich mal ein Mann, der wirklich eine lange Ausdauer hat. Man merkt auch, dass er wirklich Übung hat. Er findet blitzschnell heraus, was du magst und ändert seine Berührungen sofort, wenn sie nicht ankommen. Außerdem weiß er, wie er deine Beine hält oder deine Hüfte anwinkelt, um dich zu befriedigen. Also ich habe heute Morgen das Haus überaus zufrieden verlassen." Sophia nippt unschuldig an ihrem Kaffee, als hätte sie gerade einem Kind eine Prinzessinnengeschichte erzählt. Liv hakt ab und an etwas nach. Ich bin interessiert, aber doch fühle ich mich peinlich berührt. „Sag mal, Viki! Du wirkst irgendwie etwas verklemmt. Hast du eigentlich schon Erfahrungen?" Sophia ist echt direkt. Liv habe ich bereits eingeweiht, aber sonst noch niemanden. „Nein!", murmle ich. „Echt? Wie süß ist das denn! Du sparst dich also für den Richtigen auf. Wer ist denn der Glückliche?" Ich möchte darauf nicht antworten und schaue flehend zu Liv. Sie springt sofort ein: „Ich glaube, das ist jetzt nicht wichtig." Ich danke Liv dafür und Sophia ist clever genug, nicht weiter nachzufragen. „Jedenfalls sind wir heute Abend bei Kay zu einer Homeparty eingeladen." Sophia sagt es so beiläufig, als wäre es normal, jeden Abend auf eine Party eingeladen zu werden. Ich schnappe nach Luft und schaue erneut hilfesuchend zu Liv. Sie lächelt: „Dann sind wir ja bestens vorbereiten." Sie tippt sich gegen die Haare.

Ich grüble wie wild, was ich heute Abend anziehen soll. Ich lebe seit gut zwei Monaten hier und war noch nie zu einer Party eingeladen. Und jetzt besuche ich innerhalb von zwei Tagen gleich zwei davon. Die Haare habe ich glatt gelassen, da sie immer noch perfekt liegen. Ich stehe in meinem begehbaren Kleiderschrank. Es hängen viele Teile auf den Bügeln, aber ich finde nicht das Richtige. Ich entscheide mich gegen ein Kleid und ziehe mir eine Schwarze Highwaist-Hose an. Sie hat kleine Risse am Knie. Dazu kombiniere ich meine neuen schwarzen Converse. Ich komplettiere mein Outfit mit einem glitzerigen Top mit Spaghettiträgern. Die Lederjacke werfe ich mir lässig über die Schultern. Passt doch! Ich nehme mir noch einige filigrane Ringe und dann eine passende Clutch. Ich weiß, dass Chris da sein wird, aber ich bin mir nicht sicher, ob es ihm gefallen wird, dass auch ich kommen werde. Ich betrachte mich nochmals kritisch im Spiegel. Ich habe aber leider keine Zeit mehr, irgendetwas an meinem Outfit zu ändern und deshalb muss ich mich damit zufriedengeben.

Wir kommen in Malibu an. Kays Haus ist unglaublich modern. Viel Beton und Glas erheben sich vor uns. Es ist alles in simplen und klaren Formen gehalten. Das Anwesen erscheint mir riesig und passt perfekt zu diesem Sunnyboy. Obwohl das Anwesen viele Bäume zu bieten hat, finde ich kaum Palmen. Trotzdem komme ich aus dem Staunen gar nicht mehr raus. Die Türe ist offen und bereits viele Leute haben sich auf die Party gesellt. Die Musik dröhnt aus dem Haus und die Feier ist bereits im vollen Gange. Wir suchen uns den Weg durchs Haus und kommen beim dunklen Infinitypool an. Das Wasser hebt sich ganz leicht von der großen hölzernen Terrasse ab und ist mit der indirekten Beleuchtung ein richtiger Hingucker. Neben dem Pool und überall auf der Terrasse stehen große anthrazitfarbene Kübel mit verschiedenen Pflanzen. Kay ist bereits bemüht, ein guter Gastgeber zu sein. Er umwirbt eine Brünette, die ihm bereits aus den Händen frisst. „Hey Romeo, ich bringe dir deine Ehrengäste." Sophia stört es nicht mal, dass Kays Hand bereits auf ihren Hüften liegt. Kay dreht sich um und kommt galant auf uns zu. Er küsst Sophia vor versammelter Mannschaft, ohne mit der Wimper zu zucken. Damit schießt er das andere Mädchen in den Wind, das deswegen gekränkt wirkt. Ein Glück für sie, denke ich mir. „Hey, kleiner Teufel! Hoffe, du bist ausgeruht!" Er gibt ihr einen Klaps auf den Po. Ich kann es kaum fassen, dass sich Sophia wirklich so einen Macho geangelt hat. „Benimm dich, Viki!" Kay schaut zu mir rüber und ich kann nicht glauben, dass er mich meint. Dann zieht er Sophia hinter sich her und steuert die Bar an. Liv und ich bleiben stehen. Jonathan taucht aus dem Gewusel auf: „Hey Viki, schön, dich zu sehen." Er gibt mir zwei Küsschen und stellt sich dann Liv vor. Sie ist offensichtlich ganz begeistert von Jonathan, denn ihr Blick spricht Bände. „Jetzt hat Chris dich ja doch wieder." Er schmunzelt. Ich verstehe es nicht: „Wie man es nimmt!" Jonathan guckt mich verdutzt an. Auch er scheint verwirrt. „Na ja, Chris hat ja jeden Hebel in Bewegung gesetzt, um dich zu finden. Hätte nicht gedacht, dass du wirklich hier nach Amerika kommst, aber es freut mich für euch beide." „Ich bin hier, weil ich das alleine entschieden habe. Chris hat nichts damit zu tun." Ich bin sauer, da immer alle glauben, dass ich hinter Chris herdackle. „Du bist wirklich nicht einfach zu überzeugen, Viktoria! Wenn ich mich für ein Mädchen quer über den Atlantik schleife, würde das echt sehr viel bedeuten." Ich lache. Als wäre Chris extra nach St. Moritz geflogen, nur um mich dort zufälligerweise zu treffen. Jonathans Aufmerksamkeit gilt jetzt aber voll und ganz Liv. Er verwickelt sie in ein Gespräch und flirtet sie ganz offen an. Er ist also auch ein kleiner Charmeur. Liv ist von ihm absolut verzaubert. Würde man sagen, dass es die Liebe auf den ersten Blick nicht gibt, könnte man diese beiden als Gegenbeispiel anführen. Die beiden sind so voneinander fasziniert, dass ich bald nur noch das dritte Rad am Wagen bin. Also wandere ich durchs Haus und mache mir ein Bild von Kay. Das Klischee in meinem Kopf vervollständigt sich immer weiter. Auch das Innere des Hauses ist sehr modern und doch relativ spartanisch eingerichtet. An den Wänden hängen überall Bilder, die wahrscheinlich ein Vermögen kosten müssen. Ich verstehe meist nur nicht, was die Künstler damit aussagen möchten. Für mich sieht es oft so aus, als hätte mal eben jemand einen Eimer Farbe über eine Leinwand gegossen. Ich lasse den Blick durchs Wohn- und Esszimmer des Haupthauses gleiten, um den Hausherren zu finden. Er und Sophia sind jedoch spurlos verschwunden. Auf einmal entdecke ich Chris. Er sieht mich bereits an und kommt auf mich zu. Meine Knie werden weich, mein Herz beginnt zu pochen. „Hi, Viki! Bist du gestern noch gut nach Hause gekommen?" Ich nicke. So ganz traue ich der Sache noch nicht. Chris schaut mich an und wartet gebannt auf eine Reaktion. „Ja!", sage ich kurz. Ich möchte nicht, dass meine Stimme wieder versagt. „Schön, ich habe mir doch Sorgen gemacht." Ich schnalze spöttisch mit der Zunge und kann mir meine Ungläubigkeit nicht verkneifen. Chris seufzt. „Hör mal, ich glaube wir haben uns irgendwie in was verrannt. Können wir reden?" Da ich nicht glauben kann, was ich da höre, tue ich so, als ob ich es nicht verstanden hätte. „Komm mit! Wir suchen uns ein ruhigeres Plätzchen, dann können wir uns unterhalten." Er nimmt meine Hand und ich fühle mich wie beflügelt. Dieser Mann gibt mir mit kleinsten Gesten ein unglaubliches Gefühl und am liebsten würde ich ihn packen und ihn küssen. Er zieht mich behutsam durch die Menge und führt mich die Treppe hinauf. Vor einem Zimmer bleibt er stehen. Ich blicke ihm in die Augen und er streichelt meine Wange. Irgendwie fühlt sich alles wieder so leicht an. „Also, lass uns reden. Kays Elternzimmer ist sicher leer." Er öffnet die Tür und ich bin schockiert über den Anblick. Sophia kniet auf dem Bett, ihre Hände hat sie an die Wand gedrückt. Kay bewegt rhythmisch seine Hüften, während sein blanker Hinter uns anstarrt. Beide stöhnen und keuchen im Takt und Sophia verlangt immer wieder, dass er härter zustößt. Ich kann meinen Blick nicht abwenden und fühle mich regungslos. Wieder erwische ich Kay in einer Situation, die ich nicht wirklich miterleben möchte. Die Tür schließt sich vor mir. Ich habe aber immer noch die zwei vor meinem inneren Auge. Chris beginnt, laut zu lachen. „Wir haben irgendwie ein gutes Timing, Kay immer in seinen intimsten Momenten zu erwischen." In mir blitzt ein Gedanke auf: „Wolltest du mir zeigen, wie ihr eure Spielchen so umsetzt?" Ich funkle ihn böse an. „Viki, komm schon. Kay ist eben ein Frauenheld. Was ist schon dabei?" „Stimmt ja, habe ganz vergessen, dass ihr Schürzenjäger seid!" Mein verächtlicher Tonfall beleidigt ihn. „Nein, das stimmt nicht ganz!" „Ach wirklich?" Meine Antwort lässt erkennen, dass ich ihm sowieso nicht glaube. „Wie auch immer, Chris. Danke für gestern, aber es ist schon spät und ich möchte nach Hause!" Chris nimmt mich in den Arm und gibt mir einen Kuss auf die Wange. Will er mich etwa beruhigen? Sein Geruch macht mich schon wieder wahnsinnig. Am liebsten würde ich ihm die Kleider vom Leib reißen. „Schau nach draußen, Viki! Jonathan und Liv verstehen sich anscheinend sehr gut. Es ist noch nicht mal zehn Uhr. Lass den beiden noch etwas Zeit!" Ich will aber nicht länger bleiben und verneine seinen Vorschlag. „Gut, dann fahre ich dich nach Hause und texte John, dass er Liv begleiten soll." Ich merke, dass er bei diesem Kompromiss keine Widerrede duldet. Widerwillig stimme ich zu. Einerseits will ich Liv den Abend nicht so früh verderben und andererseits erfüllt mich eine Vorfreude beim Gedanken, dass ich mit Chris alleine im Auto sitzen werde.

Ich folge Chris zu einem royal blauen Bentley. Er öffnet die Beifahrerseite und lässt mich einsteigen. Dann läuft er flink um den Wagen und setzt sich wirklich cool hinein. Dieser Typ ist einfach extrem heiß. Er startet den Motor und wir fahren los. Chris schweigt eine ganze Weile, dann fragt er mich: „Wieso hast du dich nicht mehr gemeldet?" Ich antworte ehrlich: „Mein Handy ist in den See gefallen und ich hatte deine Nummer noch nicht gespeichert." Chris schnaubt verächtlich. „Sorry, Viki! Wenn du schon lügst, dann könntest du dir wenigstens mehr Mühe geben." Er wirkt gereizt. „Wenn du mir nicht glaubst, dann lass es doch! Ich bin dir keine Antwort oder Rechtfertigung schuldig." Chris reagiert sofort: „War ja klar, unsere kleine Prinzessin auf der Erbse ..." Ich bin an einem Punkt, an dem ich nicht mehr kann. Bevor ich es mir recht überlegen kann, sage ich: „Hör zu, Chris, ich brauche nicht zu lügen. Es ist einiges schief gelaufen in meiner Familie. Meine Mum säuft wie ein Loch und mein Dad meldet sich nicht mehr. Wenn du meinst, ich lüge, dann glaub, was du willst. Ich habe keine Kraft mehr, mich auch noch mit dir zu streiten. Ich bin hier, um mein Leben wieder genießen zu können und da brauche ich niemanden, der mir in die Suppe spuckt. Wenn du also keine Lust mehr hast, lass es bleiben. Ich bin jedenfalls keine Lügnerin. Das habe ich nicht nötig! Ich werde mich auch nicht länger mit dir streiten. Ich möchte keine Kriege anzetteln oder dir wehtun. Ich will einfach mal für mich selbst leben." Chris bleibt stumm. Dann legt er seine Hand auf mein Bein und murmelt leise: „Entschuldigung!" So fahren wir bis nach Hause. Chris fährt auf den Platz und stellt den Motor ab. Er scheint nicht gleich gehen zu wollen. „Viki, ich glaube wir sollten einmal wirklich sprechen. Es gibt vieles, das wir einander erzählen sollten. Aber nicht heute Nacht. Ich muss meine Gedanken ordnen. Ich will auch nicht mit dir streiten, aber wenn ich in deiner Nähe bin, setzt mein Gehirn aus. Ich kann nur noch an dich denken. Ich ..." Er bricht ab. Er hebt seinen Blick und sieht mir tief in die Augen. „Gute Nacht, Viki", sagt er sanft und streichelt mir über die Wange. Da ist wieder der Chris, denn ich in St. Moritz schon gesehen habe. Er beugt sich zu mir rüber. Mein Herz pocht wie wild. Er gibt mir aber nur einen Kuss auf die Wange. Verweilt für einen kurzen Moment ganz nah an meinen Lippen, bevor er sich wieder in seinen Sitz lehnt. Sein Blick ist nach vorne gerichtet. Ich steige aus und laufe ins Haus, ohne mich nochmals umzusehen.

Kapitel 16

Früh morgens weckt mich Emily. Wir wollen heute gemeinsam reiten. Ich freue mich schon sehr darauf, denn ich habe sie noch nie im Sattel gesehen. Emily macht aber eine tolle Figur auf Rocky und absolviert jede Aufgabe zur vollen Zufriedenheit von Michele. Rocky und sie sind ein tolles Team und man merkt wirklich, dass Rocky für Emily einfach alles machen würde. Obwohl sie ihr Pferd auch mal tadelt und ihm klipp und klare Anweisungen gibt, scheint Rocky absolut zufrieden zu sein. Er schnaubt mehrmals ab und wirkt noch relaxter als sonst. Ich habe ein anderes Pferd bekommen, das leider nicht so geduldig ist. Mehrmals zickt die Stute unter mir rum. Zuerst sind die Sporen zu grob, dann die Zügel zu kurz oder mein Sitz nicht in der Balance. Die Stute verzeiht mir kein Stück. Frauen eben! Auch wenn es echt eine schweißtreibende Arbeit ist, schaffe ich es, die Trailhindernisse mit ihr zu reiten. Ich bin stolz auf mich und Emily ist begeistert. „Moony würde super zu dir passen." Ich frage mich, wie sie auf diese Idee kommt, denn die Stute hat mehrmals einen Vollstopp gerissen, um nachher nach meinem Fuß zu schnappen. „Ja, Moony ist echt ein harter Brocken. Wahnsinnig talentiert, aber leider auch wahnsinnig stur und vor allem eine richtige Diva." Michele lacht laut auf. Dann sagt er in ernstem Ton: „Ich finde aber auch, dass Moony sich noch ganz anständig benommen hat. Sie scheint dich wirklich zu mögen, Viki!" Ich fragen mich echt, was die beiden da gesehen haben, so vertraut und relaxt wie bei Rocky ist das bei weitem nicht. Ich zucke mit den Schultern und wir bringen die Pferde in den Stall. Nach der Reinigung der Pads und der Gebisse, dem Abwaschen der Pferde und dem Ausmisten der Boxen ruft mich Emily zu ihr. „Viki, Eleonora ist da, um die Showkleider nochmals zu besprechen." Die Outfits werden mit Michele über meinen Kopf hinweg diskutiert und schlussendlich kommen die drei zu einem Entschluss: „Viki, hat einen starken, ausdrucksvollen Oberkörper. Ihre Schultern sind immer gerade. Das betonen wir mit vielen Steinen und Mustern. Die Hüfte knickt sie ab, da will ich weder Steine noch sonst was, am besten einfach schwarzen Stoff", sagt Michele abschließend. Alle nicken zustimmend. Dann wählen wir die Steine und die verschiedenen Leder aus. Das Ganze klingt nach einer Menge Arbeit. Wir legen auch die Farbe für die Bluse fest, schließlich muss sie sowohl mir als auch meinem Pferd stehen. Ich tendiere zu einem Weiß-Ton, da sich dies am besten kombinieren lässt. Emily nickt und sagt beiläufig, dass man ja nie weiß, wann man sich mal ein Pferd kauft. Irgendwann klinke ich mich aus der Diskussion aus, denn ich habe meine Wünsche geäußert. Den Rest überlasse ich den Profis. Ich schreibe Liv und wir verabreden uns am Strand. Sophia habe ich ebenfalls getextet. Sie reitet gerade ihr drittes Pferd in der Halle und wirkt recht verkatert.

Die Sonne hat sich nun durch die Wolken gedrückt und es geht eine leichte Brise. Die Möwen kreischen und zirkeln in der Luft. Die Wellen schlagen fast lautlos an den Strand. Die Palmenwedel schwingen im Takt der Brise leicht hin und her. An mir fahren einige Fahrräder vorbei, geskatet wird hier auch. An dem Outdoor-Fitness-Park sind alle Geräte und Stangen besetzt. Männer als auch Frauen stählen ihren bereits vorzeigbaren Körper. Das ganze möglichst ohne zu viel Stoff, damit die Sonne gleichzeitig ihren Teint bearbeitet. Körperkult scheint hier das A und O zu sein. Wirklich jeder legt Wert auf sein Äußeres. Mir ist das nichts Unbekanntes, denn auch in Zürich wird sich zurecht gemacht, was das Zeug hält. Nur so viel freie Haut zeigen wir nicht, da sind wir dann doch etwas zurückhaltender und konservativer. Liv kommt auf mich zugelaufen und strahlt über beide Backen. Irgendwie sieht sie verändert aus. „Hey, alles gut bei dir?", frage ich neugierig. Sie nickt überschwänglich. Ihre Augen leuchten. Sie zieht mich zum Strand, breitet eine Decke aus, gibt mir ein Sodagetränk und packt ihre Wassermelone aus. „Ich muss dir was erzählen ...", beginnt sie und strahlt mich an. „John und ich sind uns gestern nähergekommen." Sie schmunzelt verlegen. Ich lege ihr freundschaftlich den Arm um die Schulter und stupse sie an. Liv erzählt verliebt: „Es war so. Wir haben uns gestern lange unterhalten. Zuerst war es so ein oberflächliches Gespräch über dies und das. Irgendwann hat er mich gefragt, ob ich nicht nach Hause muss. Jedenfalls muss ich so schockiert ausgesehen haben, dass er nachgefragt hat, weshalb ich aussehe, als ob mich eine Wespe gestochen hätte. Ich habe ihm erzählt, dass mein Dad super streng ist und es niemals dulden würde, dass ich hier sei. Er hat ja genaue Vorstellungen, was aus mir werden soll. Er hat mich dann gefragt, ob ich damit einverstanden sei. Ich habe ihm erzählt, dass ich eigentlich gerne etwas Künstlerisches oder Sportliches machen würde, aber meine Familie überhaupt nicht dahintersteht. Sie meinen immer, dass ihnen so was nicht ins Haus kommt. John hat mir daraufhin erzählt, dass es ja heiter werden kann, wenn ich ihn dann vorstelle. Glaubst du, er meint so was ernst? Ich meine, sich gleich bei den Eltern vorstellen, ist ja schon ein halber Heiratsantrag." Liv wirkt nun nicht mehr ganz so überschwänglich. „Bei uns in der Schweiz, ist das eigentlich normal. Wir stellen unsere Partner immer vor, sobald es offiziell ist. Ob man dann heiratet oder nicht, hat damit nichts zu tun." Liv schaut mich fragend an: „Wirklich? Das macht ihr?" „Na ja, ich hatte vor circa einem Jahr einen Freund. Wir sind einige Male spazieren oder joggen gegangen. Irgendwann haben wir uns dann geküsst und sind offiziell als Paar durch die Gegend gelaufen. Meine Mum hat ihn dann bereits eine Woche später kennen gelernt. Sie soll ja schließlich wissen, wer der Herr an meiner Seite ist. Vor allem ist uns Schweizern wirklich wichtig, dass der Partner zu der Familie passt. Die Meinung der Eltern ist uns da wichtig. Obwohl die meisten Eltern niemals etwas sagen würden, machen wir es trotzdem. Versteckspiele machst du bei uns nur bei Affären." Liv kann es kaum glauben. „Dann stellt ihr euren Eltern mehrere Partner vor?" Ich gluckse. „Kommt darauf an, wie schnell du Mister Right findest. Aber grundsätzlich schon." Liv ist verdattert: „Das würden wir hier niemals tun." Ich lache laut: „Nein, ihr heiratet mit 20 und lasst euch mit 30 wieder scheiden. Wir sind da anders. Die meisten Paare leben schon länger zusammen und auch unter einem Dach. Man kennt sich und die Schwächen und hat dann alles wirklich gut durchdacht." Klingt irgendwie unromantischer, als es wirklich ist. Der Vorteil an der ganzen Sache ist simpel. Wir können unsere Partner in aller Ruhe kennenlernen, müssen uns nicht verstecken und vor allem brauchen wir keinen Eheversprechen, um eine Liebe zu besiegeln. Manchmal glaube ich, dass es sogar freier ist, so zu lieben. Liv lächelt: „Dann wäre ich jetzt gerne in der Schweiz. Dann bräuchte ich keine Erlaubnis von meinem Dad, damit ich John wieder treffen kann." Sie scheint auf einmal etwas betrübt zu sein. „Wieso? John ist doch eine gute Partie?", sage ich lächelnd. Liv reagiert nicht und guckt auf ihre Füße im Sand. Irgendwie bekommt mich das Gefühl, dass Liv mir nicht alles erzählt. „Ist sonst noch was gewesen?" Liv starrt aufs Meer und bleibt vorerst stumm. „Liv, was hat er noch gesagt?" Liv setzt ein paar Mal an, bevor sie die richtigen Worte findet. „John hat die Schule abgebrochen und ist jetzt auf bestem Wege, Profisurfer zu werden." Ich blinzle verdutzt. „Er hat die Schule abgebrochen?" Kann ich mir gar nicht vorstellen bei ihm. Deswegen aber so eine Miene zu ziehen, verstehe ich nun auch nicht. Wenn er sich als Profi etablieren kann, ist er ja sehr erfolgreich und erfolgreiche Männer sind doch ein echter Schnapper. „Doch hat er!" Irgendwie will Liv nicht mit der ganzen Wahrheit rausrücken. „Gibt es nicht etwas, das dich verunsichert?" Liv überlegt lange und wägt ab, was sie mir erzählen soll. „Du darfst es aber keinem sagen. Viki, du musst es mir versprechen!" Ich nicke und bin gespannt. „Er ist ja in Tijuana aufgewachsen. Sein Dad war anscheinend Amerikaner, deshalb der Name und der Pass. Seine Mutter jedenfalls ist Mexikanerin und hat als Dealerin gearbeitet. Ich glaube, er hat das auch getan, um sich über Wasser zu halten." Ich bin etwas erstaunt. So was würde man John nun wirklich nicht zutrauen. „Bist du dir sicher?" Sie nickt. „Jedenfalls hat seine Mum begonnen, die Drogen selber zu konsumieren und John meinte, dass dies immer der Anfang vom Ende sei. Sie hat schlussendlich so viel genommen, dass sie voll abgestürzt ist. Ein richtiges Drogenwrack nannte er sie. John musste sich dann um seine jüngere

Schwester kümmern. Jedenfalls hatte er keine Zeit mehr für die Schule und hat sie hingeworfen." Wer hätte das gedacht? „Anscheinend hat sich der Onkel als Hilfe anerboten, aber John meinte, er hätte besser im Niemandsland bleiben sollen. Aber mehr weiß ich da auch nicht. Ich musste es John schon richtig aus der Nase ziehen." Nun erkenne ich eine Seite an ihm, der ich auch schon begegnet bin. „Und wie kommt es, dass er nun bei Kay lebt?" Liv zuckt mit den Schultern. „Keine Ahnung, muss was mit dem Tod seiner Schwester zu tun haben. Er hat nicht viel erzählt, alles etwas vage formuliert. Er meinte nur, dass er nach dem Verschwinden seiner Schwester keinen Grund gehabt hat, zu bleiben. Deshalb ist er jetzt hier." Ich bin mir nicht sicher, wie ich das verstehen soll. „Ist sie verschwunden oder tot?" Liv weiß es aber auch nicht so genau. Sie hätte sich aber auch nicht getraut, nachzufragen. John ist geheimnisvoller, als gedacht. Stille Wasser sind eben tief. Trotzdem frage ich mich, was da wohl sonst noch dahinterstecken mag. Irgendwie reimt sich die Geschichte nicht wirklich. „Keine Ahnung, Viki. Der Typ geht mir einfach nicht mehr aus dem Kopf. Ich weiß aber, dass mich mein Dad sofort enterben würde, wenn er uns gemeinsam sieht. Keine Ahnung, was ich machen soll." Liv ist irgendwie hin und her gerissen. John hat ihr anscheinend gewaltig den Kopf verdreht. „Hast du ihn schon geküsst?", frage ich und versuche, es möglichst beiläufig einfließen zu lassen. So wie Liv sich auf die Lippen beißt, muss sie wohl. Bevor ich etwas sagen kann, werden wir von hinten gepackt. "Hey meine heißen Ladies!" Sophia tänzelt um uns herum und setzt sich gekonnt im Schneidersitz auf die Decke. „Alles klar?", sie schmunzelt uns auffordernd an. Sie dreht das Gespräch sofort in eine ihr passende Richtung. „Gestern hat dich ja Chris anscheinend nach Hause gebracht!" Sie hebt ihre Augenbrauen ein paar Mal, eine Art des Zuzwinkerns. „Genau, bei dem ist es auch geblieben", sage ich. Sophia grölt. „Mein Gott, Viki! Du lässt ihn ja echt zappeln. Der Arme hat ja schon sicher einen Samenstau." Liv lacht, ich antworte nicht, schmunzle aber bei dem Gedanken. „Bei John muss man sich ja keine Gedanken machen. Sorry, Liv, aber der wäre viel zu anständig, als dass er irgendetwas versuchen würde. Wahrscheinlich muss man sich ihm schon nackt um den Bauch binden, bis er mal auf die Idee kommt, dass man Interesse hat." Wieder lachen wir. Sophias direkte Art ist irgendwie sehr amüsant. „Ihr müsst euch jedenfalls mal locker machen. Gut durchgevögelt zu werden, ist eine super Sache! Setzt nicht nur Glückshormone frei, sondern man stärkt auch noch das Immunsystem." Während sie das sagt, guckt sie zwei Männern beim Beachvolleyball mit ihrem Hund zu. Sie setzt sich in Pose und winkt ihnen. „Jedenfalls finde ich das immer entspannend. Gestern hat es Kay mir auch wieder besorgt." Ich erinnere mich an das Geklatsche und das Rütteln des Bettes und finde den Gedanken gar nicht prickelnd. „Nur ganz so gut wie beim ersten Mal war es nicht. Ich glaube. ich lasse ihn etwas zappeln, damit er sich wieder richtig ins Zeug legt. Schließlich will ich mehrmals auf meine Kosten kommen, wenn ich ihm schon den ganzen Abend widme." Ich habe keinen Zweifel, dass Sophia genau weiß, was sie da tut, aber bei Kay wird das nicht funktionieren. Der hat im Nu eine andere. Schon in der Schule könnte er in der Pause fünf Mädchen vernaschen. „Kay kannst du nicht bändigen. Entweder du nimmst, was du kriegst oder du wirst ersetzt", sage ich. Sophia funkelt mich nun an. Anscheinend habe ich ihr Ego in Frage gestellt. „Wollen wir mal sehen!" Ihr bittersüßer Unterton lässt sich kaum überhören. „Dürfen wir die Ladies auf einen Drink einladen?" Die Männer mit dem Hund stehen vor uns. Sie sind bereits anfangs 30 und definitiv zu alt für mich. Sophia stört es nicht die Bohne. „Sehr gerne", säuselt sie und erhebt sich. Liv und ich klinken uns aus und fahren nach Hause. Am Abend erhalte ich eine Nachricht von Sophia: „Aus alten Pfannen lernst du kochen. Hätte sonst jemanden für dich, Kleine!" Sophia hat echt ein Männerproblem, aber ich mag sie.

Kapitel 17

Der Montagmorgen erwischt mich auf dem falschen Fuß. Der Wecker hat nicht geklingelt und Magda weckt mich unsanft: „Raus aus den Federn. Wer feiern kann, kann auch aufstehen!" Sie kommt nicht darum herum, mir einen kleinen Klaps auf den Po zu geben. Ich quäle mich aus meinem Bett und sehe auf die Uhr. „Heilige Sche…" Ich breche ab, als ich Magdas mahnende Finger sehe „… Kanonenrohr". Sie nickt wie die Nonne aus dem Kloster. Ich reiße meine frisch gebügelte Schuluniform aus dem Kleiderschrank, nehme die ersten Schuhe zur Hand und stopfe die Bücher in meinen Rucksack. Da ich gestern geduscht und meine Haare in einem Zopf zusammengebunden habe, kann ich sie einmal durchbürsten und mit dem Haarreif eine einigermaßen anständige Frisur zaubern. Dann schnappe ich mir meinen Schminkbeutel. Mascara und Puder trage ich dann auf dem Parkplatz oder in der ersten Stunde auf. Ich renne nach draußen und verabschiede mich im Vorbeigehen von Emily, die mir noch was nachruft. Ich reiße die Türe auf und stolpere fast über meine Füße. Dann ziehe ich einen Vollstopp, ich habe die Autoschlüssel vergessen. Das war wohl Emilys Gedanke, als sie mir nachgebrüllt hat. „Siehst etwas verpennt aus, Süße!" Chris sitzt cool auf der Motorhaube seines Wagens. „Dachte schon, ich wäre umsonst hierhergefahren." Ich glotze ihn ungläubig an. Dann fällt mir ein, dass weder meine Bluse richtig zugeknöpft noch mein Make-up gemacht ist. Ich ziehe die Luft ein und stelle mich extra gerade hin. Chris hatte mich ja sowieso bereits gesehen. Jetzt heißt es, cool und lässig bleiben, sonst wird es doch noch peinlich. Obwohl ich mich in so einem Zustand erst nach ein paar Dates oder Nächten zeigen würde, kann ich an dieser Situation nichts ändern. ‚Was soll's?', sage ich mir. Dann sieht er eben, was er wirklich kriegt. „Du könntest mir auch gentleman-mäßig den Rucksack abnehmen und mich zum Auto geleiten." Er drückt sich von seinem Wagen ab, kommt zu mir und gibt mir einen Kuss auf die Wange. Sogar den Rucksack nimmt er mir ab. „So, jetzt kannst du dich noch ganz anziehen, was sollen sonst die Leute denken, wenn ich dich so in der Schule abliefere." Wieder hat er sein verschmitztes Lächeln auf dem Gesicht. „Deine Löwenmähne wird schon für genügend Gemunkel sorgen." Er zwinkert mir zu. Wir setzten uns ins Auto, aber er fährt nicht los. „Bitte schnallen Sie sich an, verehrte Lady. Kostbare Fracht muss man immer gut festzurren." Ich schmunzle und lege mir den Gurt über die Brust. Christ versichert sich, ob alles stramm ist und fährt kaum merklich über meinen Bauch. Mir wird schon wieder ganz heiß. Dann reicht er mir ganz beiläufig einen Kaffeebecher. „Und wo ist meine Rose?", lache ich. „So weit sind wir noch nicht, Prinzessin!", kontert er mit einem breiten Grinsen. Wir fahren durch das Eingangstor der Villa und biegen auf die Straße ein. Ich bin merklich nervös. Er legt seine Hand auf mein Knie und fährt damit bis in die Mitte meiner Oberschenkel. Ich sehe, wie seine Muskeln im Gesicht zucken. Gerne würde ich wissen, ob er dasselbe denkt wie ich. Am liebsten hätte ich, dass er mit seiner Hand noch weiter nach oben rutscht und ich seine Finger wieder zwischen meinen Beinen spüre. Ich sehne mich nach dem Gefühl, das mein Ziehen zwischen meinen Schenkel lindert. „Hast du dich eigentlich von deinem Freund getrennt, als du nach Amerika gekommen bist?" Ich staune: „Ich muss mich von nichts trennen, das ich nicht habe." Etwas unwohl wird mir schon, wenn ich daran zurückdenke, dass ich Louis sehr nahekam. Er seufzt verärgert auf: „Ich dachte, wir begraben das Kriegsbeil und hören mit den Lügen auf." Ich will mich wehren, denn ich habe Chris ja nicht angelogen. „Ich lüge nicht, Chris, das habe ich dir schon einmal gesagt. Ich habe keinen Freund und das schon seit einer ganzen Weile." Er antwortet nicht sofort, nimmt dann aber seine Hand von meinem Bein. „Da habe ich aber etwas Anderes gehört." Mein Gott, dieser Junge hat vielleicht eine wilde Phantasie. „Ach ja, Chris? Von wem denn? Hat dir ein Täubchen ein Lied gezwitschert, oder was?" Meinen Sarkasmus kann ich dabei nicht unterdrücken. „Nein, aber deine Mum!" Ich bin perplex und drehe mich zu ihm hin. „Meine Mum?" Ich kann mir keinen Reim auf das Gesagte bilden. „Na ja, als ich vor eurer Wohnung stand und nach dir gefragt habe, meinte deine Mum, dass du nicht zu Hause seist. Also habe ich gefragt, wo ich dich finden kann. Sie hat mir dann die Adresse von deinem Freund gegeben." Ich kann es nicht fassen! „Du bist extra nach Zürich geflogen?", frage ich völlig erstaunt. „Natürlich bin ich das! Ich habe dir doch gesagt, dass ich das machen würde, wenn du dich nicht meldest." Jetzt macht alles Sinn, auch die Aussagen von John! „Chris, es tut mir leid. Ich war bei Mum ausgezogen. Ich habe es nicht mehr ausgehalten. Deswegen bin ich bei meiner besten Freundin Anouk untergekommen." Chris scheint erleichtert zu sein. „Du bist also nicht bei Louis gewesen?" Ich überlege mir eine gute Antwort: „Nein. Ich bin, seit ich bei Mum ausgezogen bin, bei keinem anderen mehr gewesen." Meine Aussage ist nur die halbe Wahrheit, aber ich möchte Chris nichts von Louis erzählen. Es würde alles wieder zerstören. Trotzdem bin ich traurig, ihm es nicht anzuvertrauen. Ich öffne das Fenster und der Fahrtwind bringt eine willkommene Abkühlung. Ich sage mir, dass Chris ja auch eine andere vor meine Augen geküsst hat und ich deswegen kein schlechtes Gewissen haben muss. Aber irgendwie klappt es nur mäßig. Chris bemerkt es und fragt mich, ob es mir gut gehe. Ich schiebe es auf meinen Hunger ab und er glaubt mir. Er atmet hörbar auf. Bei der nächsten Kreuzung biegt er ab und verlässt somit die Fahrroute zur Schule. „Was machst du?", frage ich ihn. „Ich hole dir was zu essen. Ich will doch nicht, dass mein Baby vor Hunger umkommt." Er steigt aus dem Wagen, läuft in die Bäckerei und kommt nach einigen Minuten mit einer großen Tüte zurück. „Bediene dich! Von Bagels über Donuts findest du alles in diesem magischen Beutel." Chris gibt sich wirklich alle Mühe, dass es mir gut geht. Er fährt wieder auf die Hauptstraße und legt seine Hand erneut auf mein Bein. Leicht streichelt er auf und ab und ich sehne mich nach seinen Berührungen und seinen Küssen. Meine Brustwarzen verraten mich und mein BH hat kein Interesse daran, es zu verbergen. Chris bleibt das nicht unbemerkt und er lächelt. „Viki, krieg dich wieder ein, wir sind schon bald da!" „Versuch ich ja, aber du machst mich wahnsinnig." Er scheint es zu genießen und fährt mit seiner Hand weiter hoch in Richtung Hüften. Ich atme immer schwerer. Das Kribbeln wird stärker und ich male mir aus, wie ich auf Chris steige, ihm durch die Haare fahre und ihn um den Verstand küsse. Ein leises Keuchen kommt über meine Lippen. „Prinzessin, hör auf. Sonst kommen wir heute gar nicht in der Schule an." Mir wäre das total egal. Chris versucht, sich auf das Wesentliche zu konzentrieren und legt seine Hand ans Steuer. „Wie geht es deinem Dad? Hättest du denn nicht eigentlich bei ihm unterkommen müssen?" Will er jetzt ernsthaft über meinen Dad sprechen? „Keine Ahnung, aber Dad meinte, es wäre besser, wenn ich nicht bei ihm wohnen würde. Ich weiß auch nicht, was bei ihm los ist. Seit er von der Schwangerschaft von Denise erfahren hat, ist er wie ausgewechselt." Chris hört mir aufmerksam zu. „Scheint so, als würde sich die Frau wirklich absichern wollen." Ich zucke mit den Schultern. „Ich kenne solche Frauen zur Genüge. Sie schmeißen sich an dich ran, um an dein Geld zu kommen. Dann haben sie das Gefühl, sie vögeln dir das Hirn aus dem Schädel und du würdest ihnen verfallen. Wie dumm, denn eigentlich sind es sie, die ausgenutzt und wie ein Stück Fleisch behandelt werden. Jede Frau, die was auf sich hält, macht so etwas nicht." Diese Aussage erstaunt mich doch sehr. Wer hätte gedacht, dass Chris solche Frauen mehr belächelt, als sich über sie zu erfreuen. „Wie meinst du das?" Er schaut zu mir rüber. „So, wie ich es sage. Wenn ich single bin, freue ich mich darüber, dass es solche Frauen gibt. Aber eine davon würde ich im Leben nicht heiraten! Diese Frauen haben nichts außer ihrem Aussehen und irgendwann werden auch sie alt. Damit sie noch mithalten können, rennen sie zum Beautydoc und lassen sich von oben bis unten komplett operieren. Das Ganze lassen sie sich dann auch noch von dir finanzieren." Ich lache: „Als würden dir gemachte Brüste nicht gefallen." Er schmunzelt. „Eine Brust-OP ist auch eine gute Sache. Ich meine auch mehr die Botoxhexen. Da kann man ja nicht mal mehr erkennen, ob man sie anturnt." Wir prusten los. „Wenn ich mal älter werde und das mache, hoffe ich inständig, dich nicht mehr zu treffen." „Baby, ich würde dir jeden Tag sagen, dass du es nicht nötig hast, weil du die schönste Frau in diesem Universum bist." Er weiß wirklich, wie er einem ein gutes Gefühl geben kann. Verliebt sehe ich ihn an und male mir aus, wie wir alt und grau auf der Veranda unseres Strandhauses sitzen und unseren Enkeln beim Spielen zuschauen. Er würde meine Hand halten und sie küssen. Dann würde er sagen, dass ich das Beste bin, was ihm je passiert sei. Wir biegen auf den Schulhofplatz und parken in vorderster Reihe. Chris sagt mir, dass ich sitzen bleiben soll, steigt aus und kommt auf meine Seite. Er öffnet die Tür und streckt mir seine Hand entgegen. Ich steige aus. Alle Schüler der Lignum High drehen sich zu uns um. Sie stecken ihre Köpfe zusammen und fangen an zu tuscheln. Chris ist das herzlich egal. Er legt seinen Arm um meine Schulter und wir schreiten zum Eingang. Er flüstert mir ins Ohr: „Weißt du eigentlich, dass du super sexy bist so ungeschminkt. So als wärst du gerade eben meinem Bett entkrochen, nachdem ich mit dir die wildesten Sachen gemacht hätte." Erst jetzt fällt mir auf, dass meine Bluse immer noch nicht ganz zugeknöpft ist und ich unbedingt noch mein Gesicht aufmalen muss. Ich boxe ihm in die Seite. Er zieht mich zu sich und gibt mir vor versammelter Mannschaft einen Kuss, bei dem mir meine Beine wegsacken. Die Jungs grölen und pfeifen. Chris zeigt ihnen den Finger und lächelt verschmitzt. „Bis später, Prinzessin!" Ich drehe mich um und suche mir die nächste Toilette. Mir bleiben noch fünf Minuten, bevor die Schule beginnt. Ich schaffe es noch, auf den Gong im Zimmer zu sein. Meine Gedanken wandern immer wieder zu Chris, bis Herr Vermont vor mir steht. „Viktoria?" Ich schrecke aus meinen Gedanken hoch. „Ja?" Herr Vermont schaut mich finster an. „Bitte konzentrieren Sie sich." Er dreht sich ab und läuft nach vorne. Hinter mir höre ich ein Getuschel: „Das ist also die Bitch, die sich Chris geschnappt hat? Das wird Ashley so was von nicht passen. Die soll sich warm anziehen." Ich drehe mich um. Hinter mir sitzen zwei Cheerleaderinnen und lächeln mich an. So, als wäre nichts gewesen. Fieberhaft überlege ich, wer wohl diese Ashley sein könnte. Ich komme aber nicht darauf. Also versuche ich, mich auf den Unterricht zu konzentrieren und mich bei Herrn Vermont wieder in ein gutes Bild zu rücken. Es gelingt mir ganz gut. Als die Stunde zu Ende ist, packe ich meine Sachen. Liv wartet sicher bereits bei dem Eichentor. Ich muss ihr unbedingt erzählen, was passiert ist. Eine Cheerleaderin läuft an mir vorbei und lächelt mich bittersüß an. Ehe ich mich versehe, rempelt mich die zweite an und verschüttet ihren grünen Smoothie über mir. „Oh herrjee! Bitte entschuldige. Das wollte ich nicht. Ist mir das jetzt peinlich." Sie nimmt ein Tuch aus der Tasche und verschmiert die Suppe gekonnt auf meiner Bluse. „Es wird ja immer schlimmer. Tut mir so leid." Ich weiß ganz genau, dass sie das mit voller Absicht gemacht hat. Ich werde mir die Blöße aber nicht geben. „Kein Problem, es kann ja nicht jeder ein Bewegungstalent sein." Ich ahme ihre Unschuldsmiene nach. Die beiden japsen nach Luft. Sie haben keine Antwort auf Lager. Sie sind anscheinend wirklich nicht die Hellsten.

Liv schaut mich an und schlägt die Hände über dem Kopf zusammen. „Wie siehst du den aus?" Ich erkläre ihr kurz die Sachlage und ihre Miene wird ernst. „Wenn Ashley ein Auge auf dich geworfen hat, müssen wir einen Schlachtplan haben." „Schlachtplan hört sich gut an!" Kay steht hinter uns und gibt Liv einen Klaps auf den Hintern. „Ein Gruß von Jonathan", und zwinkert ihr zu. Ich glaube, Kay konnte dadurch soeben eine Tracht Prügel abwenden. „Wieso siehst du aus, wie ein grünes Monster?" Etwas angeekelt schaut er zu mir runter. „Zwischenfall mit Sandy und Abby", sagt Liv besorgt. Kay zieht seine Augenbrauen nach oben und pfeift besorgniserregend. „Soll ich es klären?" Seine Frage scheint ernst zu sein. „Nein, ich fechte meine Schlacht schon selbst aus." Kay runzelt die Stirn und sieht zu Liv. „Ich glaube nicht, dass sie weiß, mit wem sie es zu tun hat! Wenn Ashley dahintersteckt, solltest du dich warm anziehen. Sie hat hier das Sagen." Irgendwie beunruhigt mich das. Wir laufen ins andere Gebäude und Dana, unsere Rektorin, kommt uns entgegen. Sie mustert mich von oben bis unten: „Mitkommen!", sagt sie streng und läuft zu ihrem Büro. Sie schließt die

Türe und fragt besorgt: „Muss ich da was wissen." Ich verneine und erzähle ihr, dass es ein Missgeschick gewesen sei. Ich weiß, dass Dana mir nicht glaubt. Sie zieht aber eine Bluse aus ihrem Schrank und bittet mich, diese für heute zu tragen. Bevor ich das Büro verlasse, stellt sie sich nochmals vor mich: „Viktoria, wenn du Hilfe benötigst, bitte ich dich, zu mir zu kommen. Ich dulde an dieser Schule kein Mobbing. Schon gar nicht an der Nichte meiner Freundin." Ich bedanke mich und schleiche mich einige Minuten später ins Wirtschaftszimmer.

Kapitel 18

Ich liege auf meinem Bett und warte auf eine Nachricht von Chris. Er hatte sich heute noch nicht gemeldet. Liv hat mich nach Hause gefahren, damit ich rechtzeitig zu meiner Reitstunde komme. Moony war wieder eine kleine Zicke, aber da sie mich nur drei Mal zwacken wollte, nehme ich an, dass ich heute weit besser geritten bin als gestern. Ich schaue auf mein iPhone. Immer noch nichts, aber es ist schon spät und ich beschließe, ins Bett zu gehen. Plötzlich klopft es an meiner Terrassentür. Ich öffne und Chris schlüpft lautlos in mein Zimmer. Er zieht mich zu sich hin und küsst mich. Seine Lippen bewegen sich sanft über meine und ich schmelze dahin. Er öffnet leicht seinen Mund und wartet, dass ich ihm Einlass gewähre. Seine Zunge umkreist meine ganz langsam. Ich lasse es zu, die Kontrolle abzugeben und falle in seine Arme. Während er mich küsst, hebt er mich hoch. Ich lege meine Beine um seine Hüften, während er mich zum Bett trägt. Er legt mich auf den Rücken und beginnt meinen Hals zu küssen: „Hast du mich vermisst?" Ich lache leise. „Sag, dass du mich vermisst hast!" Ich bejahe seine Frage und er knabbert leicht an meinem Ohrläppchen. Ich umklammere ihn immer noch mit meinen Beinen und freue mich auf das, was noch kommen wird. Er zieht mir meinen Pullover aus und ist erstaunt, nur einen BH vorzufinden. Er gluckst und macht sich dann daran, meinen Körper langsam gen unten zu liebkosen. Ich bäume mich leicht auf und kralle meine Fingernägel in seine Oberarme. An manchen Stellen beginne ich, kurz zu zittern, mal vor Verlangen mal wegen des Kitzelgefühls. Seine Hände umspielen meine Brüste und er drückte seine Hüften leicht gegen meine. Ich mache mich an seinem T-Shirt zu schaffen. Er setzt sich auf und zieht mich mit. Ich sitze nun auf seinen Oberschenkeln und er hält meinen Rücken. Dann beugt er sich vor und küsst meine Brüste. Mein Verlangen nach ihm wird immer größer. Ich flüstere seinen Namen und seine Hände graben sich noch mehr in meine Haut. Beide sind wir nun oberkörperfrei und versuchen, dem anderen gut zu tun. Chris behält dabei aber immer leicht die Führung. Als ich meine Hand an seine Hose lege, um den Gürtel zu öffnen, dreht er sich auf den Rücken und japst. „Ok, Viki! Stopp! Ich kann mich kaum noch beherrschen." Genau das will ich ja und mache weiter. Ich setze mich auf ihn und küsse seinen Hals, dann seine Brust und lasse dabei meine Zunge etwas spielen. Er stöhnt und zieht sanft an meinen Haaren. Ich öffne seine Hose. Ich kann seine Erregung sehen und mir gefällt, was ich vorfinde. Chris ist in jeder Hinsicht ein wahres Muskelpaket. Ich streichle mit meiner Hand an seinem Bauch entlang und fahre nach unten über seine Unterhose. Er fängt an zu zittern und keucht leicht. Ich wiederhole es ein paar Mal, da ich es genieße, ihn so zu sehen. Als ich meine Hand leicht in seine Unterhose schiebe, packt er mein Handgelenk abrupt und zieht mich hoch. Dreht mich um und legt sich mit seinem Gewicht auf mich. Ein paar Mal presst er sanft seine Hüften gegen meine, er vibriert und jeder Muskel ist angespannt. Ich liebe es, ihn so zu sehen. Seine Augen sind voller Verlangen. Er zieht mir gekonnt meinen Slip aus. Dann schaut er mich an, während er mit den Händen von der Taille zur Hüfte streicht. Er zieht die Luft ein und versucht, sich zu beruhigen. Dann beugt er sich nach vorne und küsst sich vom Bauch nach unten. Er drückt meine Schenkel mit seinen breiten Schultern gekonnt auseinander. Mein Pochen und Ziehen sind nun so groß, dass ich mich kaum halten kann. „Bitte, Chris!" Er vergräbt sich zwischen meinen Beinen und ich genieße jede Sekunde. Das Kribbeln breitet sich in meinen Körper aus. Als ich spüre, wie er seine Finger rhythmisch hin und her bewegt, kann ich mir nichts Schöneres mehr vorstellen. Chris lässt mich noch etwas zappeln, bis ich ihm tief in die Haare greife und mich festkralle. Seine Bewegungen werden etwas schneller und fester und ich fühle, wie ein Schauer voller Glück und Leichtigkeit durch meine Körper rauscht. Ich stöhne laut und bäume mich auf. Chris kommt zu mir hoch und küsst mich zart. Dann rollt er sich neben mich und zieht mich an sich heran. Die Decke legt er leicht über mich. Wir liegen eine Weile so da und ich genieße seine Wärme. Er küsst mich und ich wäre für eine zweite Runde bereit. Er bemerkt es und meint lässig: „Ich glaube, ich habe ein Monster erschaffen." Ich grinse. „Als würde es dir nicht gefallen." Er streichelt meine Wange: „Und wie du mir gefällst." Er küsst mich auf die Stirn, dann schaut er mir in die Augen. „Sag mal, was war heute los? Kay hat gemeint, du wärst mit Abby aneinandergeraten?" Ich lege meinen Kopf auf seine Brust. „Nichts, das ich nicht selbst klären kann." Er reicht mir meinen Slip und holt ein T-Shirt aus dem Schrank. Anscheinend will Chris wirklich reden. „Zieh dich an, sonst kann ich nicht klar denken." Ich streife mir das Shirt über den Kopf. Chris setzt sich an die Bettlehne und zieht mich zu sich hin, dann legt er die Decke über meine Beine. „Abby ist die rechte Hand von Ashley. Wenn sie dich angreift, dann solltest du mit aller Härte zurückschlagen. Das ist die einzige Sprache, die sie verstehen. Am besten du lässt mich und Kay das machen." Ich setze mich auf. „Hast du wirklich das Gefühl, ich komme mit ein paar Zicken nicht klar?" Er lächelt. „Ich weiß nicht, wie ihr in der Schweiz Revierkämpfe austragt, aber hier sind sie relativ übel." Ich kann mich erinnern, dass wir in der Schweiz normalerweise relativ gesittet vorgehen. „Ein paar fiese Sprüche kann ich ab." Chris runzelt die Stirn. „Hier sind die Sprüche nur der Anfang. Die Mädchen haben wirklich derbe Sachen auf Lager. Sie haben einer Neuntklässlerin letztes Jahr sogar den Kopf kahlgeschoren, weil sie Ashley auf der Treppe keinen Platz machen wollte. Bei dir geht es aber um einiges mehr. Ich weiß nicht, welche Waffen die Mädchen sonst noch zücken. Wir sollten das schnellstmöglich beenden. Sonst könnte es echt hässlich werden." Ich glaube ihm nicht. So schlimm kann es schon nicht werden. „Ich kümmere mich selbst um meine Angelegenheiten. Kay und du mischt euch da nicht ein. Ich werde mit diesen Zicken schon fertig." Chris streichelt meinen Arm. „Okay. Aber wenn es aus den Bahnen gerät, dann greifen wir ein! Schließlich will ich nicht, dass du zur Zielscheibe wirst. Es gibt immer so Idioten, die dem Gruppenzwang nicht widerstehen können und mitmachen. Das werde ich nicht zulassen." Ich küsse ihn erneut und ziehe ihn fest zu mir heran. „Lass uns keine Gedanken mehr an sie verschwenden. Ich will viel lieber, dass du mir noch mal mein Höschen auziehst und diese wilden Sachen machst, die du im Auto erwähnt hast." In seinen Augen leuchtet sofort das Verlangen auf. Er lässt sich nicht zwei Mal bitten und dreht mich auf den Rücken.

Kapitel 19

Ich steige aus dem Bett. Zur Sicherheit habe ich mir heute drei Wecker gestellt. Ich habe also genügend Zeit, mir meine Haare zu frisieren, mein Gesicht so herzurichten, dass ich zufrieden bin und Magdas Waffeln zu essen. Dann setze ich mich ins Auto und fahre los. Der Morgen verläuft erstaunlicherweise ruhig. Kay zwinkert mir immer wieder zu und lässt mich nicht wirklich aus den Augen. Chris und er nehmen ihre Beschützerpflichten sehr ernst. Die Cheerleaderinnen sind darüber nicht sonderlich erfreut und halten sich zurück. Ab und an lässt eine einen Kommentar ab, aber übleres als *Bitch* kommt ihnen nicht über die Lippen. Wie gesagt, ein paar Sprüche und gut ist. Damit habe ich keine Probleme. Gegen Mittag beruhigt sich auch Liv und schaut nicht wie ein Habicht alle fünf Minuten über die Schulter. Die drei haben sich umsonst Sorgen gemacht. In der Mensa holt Kay doch sicherheitshalber mein Mittagsessen. Über seine Auswahl bin ich nicht sonderlich glücklich: „Kay, wenn ich nur Pommes und Muffins esse, passe ich schon bald nicht mehr in die Schuluniform und vor allem nicht in die Showoutfits von Emily. Das wäre schon fast ein Todesurteil." Er lacht und mustert mich. „Da müsstest du aber noch richtig reinhauen, Viki! Du isst wie ein Vögelchen." Kein Wunder bei diesem Essen. Chris kommt mit einigen Footballern in den Raum und sie steuern direkt auf uns zu. Chris gibt mir einen Kuss setzt sich neben mich und legt die Hand auf meinen Rücken: „Alles gut gegangen heute Morgen?" Er sucht mit seinem Blick nach möglichen Verletzungen. Ich lege ihm meine Hand auf die Wange. „Alles gut, mach dir keine Sorgen." Ich küsse ihn und gebe ihm zu verstehen, dass alles in Ordnung ist. „Oh, wie süß, ihr zwei!" Ich blicke auf und sehe ein rothaariges Mädchen vor mir. Sie hat ein feines Gesicht mit vielen Sommersprossen, die bei ihr aber eher neckisch als plump aussehen. Ihre Augen leuchten grün hervor. Ihre Locken sind so lang, dass sie bis zur Taille reichen. Volle Lippen machen den Look komplett. Sie ist wirklich wunderschön, aber ihre herablassende Ausstrahlung lässt sie verbittert wirken. Sie trägt nur die teuersten Designerstücke und ihr Rock ist schon grenzwertig kurz. Ihre Bluse ist aufgeknöpft und ihr Spitzen-BH lässt sich leicht erkennen. Bei jeder anderen würde diese Kleiderwahl billig aussehen, aber sie kann es tragen. Sie ist sehr schlank mit den Kurven an den richtigen Stellen. Äußerlich gesehen ein Männertraum schlechthin. „Was willst du, Ashley?" Chris Stimme ist ungewohnt rau. Er dreht sich um und steht auf. Anscheinend versucht er, sich schützend vor mich zu stellen. Sie tritt einen Schritt näher und zupft ihm verführerisch am Hemd rum. „Möchtest du mir deine neue Freundin gar nicht vorstellen?" Ihre Stimme klingt lieblich, aber ich bin mir sicher, dass in ihr der Teufel steckt. „Nein!" Kay hat sich nun ebenfalls erhoben und auch die Footballer sind angespannt. Ashley scheint hier eine große Rolle zu spielen. Kann ich verstehen, sie ist nicht wie jedes Mädchen. Sie ist anders. „Jetzt zier dich nicht so." Sie schiebt ihn zur Seite und plustert sich vor mir auf. „Ich bin Ashley." Sie streckt mir die Hand entgegen, aber ich tue nichts dergleichen. In ihren Augen kann man erkennen, dass sie eine unberechenbare Person ist. Obwohl sie hellgrüne Augen hat, weisen sie keinerlei Wärme auf. Im Gegenteil, sie wirken kalt und verbissen. Ich kann mir vorstellen, dass Ashley eine biestige kleine Kröte ist. „Manieren hat sie auch nicht. Na ja, Chris. Deine Wahl war auch schon mal besser! Aber wenn du genug von der kleinen Austauschnummer hast, kannst du dich ja melden." Chris beißt die Zähne aufeinander und seine Kiefermuskeln zucken bedrohlich. „Ashley, wenn du es nötig hast, kannst du mich jederzeit anrufen. Ich mach es dir jeder Zeit." Kay hat sich ins Gespräch eingemischt. Sie funkelt ihn an, trotzdem scheint ihr zu gefallen, was sie sieht. Sie kann es nicht verbergen, dafür kenne ich solche Frauen zu gut. „Ich lasse mich nicht auf Typen ein, die schlimmer als jede Straßenhure sind, Schätzchen." Kay genießt das Lob. „Na ja, wenigstens weiß ich, was ich mache." Sie lächelt zuckersüß. Sie lässt sich nicht in die Karten schauen.

Liv mischt sich ins Gespräch. „Ich glaube, Viktoria hat es nicht böse gemeint. Wir sollten es bei einem Missverständnis belassen." Aus welchem Grund auch immer, lässt Ashley von uns ab. „Wir sehen uns, Viktoria!" Sie zwinkert mir zu. Es scheint mehr eine Drohung zu sein, als eine Verabschiedung. Sie geht davon, allerdings nicht ohne Chris noch am Oberkörper zu berühren. „Glaubst du mir jetzt? Sie hat gerade eben geschaut, mit wem sie es zu tun hat", flüstert mir Liv ins Ohr. Ich messe dem Ganzen immer noch keine große Bedeutung zu. Hunde, die bellen, beißen nicht. Vor allem glaube ich nicht, dass Ashley sich mit den beliebtesten Jungs anlegen will und so das ganze Football- und Boxteam gegen sich aufstacheln will. Ich bin immer noch guten Mutes. Vor allem lasse ich mir doch nicht so einfach Angst machen. In ein paar Tagen wird das vergessen sein. Ich sitze die Sprüche aus. Ich meine, eine Denise habe ich ja auch überlebt.

Auch der Nachmittag verläuft ruhig. Liv, Kay und Chris wechseln sich ab. Sie wollen mich wohl nicht alleine lassen. Wir verabreden uns alle vor dem Eingang. Heute haben wir nach einer außerordentlichen Veranstaltung zum Thema „Mobbing" alle gemeinsam Schluss. Ich glaube, Dana hat mir wirklich nicht geglaubt, dass nichts gewesen ist. Sie stellt sich vor die gesamte Schülerschaft und appelliert an ihre Vernunft, bevor ein Sozialarbeiter zwei Stunden über das Thema referiert. Ich kenne es schon aus der Schweiz. Da scheint das einmal im Halbjahr schon fast Pflicht zu sein. Es hat immer geheißen, dass Vorsicht besser sei als Nachsicht. Niemand hört wirklich zu und alle sind froh, als die Veranstaltung vorbei ist. Chris hat noch sein Boxtraining. Ich weiß nicht genau, wieviel er trainiert, aber mindestens zweimal pro Tag sollten hinkommen. Kay powert sich zusätzlich beim Football aus, obwohl er immer sagt, dass er viel lieber surft. „Wie läuft es mit John?", frage ich Liv. Sie lächelt. „Er ist momentan auf Hawaii, um sich den letzten Schliff für die Saison zu geben." Das wäre auch mal was! Chris und Kay begleiten mich noch zu meinem Auto. Bevor ich mich ins Auto setze, gibt Chris mir einen Kuss. Liv versichert ihm, hinter mir herzufahren, da wir heute wieder gemeinsam die Hausaufgaben machen wollen. „Pass auf dich auf!" Er küsst mich nochmals ganz sanft. „Okay, es reicht! Wir haben hier noch einen Ruf zu wahren." Kay stupst ihn an. „Es reden schon alle, dass du vom Schläger zum Softie mutiert bist. Los jetzt!" Ich gucke verdutzt. Chris geht nicht darauf ein. Ich starte den Motor und parke aus. Irgendwie ist das Auto heute etwas härter zu steuern als sonst. Ich denke mir aber nichts dabei. Ich fahre los. Als ich die Hauptstraße erreiche, fängt mein Auto an zu eiern. Irgendetwas stimmt nicht. Ich bremse und es gibt einen Knall. Der Reifen ist geplatzt und mein Auto ist nicht mehr zu kontrollieren. Ich kann nicht mehr steuern und nicht mehr bremsen. Scheiße! Ich komme von der Straße ab und sehe den Baum vor mir.

„Viki!" Chris rennt über den weißen Flur des Krankenhauses auf mich zu. Kay kommt atemlos hinterher. Liv muss die beiden informiert haben, denn ich glaube kaum, dass Emily die Zeit dazu gehabt hat. Chris kniet sich vor mich hin und streichelt mir über die Arme. „Bist du verletzt?" „Was ist passiert?", Kay wirkt ebenfalls besorgt. „Alles gut, es sind nur ein paar Kratzer", winke ich ab. Ich bin zwar noch benommen, fühle mich aber ganz passabel. Kay schupst Chris zur Seite und nimmt mich in den Arm. „Wir hatten Glück im Unglück!" Emily hat ihr Gespräch mit dem Arzt beendet und steht nun mit Victor vor uns. Überrascht schaut sie die beiden Jungs an. „Darf ich fragen, wer die Herren sind?" Auch Victors Aufmerksamkeit liegt auf ihnen. Die beiden stellen sich höflich vor und entschuldigen sich dafür, ihre Manieren vergessen zu haben. Emily mustert die beiden von oben ist unten. Anscheinend genügen sie Emilys Anforderungen an Freunde ihrer Nichte, denn sie lächelt sie an. „Wir wollten gerade nach Hause aufbrechen. Ich wäre froh, wenn sich jemand um Vikis Wagen kümmern könnte." Die beiden bieten sofort ihre Hilfe an. „Sehr schön! Liv, könntest du bitte bei Berny in der Werkstatt anrufen? Er wird das Auto sicher an der Unfallstelle holen kommen. Am besten wäre es, wenn du mit Kay da warten würdest, damit sich nicht nochmals jemand einen Spaß damit erlaubt. Berny wird sich dann so schnell wie möglich um den Schaden kümmern und schauen, was alles sabotiert wurde.

Die Polizei soll sich das Ganze dann direkt in der Werkstatt auch noch anschauen. Dieser Sache werden wir nachgehen!" Beide nicken und Liv zieht Kay mit sich. Chris bleibt nah an mir stehen und hilft mir auf. „Mein Gott, ich habe mir solche Sorgen gemacht." Er umarmt mich vorsichtig, als hätte er Angst, mich zu zerbrechen. Ich sage ihm erneut, dass alles gut sei. „Darf ich Viki nach Hause begleiten? Ich muss mich vergewissern, dass wirklich nichts passiert ist", wendet sich Chris bittend an Emily und Victor. Emily zögert. Seinem flehenden Blick kann sie aber nicht lange widerstehen und willigt ein. Victor klopft ihm auf die Schulter. „Ich werde mit dir mitfahren. Dann können wir uns besser kennenlernen." Victor will sich wohl ein Bild von Chris machen. Er zwinkert mir zu. Emily hakt sich bei mir ein und wir verlassen das Krankenhaus. Draußen geht die Sonne gerade unter und taucht alles in ein unwirkliches Rot. Auf der Fahrt nach Hause fragt mich Emily immer wieder, wie es mir geht. Ich verstehe ihre Sorge, aber mir geht es gut. Ich kann mich gar nicht mehr richtig erinnern, was passiert ist. Ich weiß noch, dass der Baum auf mich zugekommen ist, nachdem mein Reifen geplatzt war. Es hat einen lauten Knall gegeben und der Airbag ist aufgegangen. Ich habe mir zwar nicht den Kopf gestoßen, jedoch hat mich die Wucht des Airbags nach hinten geworfen. Ein wirklich schreckliches Gefühl. Als würde dir jemand mit voller Wucht ein sehr hartes Kissen ins Gesicht knallen. Zum Glück hat mein Aussehen keinen Schaden genommen! Liv war dann plötzlich bei mir und hat mich aus dem Auto gezogen. Mit meinem Kopf auf ihrem Schoß hat sie Emily angerufen. Danach wurde ich irgendwann in den Krankenwagen getragen und auch Emilys Gesicht ist über mir aufgetaucht. Ich musste viele Fragen beantworten und der Arzt hat mich untersucht. Emily reißt mich aus meinen Gedanken: „Der Arzt hat gesagt, dass du vermutlich ein leichtes Schleudertrauma hast. Ich denke, es ist gut, wenn du das Reiten für eine Woche aussetzt, nur um ganz sicher zu gehen." Ich schaue sie an. „Nein, sicher nicht!" Das Reiten ist mir dermaßen ans Herz gewachsen. Es sind die Stunden, in denen ich völlig frei bin. „Viktoria, man weiß nie! Pferde sind immer noch Fluchttiere und ich will keinen Sturz riskieren. Wegen einer Woche geht die Welt nicht unter." Für mich jedenfalls schon ein Stück. Ich hasse den Gedanken, dass ich wegen Ashley darauf verzichten muss. Auch wenn ich es ihr nicht beweisen kann, so bin ich felsenfest davon überzeugt, dass sie ihre Finger im Spiel gehabt hat. Ich habe immer verstanden, dass Frauen untereinander rumzicken, aber das geht zu weit. In mir beginnt es, zu brodeln. Dieses fiese Miststück! Ich will Rache. Rache dafür, dass sie mich einer solchen Gefahr ausgesetzt hat und Rache dafür, dass ich nicht reiten kann. Emily tätschelt mir mit der Hand auf die Knie. „Ach komm, mach nicht so ein finsteres Gesicht. Vielleicht können wir Chris fragen, ob er dich morgens wieder abholen kann?" Ich schaue sie mit hochgezogenen Augenbrauen an. „Woher weißt du das?" Emily lacht. „Wir haben Kameras und Bewegungsmelder rund ums Haus. Ich weiß auch, dass er dich gestern besucht hat." Okay, jetzt werde ich rot. Kommt noch, dass sie fragt, was wir gemacht haben. „Viktoria, ich finde es völlig okay, dass du dich mit Jungs triffst. Schließlich bist du ja bald 18. Aber können wir es so machen, dass du es mir ankündigst und mir die Jungs vorstellst. Sie müssen sich nicht durch deine Fenster reinschleichen." Sie zwinkert mir zu. Ich lächle beschämt. Meine Wut verebbt langsam und ich lasse mich in den Autositz sinken. „Abgemacht. Aber ich glaube nicht, dass ich dir in nächster Zeit einen anderen präsentiere werde als Chris." Ich kann mir ein breites Lächeln nicht mehr verkneifen. Sie schaut kurz zu mir rüber und bemerkt es. Sie schmunzelt. „Ich freue mich für dich, Viki!" Ich hätte nie gedacht, dass Emily so cool ist. Ich weiß, dass sie von mir erwartet, dass ich gute Noten schreibe und meine Sachen anständig und zuverlässig erledige. Trotzdem gibt sie mir nie das Gefühl, mich für irgendetwas rechtfertigen oder mich verstecken zu müssen. Ich kann einfach ich sein. Bei meiner Mum oder meinem Dad kann ich das irgendwie nie. Erneut bin ich dankbar, hier zu sein. Das sage ich Emily auch. Sie freut sich sehr darüber. Ich frage mich, wieso sie keine Kinder hat. Sie wäre wirklich ganz toll als Mutter. „Also, erzähl mir von Chris. Habt ihr schon miteinander geschlafen?" Ich erröte. Will sie das jetzt echt wissen? „Weisst du, wenn ja, dann würde ich gerne mit dir zum Frauenarzt gehen. Ich will nicht, dass du dich bald um ein Kind kümmern musst, weil du für einige Minuten den Verstand verloren hast." Ich verstehe ihre Bedenken. Ich sage ihr, dass ich diesen Schritt noch nicht gegangen bin. Ich fühle mich bei diesem Thema aber sehr unsicher. Ich frage sie deshalb, ob sie mich nicht doch begleiten würde. Ich glaube, ich bin froh, wenn ich eine weibliche Begleitung habe. Emily nickt begeistert und verspricht mir, noch diese Woche einen Termin zu machen. Ich glaube, sie fühlt sich in ihrer Rolle als Ersatzmama wirklich wohl. Dann schweifen meine Gedanken zu meiner Mum. Emily erinnert mich immer wieder ans sie. Bevor meine Mum an der Flasche gegangen hat, war sie ihr sehr ähnlich. Nun hat sie sich in eine Entzugsklinik einweisen lassen und darf keinen Kontakt zur Außenwelt haben. Ich kann sie also in nächster Zeit nicht erreichen. Trotzdem denke ich oft an sie und hoffe sehr, dass es ihr gut geht. Ich liebe sie und möchte sie bald wiedersehen. Sie ist schließlich immer noch meine Mum.

Kapitel 20

Ich liege im Bett. Die Sonne strahlt durch das Fenster und taucht mein Zimmer in einen goldenen Glanz. Chris liegt auf dem Bauch. Emily hat ihm erlaubt, hier zu schlafen. Wahrscheinlich auch, weil Chris sich sonst einfach vor die Haustür gesetzt hätte. Victor hat ebenfalls eingewilligt, Chris aber kurz beiseite genommen. Als ich ihn gestern gefragt habe, was Victor von ihm gewollt habe, hat er nur lässig gelacht. „Er würde mir einige Knochen brechen, wenn ich dir wehtue. Das Übliche, was ich auch jedem Freund meiner Tochter sagen würde." Er hat es wirklich gelassen genommen. Magda hat ein fabelhaftes BBQ gezaubert, das wir auf der Terrasse zu uns genommen haben. Auch Kay und Liv sind noch gekommen, um sich nochmals zu vergewissern, dass es mir gutgeht. De Abend war erstaunlich lau. Der Frühling hat sich bemerkbar gemacht. Erste Insekten schwirrten um uns herum und der Geruch von Blüten aller Art strömte neben dem herrlichen BBQ zu uns. Dana ist ebenfalls noch auf Besuch gekommen. Nach dem BBQ haben sich Liv und auch Kay verabschiedet. Emily und Dana haben sich in ihr Arbeitszimmer verkrochen. Mit Victor und Magda haben wir noch lange Skip-Bo gespielt. Chris ist einfach unschlagbar gewesen. Als Victor Dana sein Leid geklagt hat, hat sie ihn belehrt, dass man auch nicht mit dem besten Schüler ihrer Schule Karten spiele. Ich habe ja schon gewusst, dass Chris clever ist, aber dass er Jahrgangsbester ist, hätte ich nicht gedacht. Dana hat sich danach verabschiedet und mir mitgeteilt, dass ich mich morgen doch bitte erholen solle. Sie hat sich an Chris gewandt und ihm etwas zugeflüstert. Ich bin nah genug gewesen, um es zu hören. „Du bleibst auch besser zuhause, wenn du dich nicht im Griff hast. Ich will nicht wieder einen Vorfall an meiner Schule haben." Chris hat nur genickt. Ich weiss nicht, was Dana gestern damit gemeint hat, aber sie war wirklich sehr bestimmt. Chris dreht sich und ich werde aus meinen Gedanken gerissen. „Guten Morgen, Prinzessin! Wie geht es dir?" Er küsst meine Schultern. „Alles gut, ihr braucht euch keine Sorgen zu machen. Ich bin auch immer bei vollem Bewusstsein gewesen und habe auch nicht volle Geschwindigkeit gehabt. Ich habe den Baum nur leicht touchiert. Wäre er um einen Meter versetzt gewesen, wäre nichts passiert." Chris mustert mich zur Sicherheit nochmals. Dann zieht er mich vorsichtig zu sich ran. „Na dann komm her ..." Ich kichere und lasse mich heranziehen. Ich streiche ihm über den Bauch und fasse ihm zwischen die Beine. „Pass auf, womit du spielst. Einige Sachen können richtig wehtun." Er zwinkert mir zu. Ich habe gehört, dass das erste Mal bei den meisten Mädchen eher eine schmerzhafte Erfahrung sei, aber ich kann mir bei Chris nicht vorstellen, dass er mir Schmerzen zufügt. „Chris, ich möchte es versuchen. Ich will wissen, wie es sich anfühlt." Ich habe seine ganze Männlichkeit in meiner Hand und fahre auf und ab. Ich sehe, dass er es genauso gerne möchte wie ich. „Nicht heute und nicht morgen, Prinzessin. Lass uns Zeit. Ich will, dass du dir absolut sicher bist." Das bin ich und ich weiß, dass es Chris sein wird. „Ich dachte, du willst wilde Sachen mit mir machen", flüstere ich ihm ins Ohr und küsse seinen Hals. „Das werde ich, aber eins nach dem andern." Ich merke wie sein Körper eine andere Sprache spricht. Meine Hand bewege ich weiterhin leicht auf und ab. Er schließt die Augen. Das ist mein Moment. Ich schiebe mich auf ihn und küsse seinen Körper. Er genießt es und lässt mich gewähren. Ich küsse seine Brust und seine Hüften und schiebe die Unterhose immer weiter nach unten. Soll er mir doch noch einmal wiederstehen, wenn er kann. Ich komme schon fast unten an, als er meine Schultern packt und hochzieht. „Willst du nicht?", frage ich. Er beißt sich auf die Lippen. „Du hast dir gestern den Kopf gestoßen. Ich weiß nicht, wie zurechnungsfähig du bist und ich werde es nicht ausnutzen." Er küsst meine Schultern und schiebt mich langsam zur Seite. Dann springt er aus dem Bett und läuft ins Bad. Ich höre wie die Dusche läuft. „Kommst du?" Ich eile ins Bad und sehe Chris das erste Mal wirklich nackt. Er ist unglaublich sexy und immer noch erregt. Ich lächle und ziehe mich langsam aus. Er schaut mir amüsiert zu und kann seinen Blick nicht von mir lassen. Dann zieht er mich in die Dusche und küsst mich hart und fordernd. Seine Finger wandern über meinen Körper, aber er bleibt an den sittlichen Stellen. Irgendwann nimmt er das Duschgel und den Schwamm und schäumt mich ein. Ich weiß, dass ich heute nicht kriege, was ich will, aber genieße jeden Moment mit ihm. Chris stellt das Wasser ab und zwinkert mir zu: „Nicht, dass Victor noch auf falsche Gedanken kommt." Er steigt aus der Dusche und trocknet sich ab. Ich tue es ihm gleich. Während ich mich schminke, nimmt Chris den Föhn in die Hand, um seine Haare zu bändigen. Dann tritt er zu mir und lässt die warme Luft durch meine Haare geleiten. Er lächelt mich an. Ich lasse ihn eine Weile meine Haare zerzausen, nehme es dann aber selbst in die Hand. Schließlich sollen meine Haare dann doch gut aussehen. Chris setzt sich geduldig mit seinem Handy aufs Bett und wartet, bis ich fertig bin. Dann gehen wir Hand in Hand in die Küche. Alle sind bereits ausgeflogen. „Lass uns frühstücken gehen. Ich kenne ein tolles Café. Ich lächle und schnappe mir meine silberne Lederjacke.

Chris hatte nicht zu viel versprochen. Die Säfte sind speziell, aber sehr delikat. Ich bestelle mir ein griechisches Joghurt im Glas. Unten sind frische Früchte zu einem Kompott gemixt, als Topping sind karamellisierte Nüsse aller Art zu finden. Wirklich lecker! Chris bestellt sich Spiegeleier und Speck. Dazu getoastetes Olivenbrot mit Avocado. Ich darf auch kosten und nehme mir vor, beim nächsten Mal dasselbe zu bestellen. Wir quatschen über dies und das und ich amüsiere mich, wie jede Kellnerin Chris hübsche Augen macht. Ich erzähle Chris davon, dass ich nicht mehr reiten dürfe und jetzt schon mein Pferd vermisse. Also beschließt Chris, mich hinzufahren, damit ich es wenigstens striegeln kann. „Das würdest du machen?" Er nickt und bestellt die Rechnung. Ein großzügiges Trinkgeld erhellt die Gemüter der Angestellten und im Nu sind wir wieder auf dem Highway. Ich lasse mir den Fahrtwind durch die Haare streichen. Vielleicht hatte der Miniunfall von gestern doch sein Gutes. So kann ich den ganzen Tag mit Chris verbringen. Wir stellen die Musik meiner

Playlist auf laut und wippen im Takt. Bei richtig bekannten Hits singen wir mit und lachen darüber, wie furchtbar wir klingen. An einer bestimmten Stelle am Highway fährt Chris davon ab. „Die Barn ist aber noch ein Stück weiter", sage ich mit hochgezogenen Brauen. „Ich weiß, aber ich will dir meinen Lieblingsort zeigen." Wir fahren der Küste entlang, an den schönen und prächtigen Häusern vorbei. Dann fahren wir die Klippen hinauf, bis Chris seinen Wagen zum Stehen bringt. Von hier hat man einen tollen Blick über das Meer und einen Teil der Stadt. Wir steigen aus und ich atme tief ein und aus. Chris setzt sich auf die Haube des Autos, die Musik läuft weiter. Wir genießen den Moment in der Umarmung. Chris macht sogar mehrere Fotos von uns beiden. „Als Erinnerung, damit wir unseren Kindern einmal zeigen können, wie jung wir waren." Ich bin einfach glücklich. Dann gibt er mir einen Klaps. Ein Zeichen, dass wir wohl weiterfahren sollen. Wir brettern über die Landstraße zu Rocky. Er kommt bereits angaloppiert, als er uns sieht und Chris ist von seiner Größe und seiner Schönheit beeindruckt. „Meine Mum ist früher auch immer geritten. Ich bin als Kind oft mitgegangen." Bis jetzt weiß ich nicht viel über seine Eltern. „Wie ist deine Mum so?" Chris lächelt. „Sie ist bezaubernd, aber auch sehr ehrgeizig und sie führt das Vermächtnis meines Vaters weiter, bis ich in seine Fußtapfen treten kann." Ich schaue Chris an. „Vermächtnis?" Chris' Augen werden glasig. „Mein Dad ist vor gut einem Jahr an einem Herzinfarkt gestorben. Er beklagte sich beim Abendessen über Übelkeit, ist dann auf die Toilette gegangen und nicht wiedergekommen. Ich habe ihn wenig später gefunden." Seine Stimme ist leise. Die letzten Worte flüstert er fast. Ich spüre seinen Schmerz. Mir zerreißt es fast das Herz. Ich wünschte, ich könnte ihm diesen Schmerz abnehmen. „Chris, es tut mir so leid!" Er winkt ab. „Schon gut, Viki! Du konntest das ja nicht wissen. Er hat das Beste aus seiner Zeit gemacht und ich erinnere mich gerne an ihn. Er war ein toller Mensch! Ich bedauere nur, dass er nicht sehen kann, was aus mir geworden ist. Er hat immer gesagt, dass ich es irgendwann schaffe, ihn richtig stolz zu machen. Ich wünschte nur, er könnte es sehen." Er versucht, sich nicht anmerken zu lassen, wie sehr ich dieses Thema beschäftigt. Ich spüre, dass es ihn innerlich zerreißt. Ich umarme ihn und hoffe, ihm wenigstens ein bisschen Halt zu geben. „Das tut er ganz bestimmt von oben. Er ist sicher wahnsinnig stolz auf dich." Er sagt nichts und schaut nachdenklich zum Himmel. „Ich habe mich früher oft geprügelt. Einfach so zum Spaß, weißt du. Er hat mir und vor allem Kay und John immer den Arsch gerettet. Er hat uns immer bei allem unterstützt, wo andere schon langsam den Glauben verloren haben. Sogar als er uns mal beim Kiffen erwischt hat, ist er einigermaßen cool geblieben. Er hat uns zwar ins Gewissen geredet und John … er hat John … ich weiß nicht, wie wir das verdient haben." Seine Stimme bricht ab. Ich streichle Chris' Arm. Rocky schnüffelt an seiner Hose und sucht nach Leckerlis. Chris lacht leise und streichelt ihn. „Na mein Hübscher, dass du mir Viki ja nicht ausspannst. Dann müssen wir in den Ring steigen und ich mache es dir nicht leicht." Rocky scheint wenig beindruckt und stupst ihn an. Schließlich soll er endlich etwas Essbares rausrücken. Ich gebe Chris einen Apfel und Rocky stürzt sich drauf. Wir führen ihn zurück zum Stall und Chris striegelt ihn von oben bis unten. Er macht das nicht zum ersten Mal und ich glaube, es tut ihm gut. Irgendwie habe ich das Bedürfnis meinen Dad zu sprechen und stehle mich leise davon. Ich wähle seine Nummer und es klingelt. „Dad?" Ich glaube, dass mein Vater gemerkt hat, dass was im Busch ist. „Meine Kleine, alles gut bei dir?" Ich erzähle ihm von der Schule, vom Reiten und auch vom Unfall. Darüber ist er gar nicht erfreut. „Hast du dich verletzt?" Ich kann ihn beruhigen. „Wie geht es dir, Dad?" Ein Schweigen setzt ein. „Viki, es ist kompliziert. Ich werde mich von Denise scheiden lassen." Ich kann seinen Worten kaum glauben. „Wieso?" Dad meint, dass dies nun wirklich nichts ist, mit dem er mich belasten wolle, aber ich insistiere und hake nach. „Denise ist wirklich schwanger, bereits im fünften oder sechsten Monat." Ich bin erstaunt, dass Dad sich nicht mehr darum kümmert. Mum hat mir erzählt, dass er bei jedem Arztbesuch an ihrer Seite war, dass er sich durch hunderte von Büchern gewälzt habe. „Dad, was ist los bei euch?" „Das

Kind ist nicht von mir. Ich kann seit gut zwei Jahren keine Kinder mehr zeugen. Als ich meinen Leistenbruch operieren ließ, hat man mir eine Hodenverletzung zugefügt, die dazu geführt hat, dass ich keine Kinder mehr zeugen kann." Jetzt wird mir alles klar. Ich kann verstehen, wieso mein Dad Hals über Kopf das Hotel verlassen hat. Ich verstehe auch, wieso er sich nicht mehr gemeldet hat. Obwohl Dad meine Mum verlassen hat, ist das hier nicht das, was ich ihm gewünscht habe. „Es hat sich herausgestellt, dass der Fitnesstrainer sich wohl etwas zu sehr um Denises Wohl kümmern wollte. Wir haben uns fürchterlich gestritten und sie meinte, dass ich …" Er bricht ab. Ich warte geduldig. „Ich habe auch einen Vaterschaftstest bei Maxi machen lassen … Ich warte auf das Ergebnis." Ich höre, wie mein Dad um Fassung ringt. „Er ist vielleicht nicht dein Bruder." Wow, Denise hat uns wohl alle ganz schön an der Nase rumgeführt. Ich rede meinem Dad gut zu, aber merke, dass er den Verlust seines Kindes nicht verkraften könnte. „Komm doch her, Dad. Gönn dir eine Auszeit!" Er verneint die Idee. Er will sich um das Geschäft kümmern. Das läuft anscheinend wirklich blendend. Wenigstens etwas, das ihm noch Halt gibt. Ich sage ihm, dass mir das alles leid tue und ich ihn gerne umarmen würde. Erwachsenwerden ist irgendwie doch nicht so einfach, wie man immer glaubt!

Kapitel 21

Chris holt mich heute ab. Die Sonne scheint wie immer in Kalifornien und es ist angenehm warm. Ein leichter Wind fährt mir durch die Haare, als ich das Haus verlasse. Lässig steht er wieder vor seinem Auto. Eine Sonnenbrille verdeckt seine schönen Augen. „Ready, Prinzessin?" Ich gehe auf ihn zu und gebe ihm einen Kuss. „Aber so was von!" Wir steigen ins Auto und Chris zaubert wieder meinen Kaffeebecher hervor. Ich nippe daran und bin gleich hellwach. „Du siehst heute richtig gut aus." Ich lächle. Er hält während der Fahrt meine Hand und küsst sie immer wieder. An der Schule warten bereits Kay und die Footballer auf uns. Ich steige aus dem Wagen und ziehe meine Bluse zurecht. Unter meinem Schlüsselbein sieht man nun deutlich einen dunklen blauen Fleck. Der Aufprall des Airbags war wohl doch heftiger, als gedacht. Chris bemerkt es und zieht die Bluse zur Seite. Er schaut mich an und seine Augen verfinstern sich. Er gibt mir einen Kuss und zieht die Bluse an Ort und Stelle. „Vielleicht machst du noch einen Knopf zu", sagt er leise. Kay kommt zu mir rüber und schenkt mir eine Umarmung, bei der er es nicht lassen kann, seine Hand auf mein Gesäß zu legen. „Hey, Vorsicht!", raunzt Chris. Kay lacht. „Schön, dass es dir gut geht, Viki!" Liv umarmt mich auch ganz lange und gibt mir einen Kuss auf die Wange. „Hab dich lieb!", sagt sie. Die Footballer lassen es sich nicht nehmen, dies mit einem Gesangskonzert zu unterstreichen. Chris mustert mich nochmals und fragt mich wortlos, ob wir den heutigen Schulalltag in Angriff nehmen können. Ich lächle und wir laufen zum Schulgebäude. Chris hält meine Hand. Wir präsentieren der Schule, dass wir eine Einheit sind. Kay hat sogar seinen Arm schützend um Liv gelegt. Wir vier mit dem Footballteam gegen den Rest. Die meisten sind davon auch ganz schön beeindruckt, nur Ashley gefällt das gar nicht. Sie steht mit ihrer Clique am Eingang und sieht wahnsinnig gut aus. Ihr kurzer Rock lässt ihre Beine noch länger wirken. Sie hat ihre roten Locken hochgesteckt und einige Strähnen fallen ihr neckisch ins Gesicht. Sie flüstert einem sportlich aussehenden Typen etwas ins Ohr. Er ist groß und blond. Auch wenn er Kay und Chris nicht das Wasser reichen kann, bin ich mir sicher, dass auch er genug Frauen abkriegt. Sie sieht ihn nochmals eindringlich an und fährt am Knopfsaum ihrer Bluse entlang. Er kann seine Augen gar nicht von ihr lassen. Dann ermahnt sie ihn, sich in Bewegung zu setzen. Er schlendert lässig zu uns rüber. „Hey Viki, hab gehört du hast deine Karre geschrottet." Ashley starrt gebannt zu uns rüber und lächelt teuflisch. Chris Muskeln spannen sich reflexartig an. „Verpiss dich, Reed!", knirscht er. Reed setzt weiter an: „Vielleicht solltest du besser noch einige Fahrstunden nehmen, du bist eine Gefahr für jedermann hier." Er breitet die Arme aus und dreht sich um sich selbst. Er möchte wohl viele Zuschauer haben. Es gelingt ihm und wir haben nun die Aufmerksamkeit vieler Schüler. „Ich meine, wie kann man auf einer geraden Strecke in einen Baum knallen?" Chris' Kiefer zuckt gefährlich. Er lässt meine Hand los und macht einen Schritt auf Reed zu. „Du weißt genau, wieso sie gegen einen Baum geprallt ist. Das Teufelsweib dahinten ist schuld. Du solltest besser mit deinem Kopf denken als mit deinem Schwanz, dann wüsstest du, dass sie dich gerade jetzt benutzt. Sie lässt dich eiskalt fallen, wenn du ihr keinen Nutzen mehr bringst." Reed bleibt unbeeindruckt. „Wieso regst du dich so auf, Chris? Hast du sie dazu gebracht, gegen den Baum zu fahren?" Kay mischt sich ein. „Reed, pass auf, was du sagst. Es könnte das Letzte sein, was in einer ganzen Weile zwischen deinen Zähnen hervorkommt." Doch Reed hat einen Auftrag zu erfüllen, denn er dreht sich nochmals fragend zu Ashley um. Sie nickt. „Halt die Schnauze, Kay. Das ist ein Gespräch zwischen Männern." Dann wendet er sich Chris zu. „Also, was hast du gemacht?" Er tippt Chris auf die Brust. „Hast du sie angerufen? Hast du ihr eine Nachricht gesendet?» Er blinzelt ihn herausfordern an. „Nein, es muss was richtig Versautes gewesen sein, bei dieser kleinen Bitch." Er mustert mich von oben bis unten und lächelt anzüglich. Chris ist kurz vor dem Explodieren.

„Halt die Klappe und verschwinde, Reed, wenn dir dein Leben etwas wert ist." Reed weiß, dass er Chris beinahe da hat, wo er ihn haben will. „Bitte, Jungs, lasst uns nicht streiten, das ist völlig unnötig." Liv mischt sich ein. Reed äfft sie nach und befielt ihr rüde, zu schweigen. Kay tritt nun ebenfalls näher. „Wage es nicht, Liv zu beleidige, du Loser!" Kay wirkt nun ebenfalls stinkesauer. Reed gefällt die Situation immer mehr. „Also, Chris, was war es nun? Wir wissen, dass es was Versautes ist. Komm, lass uns nicht im Regen stehen. Ich meine, wir wissen alle, wie Viki vor zwei Tagen aus deinem Auto gestiegen ist." Reed holt Luft, um zum finalen Schlag auszuholen. Er grinst höhnisch. „Na ja, wahrscheinlich konnte sie es nicht erwarten, bis du es ihr besorgst und sie hat sich einfach einen geholt, der sie l...!" Chris stürzt sich ohne ein Wort auf ihn und schlägt ihm die Faust mit voller Wucht ins Gesicht. „Wiederhol das noch einmal und du bist tot." Chris brüllt und holt aus. Die ganze Footballmannschaft mischt sich sofort ein und einige ziehen Chris mit Müh und Not von Reed weg. „Er ist es nicht wert", sagen sie immer wieder. Chris ist fuchsteufelswild. Reed fast sich an seine Nase. Blut strömt ihm übers Gesicht. Chris scheint ihn richtig getroffen zu haben. „Was, Chris? Ist das alles, was du zu bieten hast? Du bist echt ein verdammter Schoßhund geworden. Da hätte ich mir als dein Dad auch die Kante gegeben." Jetzt sieht Chris wirklich rot. Er will sich erneut auf Reed stürzen, aber die Mannschaft hält ihn zurück. Es braucht aber ganze sechs Mann, um ihn in Schach zu halten. „Was, Chris, was? Keine Eier in der Hose? Komm schon!" Reed stachelt unbeirrt weiter. In dem Moment verpasst Kay ihm dermaßen einen Haken, dass Reed zu torkeln beginnt. Kay stürzt sich auf ihn und schlägt noch mehrmals zu. Das Footballteam lässt ihn gewähren. Als Kay über ihm kniet und ihm noch mit ein paar weiteren Schläge zusetzt, mischen sich die anderen Jungs dann doch ein. Sie haben sich genug Zeit gelassen, sodass Reed ganz schön ramponiert aussieht. Anscheinend haben sie die Tracht Prügel wohl für nötig befunden. „Genug!", Danas Stimme schrillt über den Platz. „Mitkommen, alle drei und zwar plötzlich!" Reed rappelt sich auf, sein Gesicht ist nun nicht nur blutüberströmt, sondern auch seine Haut ist über dem linken Auge und an der Wange aufgeplatzt. „Wieso ich? Die zwei sind doch wie Idioten auf mich losgegangen!" Er kann sich nur schwer auf den Beinen halten, trotzdem steht er. Eine beträchtliche Leistung, nachdem er diese Schläge einstecken musste. „Ich will keine Widerrede hören! Auf ein Wort!" Ihre Geste ist unmissverständlich. Sie dreht sich zu Chris um. „Ich habe doch gesagt, sie sollen zu Hause bleiben, wenn sie sich nicht im Griff haben." Dann mustert sie Kay. „War ja klar, dass sie auch dabei sind." Sie seufzt. „Also los, worauf warten Sie!" Sie deutet mit den Händen in Richtung des Eingangs und die drei laufen los. Kay kann es sich nicht verkneifen, den torkelnden Reed immer wieder zufälligerweise anzurempeln. Chris bleibt wortlos, seine Hände sind immer noch zu Fäusten geballt. Als Reed etwas in seine Richtung sagt, haut Chris ihm nochmal eine runter. Kay mischt sich sofort ein und schnappt sich Chris. Anscheinend wollen alle nicht, dass Chris auch nur einen einzigen Schlag austeilt. Dana hat davon nichts mitbekommen. Ich kann mir aber vorstellen, dass es für alle harte Konsequenzen haben wird.

In der Mittagspause sitzen Liv und ich am Tisch. Wir gehen die Ereignisse nochmals durch. Liv bleibt aber ganz gelassen. „Nichts Neues! Kay und Chris haben sich früher ständig geprügelt. Chris ist deswegen aus der Footballmannschaft geflogen. Kay darf seit damals nur noch zum Training." Ich gucke sie verdutzt an. „Chris war nicht immer so ein Saubermann. Sie haben seinetwegen den Boxunterricht an der Schule eingeführt, damit er lernt, seine Aggressionen unter Kontrolle zu bringen. Hat seinen Vater ein Menge Geld gekostet. Aber seit seinem Tod ist Chris wie ausgewechselt. Er hat sich nichts mehr zu Schulden kommen lassen. Kay hat sich dann aufs Frauenabschleppen spezialisiert. Es ist ziemlich ruhig um sie geworden. Heute Morgen haben sie wohl eine lang überfällige Kostprobe verteilt. Aber mach dir keine Sorgen, da wird schon nichts passieren. Die Rektorin wäre schön blöd, wenn sie die zwei der Schule verweisen würde. Ihre Eltern sind nämlich die spendabelsten Geldgeber." Sie zwinkert mir zu, was mich beruhigt. Wir gehen raus, um nochmal ein wenig in die Sonne zu liegen. Kurz vor dem Ende der Mittagspause gesellen sich die beiden zu uns auf die Wiese. Liv hat Recht gehabt. Sie haben lediglich eine Ermahnung erhalten. Nicht einmal die Eltern wurden informiert. Kay stupst mich in die Seite: „Danke, Kleine! Diesem Reed wollte ich schon immer eine reinhauen. Arroganter Sack!" Mir ist aber nicht nach Lachen zumute. „Bitte versprecht mir, dass ihr euch nicht mehr prügelt. Gewalt ist doch keine Lösung!" Jetzt klinge ich schon wie die Sozialarbeiter an meiner alten Schule. Toll! „Manchmal brauchen gewisse Typen einfach eine gute alte Abreibung, um ihren Platz zu kennen." Chris nickt und streichelt mir die Hand. „Wenn du ihn kennen würdest, könntest du ihn nicht so in Schutz nehmen." Nach den letzten Zusammentreffen muss ich ihm da wirklich Recht geben. Trotzdem finde ich Gewalt immer noch keine Lösung. Kay bemerkt mein Zögern und legt den Arm um mich. „Los, lass uns in den Kunstunterricht gehen, Kleine! Verabschiede dich von deinem Romeo und wir können los." Verdutzt starre ich Kay an. Chris grinst und klärt mich auf: „Kay hat der Rektorin weisgemacht, dass er doch vielleicht ein künstlerisches Ventil braucht, um besser in der Spur zu bleiben." Ich pruste los. Das glaubt ja wohl niemand! „So kann ich dich im Auge behalten und vor allem gibt es da auch noch ein paar heiße Blondinen. Man sagt ja immer, Künstlerinnen sind ein bisschen crazy." Kay scheint bereits jetzt die Kunstklasse zu lieben. Wahrscheinlich aus den falschen Gründen.

Kapitel 22

Die weitere Woche verläuft in der Schule sehr ruhig. Es hat sich wohl rumgesprochen, dass Chris und Kay wieder einmal die Fäuste ausgepackt haben. Auch Ashley hält sich erstaunlicherweise mit ihren fiesen Seitenhieben zurück. Ich habe also weder eine verschmierte Bluse gehabt noch wurden mir die Beine gestellt. Es werden kaum noch fiese Kommentare geflüstert. Das Thema hat sich wohl endgültig erledigt. Kay und Chris lassen mich aber immer noch nicht aus den Augen und auch Liv bleibt immer an meiner Seite. Sie ist eine richtig gute Freundin geworden. „Gehst du heute auch zum Footballspiel?" Kay grinst mich an. „Wieso sollte ich?" Ich habe an Football genau so wenig Interesse, wie am Fußball in der Schweiz. Dort gehen auch immer alle Freundinnen zu den Spielen ihrer Jungs und sitzen stundenlang auf den kalten Steinen. Die meisten holen sich dabei noch eine Blasenentzündung, aber trotzdem gehört es in der Schweiz dazu. Hier in Kalifornien scheint es nicht anders zu sein. „Also, was ist jetzt?" Kay drängt auf meine Antwort. Chris ist noch nicht von seinem Boxtraining zurück und ich möchte es gerne mit ihm absprechen. Ich schaue Liv an, sie nickt. „Liv kommt auch, schon alleine um John zu sehen. Chris ist sowieso bei jedem Spiel dabei …" Kay wirkt nun etwas genervt. Ich glaube, seine Frage ist eher formhalber gestellt worden. „Es könnte sein, dass ich heute endlich mal wieder spielen darf." Liv ist erstaunt: „Wie hast du das geschafft? Ich dachte, du wärst nicht mehr zu Spielen zugelassen?" Kay grinst in einer Art und Weise, die mich zum Lachen bringt. Eine Antwort kriegt Liv aber nicht. „Ihr könntet beide ein Trikot von mir anziehen. Dann kann ich mir sicher sein, dass ihr auch ja brav meinetwegen kommt." „Vergiss es! Viki kriegt ein altes von mir." Chris steht plötzlich hinter mir und umarmt mich. Keine Ahnung, wieso die Jungs hier so einen Wirbel darum machen, welches Trikot man trägt, aber anscheinend stecken sie so ihr Revier ab. „Hauptsache, ihr kommt. Nach dem Spiel gehen wir immer an den Strand und machen ein Feuer. Was meint ihr?" Kay zwinkert mir zu. „Ist das überhaupt erlaubt?", frage ich erstaunt. Liv klärt mich auf, dass es das nicht sei, aber dass die Fete sowieso bei Kay und dessen Strand abgehalten wird. Sie erwähnt auch, dass Kays Familie mit halb L.A. Geschäfte macht und sich deswegen schon niemand einmischen würde. Mir wird immer wieder bewusst, dass man wohl einfach die richtigen Leute kennen muss, damit man sich gewisse Sachen erlauben darf. Vitamin B ist wohl auch hier alles. „Ich frage Emily. Wenn sie es mir erlaubt, bin ich dabei." Ich habe mit ihr die Abmachung getroffen, dass ich ihr immer erzähle, was ich mache, dafür lässt sie mir relativ viel Freiraum. Auch habe ich eine Bestnote in Französisch bekommen, was ihr signalisiert, dass ich meine schulischen Pflichten nicht vernachlässige. Das sollte ein gutes Argument sein, um mich für heute Abend der Clique anzuschließen.

Liv holt mich abends ab. Ich trage ein schwarzes, stinknormales T-Shirt und eine hautenge hellblaue Jeans mit Chucks. Liv hat mir erzählt, dass ich mich ja nicht zu sehr aufdonnern soll. Ich konnte es aber nicht lassen, meine Haare in Szene zu setzen und ein etwas aufwändigeres Make-up aufzulegen. Ich fühle mich wohl in meiner Haut und wir fahren singend zur Lignum High. Von den Jungs fehlt jede Spur, also holen wir ein Getränk und einen Hot Dog und suchen uns ein Plätzchen auf der Tribüne, die schon gut gefüllt ist. Links und rechts sind Stangen aufgebaut. Die sogenannten Field Goals, wie mich Liv aufklärt. Immer nach zehn Yards gibt es eine Linie auf dem Spielfeld. Die Teams werden angekündigt und rennen aufs Feld. Unser Team wird von den Fans angefeuert, während das gegnerische Team ausgebuht wird. Das sei in Homegames immer so. Die Fans des gegnerischen Teams kommen nicht mit. Das Team positioniert sich am Spielfeldrand. John und Chris entdecken wir kurz vor Spielbeginn neben dem Spielfeld. Chris redet auf Kay ein, der in der Footballkluft eine richtig gute Figur macht. John sieht uns als erstes. Er löst sich sofort von der Gruppe und kommt geradewegs auf uns zu. Er lächelt. Ein seltenes Bild. Als er bei uns angekommen ist, gibt er mir ein Küsschen auf die Wange. Liv nimmt er in die Arme und küsst sie. Die zwei geben ein süßes Paar ab. Dann setzt er sich und zieht Liv auf seine Knie. Sanft streichelt er ihr den Rücken und macht ihr Komplimente. Die zwei scheinen sehr verliebt und Liv ist überaus happy. Ich freue mich für die beiden, denn sie passen wirklich gut zusammen. John ist super anständig und behandelt Liv wie seine Königin. Sie nutzt es aber nicht aus und ist extrem aufmerksam. So wie sie eben ist. Die Cheerleaderinnen stürmen das Spielfeld. Sie liefern eine heiße Show ab. Das Gejubel und Gekreische am Ende ist kaum zu bremsen. Nun geht es bestimmt gleich los. Ich lasse mir von Liv und John die Spielregeln erläutern, verstehe es aber nicht wirklich. John beschwichtigt mich: „Es gibt wichtigeres als das. Surfen zum Beispiel!" Er lacht und kneift Liv in die Seite. Sie beide treffen sich morgens in der Früh, um gemeinsam Zeit auf dem Surfboard verbringen zu können. Vor allem ist das für Liv die perfekte Ausrede ihren Eltern gegenüber. Chris steht immer noch am Spielfeldrand und gibt Kay letzte Anweisungen. „Kay ist ein Tight End." Ich schaue beide fragend an. „Er hat die Aufgabe, zu blocken oder die Bälle zu fangen, je nach Spielzug." Ich habe immer noch keinen Plan. Klingt aber wichtig! Chris schlägt ihm auf den Helm und Kay trabt in die Mitte des Feldes. Bevor Chris sich uns zuwenden kann, steht Ashley an seiner Seite. Sie sprechen, aber ich bin mir nicht sicher über was. Ehrlich gesagt, nervt es mich, dass Ashley sich an meinen Freund ranmacht. Sie streicht ihm über die Arme und gibt ihm ein Küsschen. In mir beginnt es, zu brodeln. Chris scheint sich nicht groß dagegen zu wehren, macht aber auch keine Anstalten darauf einzugehen. „Sag mal, John. Kennen sich die zwei schon länger?" John beobachtet nun auch, wie Ashley sich an Chris ranmacht. „Das solltet ihr untereinander klären. Ich möchte mich da nicht einmischen", meint er. Mal wieder lässt sich John nicht in die Karten schauen. Ich nehme mir vor, Chris darauf anzusprechen. Das Spiel verläuft zu Gunsten der Lignum High, dauert für meinen Geschmack aber etwas zu lange. Kay rempelt mehrere Spieler über den Haufen, um für seinen Runningback den Weg freizumachen. Einer muss kurzzeitig sogar das Spielfeld verlassen, kommt aber nach ein paar Minuten wieder zurück. Zudem kann er zwei First Downs erzielen. Ich glaube, er macht seine Sache sehr gut. „Chris und Kay waren die besten Spieler im Team. Sie haben alles dem Erdboden gleichgemacht und viele Touchdowns ermöglicht." Ich kann mir das bei der Leistung von Kay nur zu gut vorstellen. „Meinst du, er wird irgendwann mal wieder spielen?" John lässt auf eine Antwort warten. „Nein, das Thema ist für ihn durch. Er boxt jetzt und das tut ihm gut. Dort kann er seine Wut und Aggressionen unfallfreier ausleben." Ich bekomme das Gefühl, dass Chris ein echter Haudegen gewesen sein muss. Einige Mädchen würde das jetzt vielleicht abschrecken, aber mich zieht es noch mehr zu ihm hin. Es macht ihn irgendwie männlich und ich weiß, dass er mich immer beschützen wird. Das ist das, was ich suche und bei Chris habe ich es gefunden. „Komm schon, lauf! Lauf schon!" John und Liv sind aufgesprungen und schreien im Chor mit allen anderen. Ein Footballer der Lignum High rast in einem Mordstempo über das Feld. Kay hatte ihm vorher noch imposant Platz gemacht. Er steht aber schon wieder auf seinen Füßen, klatscht in die Hände, springt auf und ab und brüllt. Nur noch wenige Meter, aber auch nur noch wenige Sekunden, bevor das Spiel vorbei ist. Kurz vor dem Abpfiff überläuft der Spieler die Endzone und erzielt noch einen Touchdown. Die Menge ist außer sich. Das Spiel ist klar gewonnen und eine Euphorie macht sich breit. John deutet mir an, die Tribüne zu verlassen. Also steige ich die Treppen hinunter. Chis lehnt lässig am Geländer des Spielfeldrands und wartet auf Kay, der cool und euphorisch auf ihn zu joggt. „Yes, Mann! Du hast dem Coach gezeigt, dass du genau auf dieses Feld gehörst." Sie klatschen sich wild ab und geben sich schon fast eine Kopfnuss. Ich räuspere mich und Chris dreht sich zu mir um. Er packt mich hebt mich in die Lüfte und setzt mich aufs Geländer, bevor er mir einen wahnsinnig innigen Kuss aufrückt. Kay zieht mich sogleich rücklings runter. „Bekomme ich auch einen, schließlich habe ich gewonnen?" Er spitzt die Lippen. Ich muss lachen. Ich stelle mich auf meine Beine und gebe ihm einen Kuss auf die Wange. „Pass auf, Chris! Am Ende ist sie dann doch meine Frau." Den kleinen Seitenhieb konnte sich Kay wohl nicht verkneifen. Chris lacht ebenfalls. „Glaubst du ja selbst nicht!". Er zieht mich wieder zu sich. Als Liv mit John vor uns steht, lehnt sich Kay über das Geländer und gibt Liv einen Schmatzer. John stößt ihn weg und schüttelt mit dem Finger. „Ehrenkodex, Bruder!" Kay grinst verschmitzt. „Wenn die zwei heißesten Ladies immer vor meiner Nase rumtanzen, wird das schwierig." Wir wissen alle, dass Kay das nicht wirklich ernst meint. Es ist aber ein Zeichen, dass er uns in sein Herz geschlossen hat und wir von nun an dazugehören. „Los, geh dich duschen. Du stinkst wie ein Büffel", meint Liv und boxt ihn leicht in die Schulter. Kay riecht an sich und verzieht das Gesicht. Er trabt in die Garderobe und verspricht, uns gleich beim Parkplatz zu treffen. Chris legt seinen Arm um mich: „Und, wie hat dir das Spiel gefallen?" Sein Grinsen im Gesicht macht mich fröhlich. „War ganz okay …" Er bleibt stehen, zieht mich vor sich. Seine Hände berühren meinen Hintern und ziehen mich mit einem Ruck ganz nah an ihn heran. „Ganz okay?" Ich nicke. „Na dann werden wir wohl nächstes Mal noch mehr Gas geben müssen." Er nimmt meinen Kopf mit seiner rechten Hand und küsst mich. Seine Lippen bewegen sich leicht, bevor er mir seine Zunge sanft in den Mund schiebt. Mir wird heiß und ich kralle meine Hände seinen Hosentaschen noch fester zusammen. „Hab doch gesagt, dass sie eine Bitch ist." Reed zwängt sich an uns vorbei. Sein Gesicht weist viele verschieden Farben auf. „Hast du noch nicht genug gekriegt?" Chris lächelt, als er Kays und sein Kunstwerk bestaunt. Reeds Platzwunde am Auge musste genäht werden. Er hat echt was einstecken müssen. Chris Hände liegen immer noch auf meinem Hintern. So weit so gut. John stellt sich zwischen die beiden. „Hau ab, Reed!" Er sagt es ganz ruhig und gelassen. „Es ist nicht der richtige Ort für einen Streit." Reed bewegt sich nicht. John bleibt unverändert in seiner Position. Ich bin angespannt. „Schon gut, Süßer." Ashley steht neben Reed und legt ihm die Hand auf die Schulter. „Lass uns heute nicht streiten. Wir haben gewonnen." Ihre Stimme hat wieder diesen süßen Unterton. Reed zuckt mit den Schultern und wendet sich ab. „Du kannst dich später dafür bedanken, Chris! Du weißt ja, was ich mag." Sie zwinkert ihm zu und läuft erhobenen Hauptes zu den Footballspielern. Ich atme zunächst auf. Auf eine weitere Prügelei hätte ich keine Lust gehabt. Aber Ashleys Aussage verunsichert mich. „Was hat sie damit gemeint, Chris?" Er guckt mich an und presst die Lippen aufeinander. „Wir hatten mal was." Ich fühle mich, als hätte mir jemand in den Magen geboxt. „Was? Mit der?" Chris zieht mich zum Ausgang, Anscheinend will er nicht, dass die anderen mitbekommen, dass wir gerade etwas aneinandergeraten. Eigentlich eine gute Idee, aber ich will sofort eine Antwort. „Raus mit der Sprache. Was habt ihr gehabt? Wann? Ich will alles wissen!" Mein Ton ist kratzbürstig und ich versuche, Abstand zwischen mich und Chris zu bringen. „Es ist schon eine Weile her. Kurz nach dem Tod meines Dads. Ich war betrunken und habe mit ihr geschlafen." Das war leider nicht das, was ich wirklich hören wollte. Wie kommt es überhaupt, dass alle sich wie wild durch die Gegend vögeln? Ich werde aufbrausend: „Einmal ist schon zu viel!" Wir sind bei seinem Wagen angekommen. „Komm schon, Viki! Es war vor deiner Zeit und es war wirklich nur einmal …" John und Liv stehen bei mir. Liv scheint es ebenfalls nicht gewusst zu haben. Ich nicke ihr nämlich zu und sie schüttelt den Kopf. „Hör zu, Viktoria. Ich kann dir wirklich bestätigen, dass es nur einmal war." John mischt sich ein. Chris versucht, mich in den Arm zu nehmen, aber ich schüttle ihn ab und blicke zu John. „Ach ja?" Nun funkle ich ihn an. „Ja, ich weiß es. Ashley hat sich nachher Hoffnungen gemacht, aber Chris blieb standhaft. Mir kannst du glauben." Irgendwie beruhigen mich Johns Worte. Er ist eine sehr ehrliche Haut und hätte keinen Grund, mich anzulügen. „Dann hoffe ich fest, dass es dabei bleibt, Herr Warrington." Ich boxe ihm in die Brust. „Weißt du, dass du mega sexy bist, wenn du so fauchst?" Ich steige ins Auto und ignoriere seinen Spruch. So leicht kriegt er mich nun wirklich nicht auf den Boden zurück. Ich bin stinksauer.

Kapitel 23

Ich setze mich zu Chris ins Auto und wir fahren zu Kay. Schließlich steht ja noch die Beachparty an. Ich bin aber immer noch sauer, weil Chris und Ashley eine Verbindung haben, die über das übliche *Hallo* hinausgeht. Chris versucht, mich zu beruhigen. „Baby, du bist die Einzige für mich. Lass doch unsere Vergangenheit nicht das Jetzt beeinflussen. Wir haben alle unsere Fehler gemacht." Ich blicke starr aus dem Auto und die Straße zieht an uns vorbei. Die Sonne geht unter und die Palmen am Straßenrand sind in ein wunderschönes Violett getaucht. Los Angeles hat schon seinen Charme. Trotzdem lasse ich mich von dem harmonischen Bild nicht weiter beeindrucken. Ich zupfe an meinem Gurt herum. Chris legt seine Hand zwischen meine Beine und streichelt mich sanft. Das Gefühl, das er dabei auslöst, ist himmlisch. Trotzdem lasse ich mich dieses Mal nicht so einfach um den Finger wickeln. Ich stoße seine Hand weg und blicke ihn mürrisch an. „Hör auf, mich zu bezirzen. Das ist jetzt völlig fehl am Platz." Chris seufzt. „Viki, komm schon. Was muss ich noch alles machen? Ich habe dir eine Gondel organisiert und bin sogar in die Schweiz geflogen, um dich zu finden, weil ich mir ein Leben ohne dich nicht vorstellen kann. Ich hole dich morgens ab und versuche alles, damit es dir gut geht. Obwohl ich dich bei jeder Gelegenheit packen und ausziehen will, mache ich es nicht. Jeden Tag widerstehe ich all deinen Reizen und du hast keine Ahnung, wie schwierig es für mich ist, dich nicht richtig zu spüren. Du verdrehst mir den Kopf und machst mich wahnsinnig." Seine Worte sind Balsam für meine Seele, aber so leicht gebe ich nicht nach. Ich schaue demonstrativ aus dem Fenster und zucke die Schultern. „Du weißt auch genau, was du sagen musst. Wie vielen hast du schon die Sterne vom Himmel versprochen? Worte sind schnell gesagt. Taten sind das, was zählen." Chris bremst abrupt, lenkt sein Fahrzeug auf den Bordstein und schaut mich an. „Das meinst du jetzt nicht wirklich ernst?" Er scheint tief getroffen zu sein. „Sowas habe ich noch zu niemandem gesagt. Viki, du bist mein Ein und Alles, machst mich zu einem besseren Menschen. Würde ich sonst Himmel und Hölle in Bewegung setzen, um dich zu beschützen? Wäre ich nur auf meinen Spaß aus, hätte ich es schon längst gemacht. Wir wissen beide, dass du nicht nein gesagt hättest." Ich lache höhnisch. Seine Worte beschwichtigen mich keines Wegs. Im Gegenteil! Jetzt blühe ich erst richtig auf. „Du wirst mich im Leben nicht besitzen. Vielleicht will ich ja, dass du es machst, aber nur zu meinem eigenen Vergnügen. Wenn ich meinen Spaß mit dir gehabt hätte, könntest du dich so was von verpissen." In Chris' Augen blitzt nun Wut auf. Er funkelt mich an. „Ach, so ist das!" Anscheinend habe ich einen wunden Punkt getroffen. Ich setze nach. „Wieso sollte ich mir nicht von einer männlichen Hure genau das nehmen, was ich will!" Er schüttelt den Kopf und wendet den Blick ab. „Viki, hör auf! Es reicht." Doch ich mache unbeirrt weiter. „Was? Steh doch dazu, dass du alles fickst, was nicht bei drei auf den Bäumen ist." Er zieht die Luft ein und seine Muskeln verspannen sich. „Ach komm schon, Chris. Zuerst machst du allen den Hof, kaufst dich in ihre Herzen, nutzt sie aus und lässt sie dann einfach stehen. Was hast du bei Ashley gemacht? Hier gibt's ja keine Gondeln." Ich warte ab, aber es kommt keine Reaktion. „Wahrscheinlich hast du sie mit einem Helikopterrundflug rumgekriegt. Dann hast du ihr die Welt versprochen und sie eiskalt flachgelegt. Hast du sie wenigstens nach Hause gefahren oder hast du sie einfach stehen lassen?" Chris bleibt weiterhin stumm, was mich nur noch wütender macht. „Als das Dummchen sich weiterhin bei dir gemeldet hat, hast du wahrscheinlich Kay auf sie angesetzt. Ihr tauscht eure Frauen ja sowieso immer aus. Muss ja ein Heidenspaß gewesen sein." Chris beugt sich zu mir rüber, und streift dabei gewollt meine Brüste. Ich zucke vor Erregung zusammen. Er packt den Griff und öffnet die Türe. „Raus mit dir!" Ich bleibe sitzen. In mir kämpfen die Erregung und das Verlangen nach Chris gegen meine Wut. „Nein!", sage ich. Er löst meinen Gurt und lässt ihn zurückspringen. Dabei rutscht seine Hand gekonnt zwischen meine Beine. „Ich habe gesagt, du sollst aussteigen. Jetzt!" Sein Kopf ist mir ganz nah und unsere Lippen berühren sich wegen einigen Zentimetern nicht. Wie gerne würde ich ihn jetzt küssen. Ich drücke mich noch tiefer in den Sitz und demonstriere klar meine Meinung. „Niemals! Du befiehlst mir gar nichts." Was soll ich auch hier im Nirgendwo. Chris bleibt eisern. „Ich habe die ganze Nacht Zeit. Steig aus!" Ich verschränke die Arme und wende meinen Blick ab. Nicht dass ich noch in die Versuchung komme, ihn zu küssen. Meine Lippen presse ich dabei zusammen. Wie kann man nur so wütend und auch gleichzeitig so erregt sein? Chris löst seinen Sicherheitsgurt, steigt aus und läuft um seinen Wagen. Dann packt er mich und zieht mich aus dem Auto. Ich wehre mich und boxe ihn. Es nützt nicht wirklich viel. Also nehme ich noch meine Füße zur Hilfe. Dabei treffe ich ihn an einer sehr schmerzhaften Stelle. Er keucht und krümmt sich mit schmerzverzogener Mine. Dann greift er erneut zu und ich stehe im Nu auf der Straße. „Sag mal, bist du komplett bescheuert!?", brülle ich ihn an. Er reagiert nicht. „Du kannst mich doch nicht einfach so stehen lassen!" Chris greift erneut ins Auto und zieht meine Tasche heraus. Er wirft sie mir vor die Füße. „Du bedeutest mir die Welt, Viki. Aber du machst mich kaputt." Er schlägt die Türe zu und ist im Nu wieder eingestiegen. Dann startet er den Motor und braust davon. Ich ziehe meinen Turnschuh aus und werfe ihm diesen nach. Wie kann er es wagen? Ich bin stinksauer. Ich setze mich an den Strassenrand. Keine Ahnung wie ich jetzt nach Hause komme. Emily kann ich ja nicht anrufen und Liv will ich den Abend nicht verderben. Endlich können John und sie den Abend geniessen, bevor John auf seine Welttournee wegen des Surfens geht. Das mache ich ihr sicher nicht streitig. Trotzdem muss ich hier weg, die Gegend ist nicht die beste. Ich greife in meine Tasche und nehme mein iPhone heraus. Es klingelt nur zwei Mal. „Sophia, kannst du mich abholen?" Meine Stimme klingt weinerlich.

Wir sitzen wieder in der Lounge. Ich klage Sophia mein Leid. Sie hört gespannt zu und nickt immer wieder. Ich kämpfe mit den Tränen. Sophia stellt mir einen Sex on the Beach vor die Nase. „Los, runter damit! Dann geht es dir besser." Ich nehme einen Schluck, kann dem Cocktail aber nicht viel abgewinnen. Ich rümpfe die Nase. Sophia lacht. „Los, zier dich nicht so. Ich hole uns solange etwas anderes. Wenn ich wieder da bin, ist der Drink weg!" Sie zwinkert mir zu, läuft durch die Menge und bestellt an der Bar weitere Drinks. Ich sehe, dass Sophia immer wieder Blicke zugeworfen werden. Schlussendlich hat ein junger Mann den Mut, sich zu ihr an die Bar zu stellen. Er streicht ihr über den Rücken und flüstert ihr etwas ins Ohr. Sie lacht und klopft ihm auf die Schulter. Er gibt dem Barkeeper ein Zeichen für weitere Drinks. Sophia zeigt auf mich und der Typ winkt mir zu. Dann nehmen die beiden die Getränke in die Hand und kommen wieder zurück. „Das ist Greg." Ich begrüße ihn höflich. Er zieht mich aber an sich heran und gibt mir zwei Küsschen. Dann nimmt er sein Handy in die Hand und telefoniert. Ich schaue zu Sophia. Sie zwinkert mir zu. „Gratis Getränke!" Kurze Zeit später stellt sich auch ein blonder Surfer vor. Er heißt Brian. Er setzt sich neben mich. „Also auf einen schönen Abend!" Er drückt mir ein Shotglas in die Hand und wir prosten uns zu. Dann stürzen wir es auf ex. Brian fragt mich, was ich so mache und ich erzähle ihm, dass ich auf die Lignum High gehe. „Wirklich? Ich habe dort letztes Jahr meinen Abschluss gemacht." Er kennt auch Herr Vermont und alle anderen Lehrer. Bei Dana hatte er wohl mehrere Sitzungen. Ich lache über seine Erzählungen. Immer wieder wird mir ein Getränk vor die Nase gestellt und ich verliere den Überblick über meinen Konsum. „Was machst du jetzt, Brian?" „Ich bin Profisurfer. Momentan bereite ich mich in den letzten Zügen auf die Saison vor." Das kann man sehen. Er ist breit gebaut und sehr muskulös. Seine blauen Augen werden ab und an von seinen kinnlangen Haaren verdeckt. Sein spitzbübisches Lächeln hat sicher schon das ein oder andere Mädchen um den Finger gewickelt. Seine braungebrannte Haut lugt unter dem weißen T-Shirt hervor. Irgendwie ist er echt sexy mit seinem Surfer-Charme. Wir können uns über Gott und die Welt unterhalten und er bringt mich zum Lachen.

„Du siehst echt süß aus, wenn du lächelst." Er streicht mir eine Strähne aus dem Gesicht. Das Kompliment tut mir gut. „Nur süß?" Ich fühle mich irgendwie total hemmungslos. Wieso sich nicht etwas Zuspruch abholen. „Lass uns tanzen." Ich nicke. In den Lautsprechern donnert wirklich coole Musik. Ich stehe auf und muss für einen kurzen Augenblick das Gleichgewicht suchen. Dann steige ich die Stufen zur Tanzfläche hinunter. Brian hat seinen Arm stützend um meine Hüfte gelegt. Sophia meint noch, ich solle es genießen und einfach mal loslassen. Ich fühle mich auch von allen Hemmungen befreit und tanze darauf los. Es ist mir egal, wer hier ist. Die meisten Schüler sind sowieso an der Beachparty von Kay. Also kann ich mich völlig frei bewegen. Ich schließe die Augen und bewege mich im Takt der Musik. Ich bewege meine Hüften und lasse sie schwingen. Ich hebe meine Arme über den Kopf und lasse sie an meinem Körper hinuntergleiten. Die Musik gibt mir den Takt vor. Ich öffne meine Augen und sehe Brian, wie er sich lässig im Takt der Musik bewegt. Ich lächle ihn an und er kommt tanzend näher. Wir tanzen gemeinsam und er lässt mich im Kreis drehen. Wir kommen uns langsam näher, aber seine Hand rutscht niemals unterhalb meines Kreuzes. Er ist wirklich anständig und macht keine Anstalten, mich irgendwie abschleppen zu wollen. Ich genieße es und werfe meine Haare zurück. Nun sind auch Sophia und Greg auf der Tanzfläche und wir genießen die Zeit. „Hey, eine kurze Erfrischung gefällig?" Wir kippen einen weiteren Shot nach hinten. Ich fühle mich leicht und losgelöst. Frei von Sorgen und Problemen. Sophia packt meine Hüften von hinten und wir tanzen eng umschlungen. Den Jungs gefällt es. Dann nimmt mich Brian mit einer lässigen Bewegung aus ihren Fängen und zieht mich zu sich hin. „Du siehst Hammer aus." Er streichelt mein Gesicht und beugt sich etwas nach vorne. Leicht berührt er meine Lippen. Abrupt werde ich nach hinten gerissen. Kay steht in der Menge. „Zeit nach Hause zu gehen, Prinzessin!" Ich lalle irgendetwas vor mich hin. Kay ist unbeeindruckt und zieht mich zu sich. Brian mischt sich ein. „Sie hat eine gute Zeit, Kay. Lass sie!" Kay gibt ihm einen Schups und die beiden liefern sich ein

Wortgefecht. Sophia mischt sich ebenfalls ein. „Kay, sei kein Spielverderber!" Kay grinst sie höhnisch an. „Es muss nicht jeder, der Anstand hat, gleich ein Spielverderber sein. Schließlich sind nicht alle so leicht zu haben wie du, Sophia!" Diese Aussage gefällt ihr wohl ganz und gar nicht. Sie packt mich am Arm. Kay hält meinen Arm aber immer noch fest und hat nicht vor, seinen Griff auch nur im Geringsten zu lösen. Dadurch werde ich zwischen den beiden immer wieder hin und her gezogen. In meinem Kopf beginnt sich alles zu drehen. „Könnt ihr bitte mal damit aufhören? Mir wird schon ganz schlecht davon!" Leider erzielen meine Worte aber nicht die gewünschte Wirkung. Im Gegenteil. Kay blitzt mich wütend an und zieht noch fester. „Was machst du überhaupt hier?", lalle ich ihm zu. „Ich habe meine Quellen. Und du kommst jetzt mit mir nach Hause!" Kays Mine lässt keine Widerrede zu. Da hat er sich aber geschnitten! „Ich bin nicht eure Puppe, mit der ihr machen könnt, was ihr wollt! Ich mache, was ich will." Kaum habe ich diese Worte ausgesprochen, steigen mir meine zuvor gekippten Cocktails schon in den Mund. Ich reiße mich von den beiden los und renne auf die Toilette. Kay und Sophia folgen mir. Ich schaffe es gerade noch so, den Deckel hochzuheben, da schießt der Alkohol schon aus mir raus. Sophia hält meine Haare zurück und streicht mir über den Rücken. „Kay, raus hier! Du hast hier nichts zu suchen!", fährt Sophia ihn an. Kay ist nicht weiter beeindruckt von ihren Worten und schließt die Türe hinter uns. „Als würde ich sie mit dir alleine lassen! Du hast ja schon genug Schaden angerichtet!" Während ich mich mehrfach übergebe, liefern sich die beiden weiterhin ein Wortgefecht. „Es ist ja längst überfällig, dass sie einmal zu leben beginnt. Man kann sich schließlich nicht das ganze Leben hinter den Schulbüchern verkriechen und darauf warten, bis Chris sich endlich einmal dazu entscheidet, Ernst zu machen!», zickt sie ihn an. „Was weißt denn du schon, was in Chris vorgeht! Du hast keine Ahnung, was er durchgemacht hat und was jetzt gerade abgeht. Also unterstehe dich, auch nur ein schlechtes Wort über ihn zu verlieren! Was meinst du wohl, weswegen ich hier bin. Aber was verstehst du schon von Liebe. Du bumst dich quer durch alle Betten, in der Hoffnung, irgendwann mal von einem reichen Typen geschwängert zu werden und das große Geld zu machen!" Sophia ist außer sich. Sie lässt meine Haare los und stößt Kay an die Wand. „Das sagt ja wohl gerade der Richtige. Hast du überhaupt noch einen Bettpfosten vor lauter Kerben? Du bist hier die größte Hure im Raum!" Ich beginne, zu stöhnen, denn ich ertrage keinen einzigen weiteren Spruch Alles dreht sich und ich kippe zur Seite. Kay löst sich von Sophia und kann mich gerade noch auffangen, bevor ich auf dem Boden aufschlage. Ich fühle mich hundselend. Kay hebt mich hoch und trägt mich behutsam aus der Lounge.

Kapitel 24

„Viktoria?" Ich öffne meine Augen. Mein Schädel dröhnt gewaltig. Ich schließe meine Augen wieder und hoffe darauf, beim nächsten Versuch klar zu sehen. „Viktoria, versuche dich aufzusetzen!" Emilys Stimme klingt besorgt. Ich tue, wie mir befohlen und lehne mich an die Bettkante. Ich stöhne leise und fasse mir mit meinen Händen an die Stirn. „Trink das! Das ist der Antikaterdrink von Victor. Der bring dich im Nu wieder auf die Beine." Emily reicht mir ein Glas. Ich nehme einen Schluck und kämpfe mit einem Würgereiz. Die Sauce darin schmeckt genauso, wie sie aussieht. Emily lacht belustigt. Anscheinend findet sie es ganz o. k., dass ich leide. „Kay hat dich gestern nach Hause gebracht. Wo warst du?", nun klingt Emily streng. „Ich dachte, wir hätten eine Abmachung! Du sagst mir, wo du bist und du trinkst keinen Alkohol. Du kannst von Glück reden, dass Victor von der ganzen Szene nichts mitbekommen hat." „Welche Szene?", frage ich irritiert. „Kay hat dich nach Hause gefahren. Du warst aber so betrunken, dass du nicht mehr alleine aus dem Auto aussteigen konntest. Also hat er dich über die Schultern geworfen. Das war anscheinend keine gute Idee, denn du hast uns den ganzen Eingang vollgekotzt, von Kays Rücken ganz zu schweigen. Magda hat heute Morgen ganz schön geflucht, als sie das klebrige Zeug wegwischen musste. Du schuldest ihr was!" Ich laufe rot an. „Emily, es tut mir so leid!" Ich erzähle ihr von meinem Abend, jedenfalls von dem Teil, den ich noch weiß. „Viki, so ein kleiner Streit ist doch kein Grund, sich so hemmungslos zu besaufen! Jeder hat doch mal eine Meinungsverschiedenheit mit seinem Partner. Alle, die etwas anderes behaupten, belügen sich selbst. Außerdem, wenn ich dir so zuhöre, hast du auch ganz schön übertrieben. Man sollte in seiner Wut niemanden einfach nur verletzen wollen." Ich bin etwas schockiert über diese Aussage. Schließlich ist Emily ja meine Tante und sollte doch auf meiner Seite stehen. „Aber Emily, wie kannst du ihn so in Schutz nehmen? Ashley macht mir seit Wochen die Hölle heiß und er hat immer noch Kontakt mit ihr", sage ich beleidigt. „Ich nehme hier niemanden in Schutz. Es gehören immer zwei zum Streiten. Aber ich möchte auch, dass du aus deinen Fehlern lernst und irgendwann mal in der Lage bist, eine gute Beziehung zu führen." Ich lenke ein, denn ich weiß, dass es Emily nur gut meint. Bis jetzt bin ich bei ihr ja noch relativ glimpflich davongekommen. Ich schaue auf die Uhr und sehe, dass es schon weit nach Mittag ist „Scheiße! Ich habe einen ganzen Schultag verpennt!" Jetzt fühle ich mich echt schuldig. Schließlich sagt man doch, wer saufen kann, kann auch aufstehen. Ganz zu schweigen von der Deutschprüfung heute. „Ich habe Dana heute informiert und ihr die Wahrheit gesagt. Du sollst dich bei ihr melden, damit ihr einen Termin für die Nachprüfung findet und du außerdem den verpassten Schulstoff aufarbeiten kannst. Du solltest dafür genug Zeit haben, denn du hast Hausarrest." Sie zwinkert mir lächelnd zu. Ich erröte nochmals, kann Emilys Konsequenz aber völlig nachvollziehen. Ich bin ihr sogar ziemlich dankbar, dass ich den anderen nicht so bald unter die Augen treten muss. „Danke, Emily!" „Bedanke dich nicht zu früh. Nach dem heutigen Morgenfiasko habe ich Magda den restlichen Tag freigegeben. Du übernimmst ihre heutigen Arbeiten. Sämtliche Toiletten müssen geputzt werden, der Rasen muss noch gemäht werden und das Abendessen kochst du auch noch. Am besten stellst du dich jetzt unter die Dusche und wir treffen uns in einer halben Stunde in der Küche. Sie geht aus dem Zimmer und ich torkle aus dem Bett. Das kann mir ja noch was werden mit dem Rasenmähen in der prallen Sonne!

Als ich in der Küche stehe, drück mir Emily das Telefon in die Hand: „Die Nummer von Dana ist schon gewählt" Nach dem Telefonat ist klar, dass ich auch in der Schule nachsitzen muss. Ich habe die Aufgabe, den Kunstraum aufzuräumen und zu putzen. Wer diesen Raum schon einmal zu Gesicht bekommen hat, weiß, dass das eine Herkulesaufgabe ist. Ich füge mich aber meinem Schicksal und beginne mit der Hausarbeit. Als Victor nach

Hause kommt, bin ich zum Glück schon wieder ganz gut auf den Beinen. Das Essen ist auch ganz passabel. Nach dem Abendessen versuche ich, Chris zu erreichen. Aber all meine Anrufe bleiben unbeantwortet. Also wähle ich die Nummer von Kay. „Na, Prinzessin? Hast du dich ausgekotzt?" Ich stöhne. „Du hast ja keine Ahnung!" „Mach dir keinen Kopf. Ich war schon in übleren Zuständen. Wenn ich es mir zwar recht überlege, den Rücken von jemandem habe ich bis jetzt doch noch nie zugereiert, aber wie dem auch sei ... Ich habe dich heute in der Schule vermisst. Falls du dich also wieder einmal betrinken willst, dann nur mit deinem großen Bruder an der Seite. Du bist ja schließlich unberechenbar, wenn du gesoffen hast." Kay scheint es zu genießen, mir mein Missgeschick so richtig unter die Nase zu reiben. „Ist gut jetzt, ich habe es verstanden. Ich wollte eigentlich nach Chris fragen." Kay seufzt. „Ich habe ihn heute nicht gesehen. Dem scheinst du wirklich zugesetzt zu haben. Was war genau los?" Ich erzähle reumütig, was ich ihm alles an den Kopf geworfen habe. Es folgt eine lange Pause. „Oh Mann, Viki. Ich kann dich echt gut leiden, aber da hast du ja wohl richtige Scheiße gebaut." Ich versuche, mich zu rechtfertigen. „Aber bei seinen Frauengeschichten kann ich doch nicht die Einzige gewesen sein, die ihm so was gesagt hat." „Viki! Die Meinung von anderen ist ihm scheißegal. Aber wenn du bis jetzt nicht gemerkt hast, dass du für ihn etwas ganz Besonderes bist, musst du entweder unglaublich dumm oder blind sein. Bei deinen Schulnoten tendiere ich zu Letzterem." Ich habe immer mehr ein schlechtes Gewissen. „Ich weiß, dass ich mich bei ihm entschuldigen muss, aber ich erreiche ihn nicht." Meine Stimme klingt schon fast verzweifelt. Kay hat Mitleid mit mir und sagt: „Soviel ich weiß, ist er übers Wochenende mit seiner Mum in die Hamptons gefahren. Lass ihm Zeit, Viki. Er wird sich dann schon wieder bei dir melden." Kay meint es gut, jedoch habe ich das dumpfe Gefühl, dass das aber nicht so sein wird. „Aber, Kay, wenn ich mich ja gar nicht melde, denkt er noch, dass er mir wirklich egal sei. Kannst du mir nicht die Adresse geben?", bettle ich. „Ich glaube nicht, dass das jetzt eine gute Idee ist, wenn du da einfach so aufschlägst. Lass ihm dieses Wochenende Zeit. Außerdem tut ihm eine Auszeit mit seiner Mum gut, er sieht sie ja sonst schon zu wenig. Sie wird schon merken, dass etwas im Busch ist und ihm gut zureden. Sie weiß auch, was er schon alles für dich getan hat und wie viel du ihm bedeutest." Kay versucht, mich zu beruhigen. Ich zweifle aber immer noch stark daran. „Also, Prinzessin, auf mich warten noch meine Blondinen." „Blondinen?" Ich bin erstaunt. Hat er jetzt wirklich in der Mehrzahl gesprochen? „Es stimmt tatsächlich, was man über Kunststudentinnen sagt. Extrem heiß, aber auch total versaut. Genau mein Geschmack! Danke, Prinzessin!" Ich kann mir ein Lachen nicht verkneifen und lege auf. Obwohl Kay ein gutes Herz hat, kann er wohl keine Gelegenheit auslassen.

Kapitel 25

Es ist Montagmorgen und ich bin ready für die Schule. Vor der Eingangstür halte ich kurz inne. Ich wünsche mir, dass Chris mit einem Becher Kaffee auf der anderen Seite auf mich wartet. Ich öffne die Tür. Leider fahre ich heute alleine zur Schule. Liv begrüßt mich herzlich, doch von den Jungs ist weit und breit nichts zu sehen. Der Morgen zieht an mir vorbei. Auf dem Weg zur Mensa, läuft mir Chris entgegen. Mein Herz macht einen Sprung und ich suche seinen Blick. Er schaut jedoch demonstrativ zur anderen Seite und läuft wortlos an mir vorbei. Ich könnte heulen. „Na, Krach im Paradies?" Ashleys zuckersüße Stimme schallt mir entgegen. Na toll, die hat mir gerade noch gefehlt. „Halt die Schnauze, Ashley!" Sie lächelt bittersüß, lässt aber von mir ab. Zum Glück kann mich Liv von meinem Kummer ablenken. Sie erzählt mir von ihrem Wochenende mit John. Die zwei sind sich offenbar so nahegekommen, wie es Chris und ich noch nicht geschafft haben. Liv strahlt über beide Backen. Ich freue mich aufrichtig für sie. Ihre Beziehung scheint federleicht zu sein. Ich frage mich, wieso es bei Chris und mir nicht so ist. Gehören wir einfach nicht zusammen? „Sollen wir heute wieder die Hausaufgaben zusammen machen?" Liv reißt mich aus meinen trüben Gedanken. „Ich würde ja liebend gern, aber ich muss heute noch die Kunstklasse aufräumen und danach zum Reittraining. Aber morgen?" Liv streichelt meinen Arm. „Das kommt schon wieder." Obwohl sie mich das ganze Wochenende aufbauen wollte, bin ich nach der heutigen Aktion mutloser denn je. Der Nachmittagsunterricht verläuft ohne weitere Vorkommnisse, scheint aber kein Ende zu nehmen. Ich verabschiede mich von Liv und gehe zum Kunstraum. Der Hausmeister erwartet mich schon. Er drückt mir den Wischmopp in die Hand und wünscht mir augenzwinkernd viel Erfolg. Den kann ich bei diesem Raum wirklich gebrauchen. Ich seufze und mache mich ans Werk. Ich beginne mit den Tischen. Die sehen aus wie eine Mondlandschaft. Sämtliche Schüler scheinen sich darauf und darunter verewigt zu haben. Unter den Tischen sind schon Kaugummis über Kaugummis geklebt worden und mit den zahlreichen obszönen Krakeleien und Liebesgeständnissen könnte ich ein ganzes Buch schreiben. Ich beginne, die Kaugummis abzukratzen. Das ist vielleicht eine mühselige Arbeit. Schlimmer kann es ja nicht mehr werden. Nach den Kaugummis folgen die Putzarbeiten. Es dauert eine gefühlte Ewigkeit, die Tische und den Boden zu wischen. Sogar an den Wänden hat es Farbspritzer, die ich mit einem Spatel wegschaben muss. Endlich neigen sich die Arbeiten dem Ende zu. Als ich schon fast fertig bin, kommen Abby und eine weitere Cheerleaderin in den Raum. Da ich gerade vor mich hin fluchend einen besonders hartnäckigen Farbspritzer von der Wand kratze, bemerke ich sie zu spät. Bevor ich weiß, wie mir geschieht, kippen die beiden mir einen ganzen Farbeimer über den Kopf. „Lieber Gruß von Ashley." Ich japse. Ich bin von oben bis unten voller Farbe und auch der Boden bleibt nicht verschont. Die ganze Arbeit ist umsonst gewesen. Ich könnt heulen! Die klebrige Farbe, die an mir herunterrinnt und meine Kleider durchnässt, macht das Ganze auch nicht besser. Ich fühle mich wie in einem schlechten Film. Was soll ich denn jetzt tun? Als die zwei den Hausmeister hören, ergreifen sie lachend die Flucht. Ich stehe da, wie ein begossener Pudel. Der Hausmeister schaut mich bestürzt an. „Kommen Sie, Kleine, ich zeige Ihnen die Dusche." Er scheint zu ahnen, dass ich mir das nicht selbst zugefügt habe. Dankbar nehme ich das Angebot an. Die Dusche tut gut und die Farbe lässt sich zum Glück auch leicht abwaschen. Der Hausmeister war sogar so freundlich, mir neue Kleider aus der Fundgrube zu bringen und meine alten zu waschen. Sogar ein Badetuch hat er mir gegeben. Ich lasse mir Zeit, um auch jeden einzelnen Farbklumpen aus meinen Haaren zu kriegen. Immer wieder kommen einige Mädchen in die Dusche, um sich nach dem Sportunterricht wieder frisch zu machen. Eine reicht mir sogar ein Silbershampoo, um den Gelbstich aus meinen Haaren zu kriegen. Endlich ist alles raus. Als ich aus der

Dusche steige, sind jedoch alle meine Sachen verschwunden. Lediglich meine Unterhose liegt noch da. Die ist nämlich unter die Garderobe gefallen. Ich bin so wütend, dass ich einen Schrei von mir gebe. Dummerweise ist auch sonst niemand mehr da, den ich hätte um Hilfe bitten können. Diese elenden Biester! Das ist ja wohl die Höhe! Ich bin einige Minuten verzweifelt und heule fast. Dann raffe ich mich auf. Diesen Miststücken werde ich mich nicht beugen! Ich schlüpfe in meinen Slip, der nicht mal meinen ganzen Hintern bedeckt. Mit einer Hand verdecke ich gekonnt meine Brüste und verlasse das Gebäude. Was bleibt mir denn auch anderes übrig. Ich ziehe meine Schultern straff, damit niemand das Gefühl hat, es wäre mir peinlich, obwohl ich vor lauter Scham direkt im Boden versinken könnte. Ich laufe am Footballfeld vorbei, um zu den Parkplätzen zu gelangen. Da sehe ich Ashley, wie sie bei den Footballern steht. Ich stapfe wütend über den Rasen auf sie zu. Die kann was erleben! Ich bleibe aber nicht lange unbemerkt. Die Footballer beginnen, anerkennend zu johlen und zu pfeifen. „Du fieses Miststück! Wo sind meine Kleider?" „Ich weiß nicht, wovon du sprichst. Ich war die ganze Zeit hier", erwidert sie süffisant grinsend. War ja klar, dass sie die Drecksarbeit wieder jemand anderem überlässt. Die Jungs kriegen sich schon fast nicht mehr ein. Ich weiß, dass ich einen super Körper habe. Darauf bin ich normalerweise auch wirklich stolz, denn ich bin nicht nur wirklich sehr schlank, sondern habe seit der Zeit in Amerika wieder richtig gute Kurven bekommen. Trotzdem möchte ich diesen nicht jedem so präsentieren müssen. Eine gewisse Intimität bleibt doch schließlich dem Freund vorbehalten. „Ich hätte nicht gedacht, dass du es nötig hast, so um Chris' Aufmerksamkeit zu buhlen", grinst Ashley immer noch höhnisch „oder stehst du etwa auf solche billigen Anmachen, Chris?" Erst jetzt fällt mir auf, dass er keine fünf Meter neben mir steht. Er blickt mich schockiert an, bewegt aber keinen Finger. Ich werde noch wütender. Mit meiner freien Hand knalle ich Ashley eine. Damit hat sie nicht gerechnet. Sie fängt sich aber schnell wieder. „Du kleine Bitch!" Sie will auf mich losgehen. Die Footballer feuern uns begeistert an. Chris hält Ashley in letzter Sekunde zurück. Wäre auch ganz schön schwierig geworden, sich mit nur einer Hand zu verteidigen. Dann zieht er sein Shirt aus und reicht es mir. „Du solltest dir was anziehen", meint er trocken. Ich bin außer mir. Wie soll ich mich den bitte mit nur einer Hand anziehen?! Plötzlich steht Kay vor mir und hält seine Jacke schützend vor meine Brüste. „Anziehen, sofort!" Ich streife mir das zusätzlich dargebotene Shirt über den Kopf. Es reicht mir bis zur Mitte der Oberschenkel. „Was ist hier los?" Der Coach der Footballmannschaft steht nun neben uns. Keiner sagt ein Wort. Er blickt mich auffordernd an. „Sie sollten jetzt nach Hause gehen, außer Sie möchten gerne ein Privatgespräch über die Kleiderordnung mit der Schulrektorin führen." Er dreht sich zu Ashley um. „Wie oft habe ich Ihnen schon gesagt, sie sollen sich während der Trainingszeit von meinem Team fernhalten? Gehen Sie!" Ashley funkelt ihn böse an, verlässt aber ebenfalls das Spielfeld. Sie hat wohl auch keine Lust, mit Dana zu sprechen. Ich gehe zum Auto. Auf dem Beifahrersitz liegt mein Rucksack. Anscheinend haben sie dann doch noch etwas Anstand. Zum Glück habe ich meine Reitjeans und meinen Sport-BH im Kofferraum. Ich ziehe mich um und fahre los.

Emily erwartet mich schon auf dem Reitplatz. Rocky und Moony sind schon gesattelt. „Was ist los? Du bist spät dran." Mein weinerlicher Ausdruck spricht Bände. Ich winke ab und verspreche, es ihr später zu erzählen. Emily scheint aber zu ahnen, dass etwas Schlimmeres vorgefallen ist, geht aber nicht weiter darauf ein. Sie nimmt mich in den Arm und sagt: „Erzähl es mir, sobald du bereit bist." Ich lasse die Umarmung zu. Es ist genau das, was ich im Moment brauche. Emily drückt mich ganz fest. So eine innige Umarmung habe ich schon lange nicht mehr von einem Familienmitglied erhalten. „Ich hab dich lieb, Schatz.", flüstert sie mir leise ins Ohr und gibt mir einen Kuss auf den Kopf. Ich kämpfe mit den Tränen. So stehen wir einige Minuten da. Schließlich löse ich mich langsam von ihr, nehme Moony und ziehe den Sattelgurt fest. Moony schnappt zickig in die Luft. Heute habe ich dafür keinen Nerv und gebe ihr einen Klaps auf den Hals. Ich steige auf das Pferd. Das Horsemanship-Training verläuft gut. Moony hat die Gefahr erkannt, sich heute nicht mit mir anzulegen. Als sie mich einmal in den Fuß zwacken will, bekommt sie den Sporen doch etwas zu spüren. Nachher läuft sie wie ein Örgelchen. Sie gibt sich alle Mühe, mir zu gefallen. So habe ich Moony noch nie erlebt. Ich glaube, sie hat sich entschieden, dass wir das gemeinsam rocken müssen. Ich fühle mich mit ihr verbundener als je mit einem anderen Pferd. Ich habe sie sehr liebgewonnen. Endlich zeigt sie, was sie wirklich kann und jeder könnte erkennen, was für ein riesiges Potenzial in ihr steckt. Die Horsemanship-Pattern fühlen sich an, als würde man auf Schienen fahren. Je länger die Reitstunde dauert, desto mehr bin ich im Moment und vergesse die Ereignisse des Tages. Am Schluss kann ich sogar wieder lächeln. Es stimmt voll und ganz, dass Pferde eine heilende Wirkung haben. Michele ist sehr zufrieden mit meiner Leistung. „Gut gemacht, Viki. So können wir bald an die Shows! Und jetzt, los, sattle dein Pferd ab!" Ich werde stutzig. Mein Pferd? Ich schaue ihn verwundert an. „Wieso schaust du jetzt so dusslig aus der Wäsche?", meint er schmunzelnd. „Meintest du nicht dein Pferd?" Er beginnt, zu lachen. „Ab heute nicht mehr. Die kleine Zicke ist jetzt dein Problem." Ich traue meinen Ohren nicht und schaue hilflos zu Emily. Auch sie lacht. „Ach, habe ich dir das noch gar nicht erzählt?", fragt sie mit der Miene eines Unschuldslamms. „Ich dachte, ein bisschen Verantwortung tut dir ganz gut. Und jetzt geh und sattle dein Pferd ab." Ich falle ihr um den Hals und bedanke mich überschwänglich. Keine Ahnung, wie ich das verdient habe. Die ganzen Sorgen fallen schlagartig von mir ab. Ich bin überglücklich. Jetzt habe ich meinen ganz persönlichen Rückzugsort, nämlich Moony. „Na, freust du dich über das Geschenk?" Viktor steht am Gatter. Ich zwinkere ihm zu und sage: „Bist du jetzt arm?" Er lacht. „Nein, das Pferd hat ja noch keinen einzigen Titel eingeritten. Ich habe es zum Schnäppchenpreis ergattert." Ich wusste, dass Moony schon länger zum Verkauf steht, aber ihre Zicken haben bis jetzt alle potenziellen Käufer abgeschreckt. Dafür ist sie ein tolles Pferd, wenn man sich mal wirklich um sie kümmert. Irgendwie scheint sie mir ganz ähnlich zu sein. Ich tätschle Moonys Hals und laufe mit ihr zufrieden zu den Ställen. Ich sattle und dusche sie ab. Die Dusche scheint ihr zu gefallen. Ich muss sie nicht einmal anbinden. Dann laufe ich mit ihr auf die Weide, damit sie in der Sonne trocknen kann. Moony ist hellauf begeistert und macht ein paar Freudensprünge. Der kleine Teufel hat es doch in sich. Ich ermahne sie: „Hör auf, sonst gehen wir zurück!" Als würde sie mich verstehen, beginnt sie, gierig zu fressen. Ich schaue ihr noch eine Weile zu. Moony kommt immer wieder an den Zaun, um sich ein paar Streicheleinheiten abzuholen. Wir sind wohl ein gutes Team. Mit einem Apfel verabschiede ich mich von ihr und verspreche, morgen wieder zu kommen. Als ich von der Weide zurücklaufe, piept mein Handy. Eine Nachricht von Chris. „Tut mir leid!" Der kann mich nach der heutigen Aktion jetzt aber wirklich mal kreuzweise! Ich lösche die Nachricht und stecke das Handy weg.

Kapitel 26

Die Woche verläuft ruhig. Zu ruhig für meinen Geschmack. Hinter jeder Ecke erwarte ich Ashley oder ihre Lemminge, die mit einer neuen Gemeinheit aufwarten. Ich bin aber vollends beschäftigt mit dem Schulstoff und dem Reittraining. Schließlich stehen schon bald wieder Prüfungen an und auch die Shows rücken mit jedem Tag näher. Liv schwelgt immer noch im Glück und erzählt mir jeden Tag, wie sehr sich John ins Zeug legt und fast täglich mit einer neuen romantischen Überraschung um die Ecke kommt. Ich freue mich für sie. Außerdem lenken mich ihre Erzählungen von meinem verkümmerten Liebesleben ab. Es scheint sich sonst kein Junge an mich heranzutrauen. Na toll! Kay hat sich ebenfalls etwas zurückgezogen. Er fragt mich zwar täglich, wie es mir geht, jedoch treffe ich ihn immer nur auf dem Klo, wo er wieder mit einem Mädchen zugange ist. Vermutlich will Chris nicht, dass sein bester Freund mit mir Zeit verbringt. Dieser Arsch! „Heute steht die Homeparty bei Ashley an. Kommst du mit?", fragt mich Liv am Nachmittag. Ich muss wohl ziemlich blöde aus der Wäsche geguckt haben, denn Liv beginnt, lauthals zu lachen. „Wieso zur Hölle gehst du zu diesem Weibsbild?" Ich musste mich zusammennehmen, um nicht ein Schimpfwort in den Mund zu nehmen. Liv mag es nämlich nicht, wenn man solche Worte benutzt. „Erstens", beginnt Liv, zu erklären, „Ashley schmeißt richtig gute Partys. Zweitens wird auch John da sein, weil Kay ihn gefragt hat. Ich wäre froh um etwas weibliche Unterstützung." Meine Augen stehen weit offen. Das mit der weiblichen Gesellschaft nehme ich ihr nicht wirklich ab. „Ach, komm schon, dieser Krieg kann doch nicht ewig andauern. Außerdem wird Chris auch da sein. Ihr solltet miteinander reden. Ihm geht es nämlich genauso schlecht wie dir." „Wahrscheinlich bin ich doch nicht einmal eingeladen." „Du brauchst auch keine Einladung, Schätzchen! Die ist nämlich auf der inoffiziellen Homepage der Lignum High aufgeschaltet. Gib dir einen Ruck!" Ich seufze. Wenn Liv sich etwas in den Kopf gesetzt hat, führt kein Weg daran vorbei. „Ich habe doch nichts anzuziehen für einen solchen Anlass", versuche ich, das Unheil doch noch abzuwenden. Liv lacht aus vollen Hals: „Also was Dümmeres ist dir ja jetzt auch nicht eingefallen. Dein Kleiderschrank ist voller als ein Chanel-Store. Und ich kenne Emily, die bringt dir doch jeden Tag etwas Neues nach Hause." Ich resigniere und lasse Liv mir meine Garderobe für heute Abend vorgeben. „Also du ziehst die weiße Seidenbaumwollbluse an, die man vorne am Brustbein knoten kann und lässt die obersten zwei Knöpfe auf. Du vergisst ja nicht, einen weißen Spitzen-BH darunterzuziehen. Dazu nimmst du dir die dunkelblauen Highwaist-Jeans von Guess, die unten etwas ausgefranst sind. Dazu würden dann noch deine Balenciaga-Sneakers passen." Liv haut mit Marken um sich, dass mir schon fast schwarz vor Augen wird. Ich wusste nicht einmal, dass ich so viele Marken besitze. Scheint hier wohl echt ein Ding zu sein. „Schreib es mir doch bitte auf, das kann ich mir nicht merken." Liv boxt mich in die Seite. „Vergiss nicht, filigranen Schmuck zu verwenden und deine teure Uhr zu tragen. Klotzen ist ja wohl besser als Kleckern." Ich lache. „Ich habe doch keine teure Uhr." Liv erwidert: „Mann, Viki, wenn Rolex nicht teuer ist, weiß ich auch nicht. Ach, und lass deine Haare offen, glatt wäre mal wieder was. Dafür trägst du richtig Schminke auf und einen roten Lippenstift für deine ohnehin schon zu vollen Lippen." Ich schmunzle. Nur Liv kann eine Beleidigung so charmant in ein Kompliment packen.

Emily hat darauf bestanden, dass ich mit einem Uber zur Party fahre. Sie scheint mir nach der letzten Partynacht nicht mehr zu vertrauen und scheint alle Hebel in Bewegung zu setzen, dass ich nicht hinters Steuer komme. Naja, immerhin hat sie mir nicht auch gleich noch eine elektronische Fußfessel verpasst. Ich steige aus dem Wagen aus und staune nicht schlecht über das Anwesen von Ashley. Es könnte schon fast Livs Konkurrenz machen. Der Weg zu Eingangstür ist mit Kunstwerken aus Büschen gesäumt. Der Gärtner muss wohl ein Genie sein. Neben dem Haupthaus sehe ich ein fast nochmals so großes Gästehaus. Das Ganze wirkt sehr herrschaftlich, wie aus einem alten Film. Es könnte auch gut ein zweiter Wohnsitz der Mafia sein. Ich schmunzle bei dem Gedanken. Kay hat mir getextet, dass sie beim Pool sind. Also laufe ich ums Anwesen, um dahin zu gelangen. Auch der Pool lässt sich nicht lumpen. Neben dem Hauptbecken gibt es ein zweites Becken, das mit einem Wasserfall ausgestattet ist. Da muss ja wirklich Geld da sein. Kein Wunder, dass Ashley sich selbst über alle anderen stellt. „Hey, Süße!", sagt Kay und gibt mir zwei Küsschen. Er scheint schon einige Bier intus zu haben. Abby funkelt mich böse an und legt Kay demonstrativ den Arm um die Hüften und schmiegt sich an ihn. „Keine Angst, er ist ganz dein", sage ich gelassen. Abby scheint zwar etwas beruhigt zu sein, lässt aber nicht von ihrer Reviermarkierung ab. Chris und Ashley treten zu uns. „Ach, wie schön, du bist auch hier. Das ist wohl der Nachteil, wenn man alle einlädt. Ungebetene Gäste haben nicht den Anstand, zu Hause zu bleiben", sagt sie mit einem falschen Lächeln im Gesicht. Ich schmunzle nur ironisch. Chris beugt sich zu mir und gibt mir einen Kuss auf die Wange. „Hi, Viki!" Absurder kann die Situation nicht mehr werden. Obwohl ich Chris am liebsten eine knallen würde, lasse ich es geschehen, da mir die säuerliche Mine von Ashley bei diesem Kuss doch den Abend versüßt. Ich drehe mich hilfesuchend nach Liv um. Bei den anderen muss ich ja nun wirklich nicht den ganzen Abend stehen. Ich sehe sie. Liv und John haben sich auf eine Schaukel weiter hinten verkrochen. Obwohl ich ihre Zweisamkeit nur ungern störe, sind sie meine Rettung. „Hallo, ihr zwei", begrüße ich sie. John steht auf und gibt mir einen Kuss auf die Stirn. „Schön, dass du da bist", sagt er herzlich. Liv strahlt. „Setz dich doch zu uns!" Ich setze mich auf die freie Schaukel gegenüber. „Ich habe gehört, du hast noch eine spannende Bitchfight-Geschichte auf Lager." John zwinkert mir zu. Liv legt nun die Beine wieder über die seinen und schmiegt sich an ihn. Die beiden wirken unglaublich vertraut. Ich bin mir sicher, dass Liv und er wirklich zusammengehören. Ich erzähle John meine Geschichte. Er lacht immer wieder laut auf. Auch Liv kann sich das Lachen nicht verkneifen. Wie ich die zwei so über meine Geschichte lachen höre, lasse ich mich auch anstecken. Schließlich kugeln wir uns alle vor Lachen. „Ashleys dummes Gesicht hätte ich ja gerne gesehen, als du heute Abend angekommen bist." John lacht immer noch. „Hat ziemlich dämlich ausgesehen, glaub mir!", sagt jemand hinter mir. Chris setzt sich neben mich, hält aber zum Glück einen Sicherheitsabstand ein. „Ist ja wohl nicht sonderlich nett, seine Freundin als dämlich zu bezeichnen." Diesen kleinen sarkastischen Seitenhieb konnte ich mir beim besten Willen nicht verkneifen. „Viki, du weißt ja, ich bumse ja alles, was zwei Beine hat, und gebe es dann Kay weiter", sagt er cool. Ich bin sprachlos. Mein Spruch hat nicht die gewünschte Wirkung erzielt. Im Gegenteil. Chris wendet sich mir zu und rückt etwas näher. Ihm scheint etwas auf der Zunge zu brennen. „Ich stehe auch für deinen Spaß zur Verfügung und verpisse mich auch ganz gentlemanlike danach." Liv und John empfinden die Situation wohl als wenig behaglich. Sie stehen auf. „Komm, Schatz. Wir holen uns mal lieber was zu trinken", sagt John schnell. Liv schaut mich fragend an. Auf keinen Fall würde sie mich in dieser Situation einfach alleine lassen. Ich nicke ihr unmerklich zu. Liv scheint zufrieden zu sein und hakt sich bei John ein. Die beiden laufen Arm in Arm davon. „Also, wie sieht's aus? Haben wir jetzt das Vergnügen?" Chris guckt mir tief in die Augen und versucht, mich zu lesen. „Bin nicht in Stimmung." „Kann ich schnell ändern. Ich weiß, wie ich dich auf Touren bringe." Ich bin irritiert. Was soll das denn jetzt? Auf diese Spiele habe ich jetzt wirklich keinen Bock. „Was willst du eigentlich von mir, Chris? Ashley steht doch gleich dahinten." Ich drehe mich um und schaue zu ihr. Sie scheint sehr verärgert zu sein. Kay kümmert sich aber um sie. Sie wendet sich ab. „Was soll ich denn mit Ashley?", fragt Chris ernst. „Ich habe dir schon mehrmals gesagt, dass es für mich nur die Eine gibt." Ich schnaube. Irgendwie wird mir das echt zu blöd. Ich möchte mich erheben. Es war eine blöde Idee, hierher zu kommen. Chris zieht mich zurück auf seinen Schoß. Sofort fühle ich mich ihm wieder nahe. Ich lasse es geschehen. Chris hält mich so fest in seinen Armen, dass jeder Widerstand ohnehin zwecklos gewesen wäre. Ich schaue ihm in die Augen. „Ich vermisse dich, Viki." Aus irgendeinem Grund glaube ich ihm aufs Wort. „Wieso hast du mich stehen lassen?", frage ich leise. „Habe ich nicht. Ich bin um die nächste Kurve gebogen und habe meinen Wagen geparkt. Du warst zu keiner Zeit in irgendeiner Gefahr. Sophia hat dich dann abgeholt und ihr seid zusammen zur Lounge gefahren. Ich bin euch gefolgt. Als die Lage dort zu kippen drohte, habe ich Kay angerufen. Er hat dich dann rausgeholt und nach Hause gebracht." Ich ziehe die Luft ein. „Du warst auch da?" Ich werde schon wieder rot. Das muss ich mal endlich in den Griff kriegen. Chris schaut mich traurig an. „Deine Worte im Auto haben mir schon richtig übel zugesetzt, aber die Szene mit Brian hat mir das Herz zerfetzt. Ich fuhr nach Hause und habe meine Mum gefragt, ob wir ein verlängertes Wochenende in den Hamptons machen können. Ich musste hier einfach weg." Mir tut die Sache auf einmal unendlich leid. Ich habe mich aufgeführt, wie das letzte Arschloch. Ich schlinge meine Arme um seinen Hals. „Es tut mir so leid, Chris!" Ich küsse ihn. Er erwidert meinen Kuss zögerlich. Ich lasse von ihm ab. Wahrscheinlich ist das einfach noch etwas zu früh. „Lass uns abhauen. Ich möchte mit dir alleine sein", flüstert Chris. Ich nicke. „Wo wollen wir hin? Ich muss unbedingt Emily vorher Bescheid geben, sie macht sich sonst Sorgen." „Sag ihr, du bist bei mir", erwidert Chris.

Wir fahren die Allee zu Chris' Anwesen hoch. Die Straße ist gesäumt von Palmen, welche durch das indirekte Licht beleuchtet werden. Vor uns erhebt sich ein futuristisches Gebäude. Ein wahrer Prachtbau. Chris öffnet mir die Tür und führt mich ins Gebäude. Ich schaue mich um und bin überwältigt von der Größe und der Modernität. Allein der Eingangsbereich ist größer als die Wohnung meiner Mum. Überall stehen teuer aussehende Skulpturen. Kays Haus wirkt dagegen wie ein kleiner Abklatsch. „Keine Angst, wir sind alleine. Mum ist heute Morgen nach Miami geflogen." Ich bin erleichtert. Das wäre jetzt schon ein bisschen viel gewesen. Chris führt mich ins Wohnzimmer und bietet mir ein Getränk an. Ich verzichte auf Alkohol heute Abend.

Wir setzen uns auf die riesige Ledercouch. Er nimmt meine Beine in die Hand und schaut mich an. „Das habe ich mir so lange schon gewünscht, dass du genau hier bei mir sitzt." Er streichelt meine Beine. „Ich mir auch. Ich habe es fast nicht ausgehalten ohne dich. Die letzten Tage waren die Hölle." Er nimmt meinen Kopf in die Hand und küsst mich. „Bitte tu mir das nie wieder an. Ich kann ohne dich nicht leben. Wir gehören zusammen!" Ich küsse ihn als Antwort. Ich lasse von ihm, schaue ihm in die Augen und streiche ihm durchs Haar. Er sieht so verletzlich aus. Ich küsse ihn wieder. „Ich verlasse dich nie mehr!" Chris küsst mich und beugt sich über mich. Mein Körper beginnt, zu kribbeln. Er drückt mich aufs Sofa und schiebt sich zwischen meine Beine. Ich umschlinge ihn und drücke ihm mein Becken entgegen. Ich spüre seinen Körper ganz nah an meinem. Unsere Lippen bewegen sich synchron. Ein Gefühl der Wärme durchströmt meinen Körper. Er hebt mich hoch und trägt mich die Treppen empor. Ich höre dabei nicht auf, ihn zu küssen. Er setzt mich auf sein Bett. „Du machst mich wahnsinnig", flüstert er. Ich schiebe meine Hände unter sein Shirt und streife es langsam nach oben. Dabei küsse ich seinen muskulösen Oberkörper. Er beißt sich dabei auf die Lippen und lässt es geschehen. Ich küsse mich nach oben, bis ich ebenfalls stehe. Ich streife ihm das Shirt über den Kopf. Dann drehe ich ihn um und schubse ihn aufs Bett. Er lässt sich fallen, so dass ich auf ihm liege. Ich küsse seinen Hals und meine Hände streichen über seinen Oberkörper. Ich will mehr. Ich küsse mich langsam wieder nach unten und mache einen Halt bei seinen Brustwarzen. Ich sauge ganz leicht dran. Er stöhnt leise auf. Mich macht das richtig an. Das Ziehen zwischen meinen Beinen wird stärker. Ich setze mich rittlings auf ihn drauf und öffne meine Bluse. Seine Hände umfassen meine Brüste. Er öffnet meinen BH und ich lasse meine Bluse von meinen Schultern gleiten. Ich nehme seine Hände und lasse mich nach vorne fallen. „My turn, Baby!" Er zieht die Luft ein. Ich küsse mich erneut nach unten und öffne seine Hose. Ich streife sie ihm über seine Knie und ziehe sie ihm aus. Meine Hände gleiten über seine Oberschenkel nach oben und ich schiebe sie dann unter seinen

Hintern. Ich küsse ihn entlang des Saumes seiner Boxershorts. Seine Erregung sticht schon deutlich hervor. Ich lecke kurz darüber. Er stöhnt. Ich nehme den oberen Teil in den Mund und fahre mir meiner Hand an seinem Schaft entlang. Die andere Hand lege ich sanft zwischen seine Beine und bewege meine Finger langsam, um seine Erregung zu steigern. „Oh Gott, Viki!" Er keucht. Ich mache meine Sache wohl richtig gut und genieße es, ihm so zuzusetzen. Ich streife ihm langsam die Boxershorts ab. Ich umfasse seine gesamte Männlichkeit mit einer Hand. Die andere führe ich wieder zwischen seine Beine. Ich küsse von unten nach oben und lasse dann meinen Mund an der richtigen Stelle verharren. Langsam und rhythmisch bewege ich meine Hand und meinen Mund gleichzeitig. Meine Zunge tut den Rest. Er nimmt meinen Kopf in seine Hände. Chris' Stöhnen wird immer lauter und ich mache weiter bis zu seinem Höhepunkt. Ich küsse mich langsam zur Brust und über den Hals zu ihm hoch. Er umarmt mich und hält mich ganz fest. Er küsst mich noch einmal und dreht mich dann auf den Rücken. Ich ahne, worauf das hinausläuft. Er knabbert sanft an meinem Ohr und gleitet dann nach unten. Schon als er bei meinen Brüsten ankommt, bäume ich mich leicht auf. Er umfasst meine Brüste mit seinen Händen. Mein Verlangen nach ihm ist riesig. Er nimmt meine Brustwarzen zwischen seine Finger und zupft ganz leicht. Ich stöhne leise. Nun knabbert er daran. Langsam arbeitet er sich weiter nach unten vor und zieht mir gekonnt meine restlichen Kleider aus. „Mein Gott, Viki, du bist so wunderschön!" Er drückt meine Beine auseinander und küsst die Innenseite meiner Schenkel. Seine Zunge findet das Ziel und seine Finger machen den Rest. Ich verliere mich wieder und genieße seine rhythmischen Bewegungen. Ich beiße mir auf meine Lippen, als er mich in absolute Ekstase versetzt. Ich zittere am ganzen Körper. Chris küsst sich nach oben und lächelt. Er legt sich auf den Rücken und zieht mich in seine Arme. Er streichelt meinen Rücken solange, bis ich schließlich einschlafe.

Kapitel 27

Eine neue Woche beginnt. Chris hat versprochen, mich abzuholen. Ich konnte mir das ganze Wochenende das Lächeln nicht verkneifen. Vielleicht liegt das auch daran, dass mich Chris jeden Abend nach dem Reittraining besucht hat. Wir sind jetzt wohl ein Paar. Er hat mir wieder einen Kaffee mitgebracht. Am Schulparkplatz wartet bereits Kay auf uns. „Und? Hat alles geklappt?", fragt Chris ihn direkt. Kay lacht. „Fragst du mich das ernsthaft?" Was können die wohl meinen? Chris klopft ihm auf die Schultern. „Stimmt die Qualität auch?" „Bro, wir haben alles im Kasten, so wie es sein soll", meint Kay nur augenzwinkernd. Ich weiß immer noch nicht, um was es geht. Ich schaue Chris fragend an. Der grinst nur. Kay schaut mich an. „Und, hat er endlich seinen Mann gestanden und dir seine Bettkünste präsentiert?" Chris rollt die Augen. „Alter, echt jetzt? Das ist meine Freundin. Frag sie gefälligst nicht solche Sachen!" Mein Herz macht einen Sprung. Kay lacht nur: „Ach kommt schon. Lasst mich doch auch ein bisschen an eurem Liebesglück teilhaben. Das muss ja ein wahnsinnig tolles Gefühl sein." Wir betreten das Schulgebäude. Chris begleitet mich zur ersten Stunde. Mit einem Kuss und einem neckischen Klaps auf den Po verabschiedet er sich. Herr Vermont ist gar nicht begeistert. Ich schleiche mich an ihm vorbei und setze mich nach hinten. Vom Unterricht kriege ich heute allerdings nicht viel mit. Immer wieder schweifen meine Gedanken zurück zum Wochenende mit Chris. Mein Freund Chris. Wie das klingt. Ich kann mein Glück kaum fassen. Der Morgen verfliegt wie im Nu. Ich treffe Liv, Kay und Chris in der Mensa. Chris küsst mich zur Begrüßung und zieht mich auf seinen Schoß. „Habe ich was verpasst? Seit wann bist du denn wieder mit dieser Bitch zusammen?" Ashleys Stimme dringt scharf zu mir. Die Jungs drehen sich gelassen zu ihr um. „Hast du ein Problem damit, Ashley?", fragt Chris sie ganz ruhig. „Ja, wenn ich ehrlich bin, schon. Mir passt es nicht, dass sich so eine Ausländerkuh einfach in unser Leben einmischt. Die hat hier gar nichts verloren", antwortet sie wütend. „Ist das eine Drohung, Ashley?", fragt Kay und hebt dabei eine Augenbraue. „Vielleicht", erwidert Ashley erbost. „Sie sollte ihren Platz jetzt langsam kennen!" Mir wird jetzt wirklich mulmig zumute. Ashley hat bis jetzt noch nicht offiziell die Kriegserklärung ausgesprochen. Wenn das bis jetzt erst der Anfang gewesen ist, will ich nicht wissen, was sie sonst noch alles auf Lager hat. „Wenn ich du wäre, würde ich den Mund nicht so voll nehmen, Ashley" Kay grinst. Ashley wirkt verunsichert. Was führen die Jungs wohl im Schilde? „Irgendjemand muss es ja. Ihr lasst euch ja von diesem dahergelaufenen Möchtegern einlullen", meint sie schnippisch. Ashley kann ihre Niederlage wohl nicht einstecken. Jetzt hat sie einen Fehler gemacht. „Wenn man im Glashaus sitzt, sollte man nicht mit Steinen werfen. Ich warne dich ein letztes Mal!", sagt Chris bestimmt. Er scheint wirklich etwas in der Hinterhand zu haben. Ashley bemerkt das nicht und gießt noch mehr Öl ins Feuer. Sie ist wohl wirklich nicht die hellste Kerze auf der Torte. „Von dir hätte ich mehr erwartet, Chris. Lässt dir das Hirn rausvögeln und vergisst dann, wo du hingehörst! Sie gehört nicht in unsere Liga. Das arme Ding schnuppert jetzt Luft an einem Standard, den sie ohne dich niemals erreichen wird. Früher oder später wirst du sie satthaben. Dann lässt du sie fallen wie eine heiße Kartoffel und die kleine Göre muss erneut die Beine für einen Millionär breitmachen, um ihrem Loch zu entfliehen." Das war eindeutig zu viel. Kay sagt: „Geh nicht immer nur von dir aus, Ashley. Es sind nicht alles solche Huren wie du!" Ashley japst. „Das wird euch leidtun!" Sie dreht sich zu mir um. „Ab heute wirst du keinen einzigen Tag an dieser Schule unfallfrei verbringen. Solange, bis du endlich geschnallt hast, wo du hingehörst!" Chris erhebt sich und baut sich vor ihr auf. „Kay, kann ich mal dein Handy haben?" Kay reicht es ihm wortlos. Nicht ohne dabei ganz fies zu grinsen. Chris tippt kurz darauf rum. Man hört ein Keuchen und ein Stöhnen und unzählige Male ein *Oh Gott*. Ashley wird kreidebleich. „Erkennst du deine Stimme? Oder wenigstens deinen Hintern?" Ashley ringt nach Luft. „Sollte Viki jemals irgendetwas zustoßen, wird dieses Video innerhalb von Sekunden viral gehen. Dann bleibt dir nur noch die Karriere als Pornostar!" Kay doppelt nach. „An der Technik müsstest du zwar noch arbeiten, aber dein Gestöhne passt schon ganz gut dazu. Ich stelle mich dir zu Übungszwecken auch gerne nochmals zur Verfügung." Ich bin genauso schockiert wie Ashley. Chris holt zum finalen Schlag aus: „Nochmals in aller Deutlichkeit, Ashley. Die Streitigkeiten mit Viki werden ab sofort auf Eis gelegt und du und deine Lemminge, ihr haltet euch von ihr fern. Sollte ihr auch nur das Geringste passieren oder auch nur der kleinste abfällige Kommentar fallen, werde ich dich dafür verantwortlich machen. Du kennst jetzt die Konsequenz. Überlege es dir gut!" Eine Träne rollt über Ashleys Wange. Sie dreht sich wortlos um und verlässt die Mensa. Ich blicke zu Chris und Kay und weiß nicht, was ich sagen soll. Ich habe mir schon denken können, dass die beiden mit allen Wassern gewaschen sind, aber auf eine solche Idee muss man erst mal kommen. „Du hast echt mit ihr geschlafen?" Ich blicke Kay ungläubig an. Er zwinkert mir zu. „Na ja, einer musste sich ja opfern. Wobei ich sagen muss, dass ich darauf echt hätte verzichten können. Es hat sich leider nicht gelohnt und ich habe mir schon Gedanken gemacht, ob ich mit einem Gehörschaden nach Hause fahre." Chris lacht laut auf. „Also, Chris, ich verstehe schon, wieso du sie abgeschossen hast. Das ist echt eine Qual gewesen. Zum Glück war ich betrunken." Nun mischt sich Liv ins Gespräch. „Ihr habt nicht wirklich vor, dieses Video online zu stellen? Das kann für euch echt üble Konsequenzen haben." Kay und Chris lenken ein. „Wir wollten ihr nur einen Schrecken einjagen. Wir sind ja nicht auf den Kopf gefallen. Wegen so einer würden wir unsere Zukunft nicht riskieren. Aber unser Ruf von früher tut das Nötige, damit sie es glaubt." Ich bin etwas beruhigter. Ich hätte die Aktion sonst echt auch nicht gutheißen können. Tue ich ehrlich gesagt auch jetzt nicht. „Ist schon ganz schön heftig, was ihr hier abgezogen habt", sage ich. Chris streichelt mir über den Rücken. „Solche Mädels verstehen es leider nicht anders. Du kannst sie nur mit ihren eigenen Waffen schlagen. Und du kannst mir glauben, sie hätten noch viel Übleres mit dir abgezogen. Denk daran, du bist ihretwegen in einen Baum gefahren und musstest nackt über das Schulgelände laufen. Meinst du, sie hätten auf ein Sextape verzichtet, wenn sie die Gelegenheit gehabt hätten. Glaub mir, sie wären die Ersten, die es ins Internet gestellt hätten. Du brauchst kein Mitleid mit ihnen zu haben. Sie lernen es nur so." Ich hoffe, dass das stimmt. Kay versucht mich ebenfalls zu beruhigen: „Viki, du kannst sie nur an ihrem Ruf packen. Alles andere würde nichts nützen. Du willst schließlich nicht die Schlacht gewinnen, sondern den Krieg. Da sind manchmal auch unorthodoxe Mittel nötig. Vertrau uns, wir stellen das Video nicht online." Ich belasse es bei der Sache, denn ich bin froh, dass die Auseinandersetzungen mit Ashley nun vorbei sind. Wer weiß, wozu sie noch fähig gewesen wäre?

Kapitel 28

Die nächsten Tage verlaufen wirklich tiefenentspannt. Chris und ich genießen unsere Zeit und Emily hat uns erlaubt, dass er einmal bei mir übernachtet und ich einmal bei ihm. Den Rest der Abende verbringen wir getrennt, denn Emily will nicht zu viel Ablenkung in mein Leben involvieren. Solange ich mich aber um Moony kümmere und gute Noten schreibe, lässt sie mir meine Freiheiten. Da mir die Schule wichtig ist, gebe ich sowieso mein Bestes und kann meine Prioritäten setzen. Chris begleitet mich auch öfter, wenn ich meine Reitstunden habe. Er spricht mir gut zu und baut mich auf, wenn eine Session mal in die Hose geht. Moony ist ihm gegenüber ein kleines Lämmchen. Sie weiß genau, wie sie ihn um den Finger wickeln kann. Es freut mich, dass Chris mir beim Reiten so unter die Arme greift. Vor allem können wir so noch mehr Zeit miteinander verbringen. Nach einem durchzogenen Trailtraining ist meine Stimmung heute etwas getrübt. Chris bemerkt es sofort und nimmt mich in den Arm. „Lass den Kopf nicht hängen. Es gibt immer einmal Tage, die besser oder weniger gut laufen." Obwohl er Recht hat, heitert es mich nicht wirklich auf. Dafür bin ich zu ehrgeizig. „Lass mich dich heute Abend ausführen." Ich bin neugierig. „Was willst du denn mit mir machen?" Chris schmunzelt verschmitzt: „Etwas, dass jeder L.A.-Bewohner mal gemacht haben muss." Er verabschiedet sich mit einem Kuss, damit er die nötigen Vorbereitungen treffen kann. Kurz bevor er im Auto sitzt, sagt er mir noch, dass ich mir einen Pullover mitnehmen soll.

Zuhause dusche ich mir den Sand aus den Haaren und mache mich fertig. Ich ziehe mir einen bodenlangen Rock an, der vorne einen gewagten Schlitz hat. Dazu kombiniere ich ein schlichtes T-Shirt mit V-Ausschnitt. Meine Sneakers und mein Schmuck peppen alles noch richtig auf und runden das Gesamtbild ab. Dann greife ich nach einem kleinen Rucksack und einer schwarzen, engen Lederjacke mit Fransen von Chanel. Mein Stil erinnert mich an einen Schickimicki Hippie, aber es gefällt mir. Punkt 19.00 Uhr stehe ich in der Einfahrt bereit. Chris fährt mit seinem Auto vor und öffnet mir galant die Tür. Wir steigen ein und fahren zu einem Sushi-Restaurant. Seit ich in L.A. bin, steht Sushi mindestens einmal pro Woche auf meinem Speiseplan. Wir bestellen verschiede California Rolls und Sashimi. Wir lachen und genießen den Abend. Chris erzählt von seinem Boxtraining und ich höre ihm gespannt zu. Dann reflektieren wir mein Training und tüfteln einen Plan aus, wie ich meine Fehler verbessern könnte. Es fühlt sich alles so einfach und leicht an. So wie ich es mir immer gewünscht habe. Endlich geht alles von selbst. Wir genießen jede Sekunde. Chris holt mich jeden Morgen ab und wir verbringen gemeinsam mit der Clique die Mittagspausen. Abends telefonieren wir oder lassen einander in himmlische Höhen gleiten. Wir sprechen jetzt die gleiche Sprache und verstehen uns stumm. Ein Blick, ein Gedanke! „Also, Prinzessin, bereit für den Höhepunkt?" Ich blinzle. Er zieht mir eine Augenbinde an, sobald wir im Wagen sitzen. „Es soll auch wirklich eine Überraschung sein." Er fährt mit mir durch die Stadt, dann irgendwann bergauf und nimmt einige Kurven. Um uns wird es immer stiller. Der Fahrtwind weht mir durchs Haar und ich fühle mich frei. Ich lausche dem Motorengeräusch und der Musik. Chris hat die Hand sittlich auf mein Knie gelegt. Ich weiß, dass er da ist. Wir fahren so einige Minuten und ich verliere das Zeitgefühl. Irgendwann hält er an und steigt aus. Er hebt mich sanft aus dem Auto und trägt mich ein paar Schritte. „Prinzessin, jetzt musst du kurz hier durch krabbeln. Ich leite dich an." Irgendwie finde ich es doch nicht mehr so prickelnd. Ich bücke mich, denn ich will meine Kleider nicht verunstalten. Chris hält mich abwechselnd an Kopf und Rücken fest. Er verkneift sich ein Lachen. Muss nicht sehr elegant ausgesehen haben. Nach einem gefühlten Kilometer bittet er mich, zu warten und aufzustehen. Er stellt sich hinter mich und führt mich eine Böschung hinunter. Ich habe keine Ahnung, was das nun soll. „Chris, was soll das? Wo führst du mich hin? Wenn du mich hättest aussetzen wollen, könntest du das auch stadtnäher machen. Ich würde es schon kapieren." Chris lacht und knufft mich in die Seite. „Bist du bereit, Baby?" Er nimmt die Augenbinde ab und ich bin überwältigt. Ich sehe die Stadt im vollen Glanz vor mir liegen. Die vielen Lichter erstrecken sich vor mir und erscheinen in allen Farben. Es ist atemberaubend schön. Ich drehe mich um und sehe, dass wir direkt unter dem Hollywood-Sign stehen. „Ist das nicht verboten?", frage ich ihn voller Adrenalin. „Absolut! Aber ich habe den Security-Leuten ein Präsent zukommen lassen. Sie werden die nächsten zwei Stunden eine andere Route ablaufen." Er grinst verschmitzt. Ich frage mich, was man da wohl für ein Präsent springen lassen muss, um so etwas zu ermöglichen. Chris läuft zum übernächsten Busch und holt eine Decke und eine große Tasche hervor. Die Decke breitet er aus und stellt die Windlichter neben uns. Er hat an alles gedacht. „Mach es dir gemütlich, Prinzessin." Er setzt sich und streckt die Beine aus. Ich setze mich vor ihn und lehne an seinen starken Oberkörper. „Es ist wunderschön", sage ich berührt. Wir sitzen in der Umarmung für eine ganze Weile und ich beobachte das Treiben der Stadt. Es ist ein magischer Ort. Plötzlich reicht er mir ein Plastikbecher mit meinem Lieblingssodagetränk. Er ist echt ein wahrer Gentleman. Wir prosten uns zu und genießen erneut den Ausblick. „Wieso hast du mich hierhergebracht?" Chris legt seinen Kopf von hinten auf meine Schultern und flüstert mir ins Ohr: „Weil ich den schönsten Ausblick mit der schönsten Frau genießen will." Ich lächle und halte seine Arme ganz fest. „Weißt du, Viki, dass du das Beste bist, was mir je hätte passieren können." Ich drehe mich um und gebe ihm einen Kuss auf die Lippen. „Du bist eine Traumfrau und ich habe das Glück, dass du meine Frau bist. Hätte nicht besser für mich laufen können." Ich genieße jede einzelne Silbe und die Worte umschmeicheln mich. Ich drehe mich um und knie vor ihm. Dann küsse ich ihn leidenschaftlich. „Na ja, Frau noch nicht wirklich, aber Freundin." Er streicht mir übers Gesicht und sagt: „Noch nicht Frau, aber vielleicht feste Freundin." Er zieht eine Schachtel aus der Hosentasche. Ich lege meinen Kopf schief? „Ein Geschenk?"

Er nickt. „Ich hoffe, er gefällt dir und du wirst immer an mich denken, wenn du ihn trägst. So als wären wir verbunden." Mit zittrigen Fingern öffne ich die kleine Schachtel. Es ist ein wunderschöner silberner Ring mit einem blauen Aquamarin. Passend zu meinen Augen. Seine Eleganz verzaubert mich. In der Schweiz wäre dies der perfekte Freundschaftsring. „Ein Freundschaftsring?", frage ich. „Ja, das macht ihr doch so in der Schweiz." Mein Grinsen kann ich mir kaum abschrauben und bedanke mich mit Küssen auf seinem Mund und an seinem Hals. Ich ziehe den Ring an und er passt perfekt. Chris fährt mir durchs Haar. „Lass uns nach Hause gehen, ich möchte mir dir alleine sein." Ich habe vor, unter einer Bedingung einzuwilligen. Trotzdem bin ich sicher, dass Chris nicht so schnell einwilligen würde. Ich küsse ihn sanft und schiebe meine Zunge in seine Mund. Da ich auf meinen Knien sitze, ziehe ich ihn sanft an den Haaren nach hinten. Sein Nacken folgt meiner Bewegung. Dann fahre ich mit der anderen Hand unter sein T-Shirt und streichle seinen unteren Bauch. Er genießt es und ich küsse seinen Hals und knabbere daran. Meinen Griff im Haar habe ich nicht gelöst. Jetzt habe ich die Oberhand. Chris ist im Nu erregt und packt meine Hüften. „Nicht hier, Viki, lass uns nach Hause gehen." Ich mache noch etwas weiter, schließlich will ich von ihm heute etwas ganz Besonderes. Ich küsse ihn erneut und er atmet tief ein und aus. Jetzt scheint der richtige Zeitpunkt gekommen zu sein. „Ich gehe mit dir nach Hause, wenn wir uns heute richtig spüren." Chris' Erregung scheint seinen klaren Verstand langsam zu trüben. Also küsse ich ihn erneut am Hals und streiche mit meinen Händen an seinem Oberkörper. „Ich will dich heute ganz, Chris! Bitte, Chris!" Ich lehne mich etwas zurück und kneife mir sanft auf die Lippen. Chris ist immer noch hin und hergerissen. Ich lege meinen Kopf schief und schaue ihn verführerisch an. Dann drücke ich meine Zunge leicht gegen meinen geöffneten Mund. „Komm schon, Chris!" Er mustert mich genau und beginnt zu lächeln. Er streicht mir sanft über den Rücken. „Also, wenn du es wirklich willst, dann lass uns jetzt nach Hause fahren!" Ich springe auf und klatsche in die Hände. „Also los, was muss ich nehmen." Chris ist über mein Verhalten köstlich amüsiert. Wir packen zusammen und ich laufe in einem zügigen Tempo zum Auto. Die Heimfahrt zu Chris' Anwesen dauert ewig. Ich streichle ihm immer wieder über die Oberschenkel und küsse seine Schulter. Heute wird es endlich geschehen. Chris hat mich schon genug lange warten lassen, aber heute Abend ist es endlich soweit. Wir biegen in die Einfahrt und fahren die Allee hoch. Es stehen aber bereits mehrere Autos vor dem Eingang. Auch Kays ist dabei. Irgendwie passt mir das nicht, aber es ist doch komisch, dass Kay auftaucht, obwohl er weiß, dass wir eine Date-Night haben. Wir steigen aus dem Auto und ich sehe Liv beim Eingang sitzen. Ihre Tränen rollen ihr endlos über die Wangen. Ich weiß urplötzlich, dass etwas richtig Schlimmes passiert sein muss. Kay kommt wutentbrannt auf uns zu: „Verdammte Scheiße, wieso geht ihr nicht ans Handy?" Er kann sich nicht mehr beherrschen und die Tränen fließen in Strömen sein Gesicht herunter. Chris packt ihn an den Schultern und schaut ihn verdutzt an. „Kay, was ist los?" Ich bin regungslos. In mir steigt ein Angstgefühl hoch, das ich so noch nie erlebt habe. Chris' Mutter kommt aus dem Haus. Sie hat ein Glas Wasser dabei und versucht verzweifelt, Liv zu beruhigen. Liv ist kurz vor einem Kreislaufzusammenbruch. „Verdammt noch mal, Kay. Was ist los?" Kays Lippe bibbert, er bringt die Worte nicht übers Herz. Als würden sie, wenn sie ausgesprochen sind, zu harter Realität werden. Er setzt an und bricht immer wieder ab. Er kann sich kaum noch auf den Beinen halten. Chris schüttelt ihn. Dann bricht es aus ihm heraus. „John ist tot. Sie gehen von einem Mord aus." Mir sacken die Beine weg. Kay beginnt erneut: „Sie haben bereits eine Person festgenommen." Mir wird schwindlig und ich muss mich setzen. Alles dreht sich im Kreis. Der Boden wird mir unter den Füßen weggerissen. Ich weine, ohne es irgendwie zu realisieren. Ich bin in einem Schock gefangen, höre aber noch Kays Worte. „Sie haben Ashley festgenommen."

Bewerten
Sie dieses Buch
auf unserer
Homepage!

www.novumverlag.com

Die Autorinnen

Das Autoren-Duo S.W. Grisair trifft den Zahn der Zeit: Die 1989 und 1992 in Zürich und Heiden geborenen besten Freundinnen verbindet nicht nur das Lehramtsstudium, sondern auch ihre vielen gemeinsamen Hobbys: Neben Poledance und Reiten stehen auch Muscle-Cars und Motorräder ganz oben auf der Beliebtheitsskala der jungen Frauen. Die Powerfrauen bestechen durch Vielfältigkeit und Flexibilität und genau das spiegelt auch ihr gemeinsames Buch „Swiss Girl" wider: Ihr Werk gibt authentische Einblicke in das Leben zweier Freundinnen, die ein Leben auf der Sonnenseite der Hollywood Hills bestreiten. Doch auch hier bleiben Rückschläge und Intrigen nicht aus.
Die Autorinnen leben im Hier und Jetzt, sehen die schönen Seiten des Lebens und begegnen der Zukunft und all ihren Herausforderungen mit einem Lächeln. Dieses positive Gefühl vermitteln sie in Perfektion in „Swiss Girl".

novum VERLAG FÜR NEUAUTOREN

Der Verlag

*Wer aufhört
besser zu werden,
hat aufgehört
gut zu sein!*

Basierend auf diesem Motto ist es dem novum Verlag ein Anliegen neue Manuskripte aufzuspüren, zu veröffentlichen und deren Autoren langfristig zu fördern. Mittlerweile gilt der 1997 gegründete und mehrfach prämierte Verlag als Spezialist für Neuautoren in Deutschland, Österreich und der Schweiz.

Für jedes neue Manuskript wird innerhalb weniger Wochen eine kostenfreie, unverbindliche Lektorats-Prüfung erstellt.

Weitere Informationen zum Verlag und
seinen Büchern finden Sie im Internet unter:

www.novumverlag.com